JN212110

新典社研究叢書377

源氏物語と「うた」の文脈
——連想と変容——

平田彩奈惠　著

新典社刊行

目次

第二部　後世における『源氏物語』受容
――歌ことば表現の改変を中心に――

凡　例

【和歌の引用について】

和歌の引用は、私家集は『新編私家集大成』に、それ以外は『新編国歌大観』（いずれも古典ライブラリー版）に拠った。ただし、一部私に表記を改めた箇所がある。それ以外に拠る場合は、その都度出典を示した。

【本文の引用について】

◎『源氏物語』

本文は『新編日本古典文学全集』に拠り、引用末尾に（巻名・新全集の巻数・新全集のページ数）の形で示した。ただし主要な校異は『源氏物語大成　校異篇』・『河内本源氏物語校異集成』・『源氏物語別本集成』・『源氏物語別本集成続』にて確認し、必要に応じて掲出した。

◎『伊勢物語』・『大和物語』・『夜の寝覚』・『狭衣物語』・『浜松中納言物語』・『栄花物語』

これらの本文は『新編日本古典文学全集』に拠り、『伊勢物語』『大和物語』は章段数を、そのほかは巻が複数あるものは巻数、新全集でのページ数を引用末尾に示した。

◎『うつほ物語』

本文は室城秀之・西端幸雄・江戸英雄・稲員直子・志甫由紀恵・中村一夫共編『うつほ物語の総合研究1　本文編』（勉誠出版、一九九九年）に拠り、私に校訂した。引用末尾には同書のページ数を示した。

◎『蜻蛉日記』

宮内庁書陵部蔵桂宮本（上村悦子編『桂宮本蜻蛉日記』（中）（下）、笠間書院、一九八三年）に拠り、私に校訂した。また、引用文末尾に『新編日本古典文学全集』でのページ数を示した。

【『源氏物語』注釈書の引用について】

本書で参照・引用する注釈書の出典は次の通りである。

〈古注釈〉

・**『源氏釈』**（**冷泉家時雨亭文庫本、九曜文庫本、北野本**）中野幸一・栗山元子編『源氏釈　奥入　光源氏物語抄』（源氏物語古註釈叢刊　第一巻　武蔵野書院、二〇〇九年）

・**『源氏釈』**（**前田家本、吉川家本、都立図書館本、書陵部新出本、尊経閣文庫本**）渋谷栄一編『源氏釈』（源氏物語古注集成　第一六巻　おうふう、二〇〇〇年）

※『源氏釈』は、特にことわりのない場合、冷泉家時雨亭文庫本の本文を引用。

・**『奥入』**　中野幸一・栗山元子編『源氏釈　奥入　光源氏物語抄』（源氏物語古註釈叢刊　第一巻　武蔵野書院、二〇〇九年）

・『光源氏物語抄』　中野幸一・栗山元子編『源氏釈　奥入　光源氏物語抄』(源氏物語古註釈叢刊　第一巻　武蔵野書院、二〇〇九年)
・『紫明抄』　玉上琢彌編・山本利達・石田穣二校訂『紫明抄・河海抄』(角川書店、一九六八年)
・『河海抄』　玉上琢彌編・山本利達・石田穣二校訂『紫明抄・河海抄』(角川書店、一九六八年)
・『花鳥余情』　中野幸一編『花鳥余情　源氏和秘抄　源氏物語之内不審条々　源語秘訣　口伝抄』(源氏物語古註釈叢刊　第二巻　武蔵野書院、一九七八年)
・『一葉抄』　井爪康之編『一葉抄』(源氏物語古注集成　第九巻　桜楓社、一九八四年)
・『弄花抄』　伊井春樹編『弄花抄　付源氏物語聞書』(源氏物語古注集成　第八巻　桜楓社、一九八三年)
・『細流抄』　伊井春樹編『内閣文庫本　細流抄』(源氏物語古注集成　第七巻　桜楓社、一九八〇年)
・『明星抄』　中野幸一編『明星抄　種玉編次抄　雨夜談抄』(源氏物語古註釈叢刊　第四巻　武蔵野書院、一九八〇年)
・『紹巴抄』　中野幸一編『紹巴抄』(源氏物語古註釈叢刊　第三巻　武蔵野書院、二〇〇五年)
・『孟津抄』　野村精一編『孟津抄』(源氏物語古注集成　第四〜六巻　桜楓社、一九八〇〜一九八二年)
・『岷江入楚』　中野幸一編『岷江入楚』(源氏物語古註釈叢刊　第六〜九巻　武蔵野書院、一九八四〜二〇〇〇年)
・『湖月抄』　有川武彦校訂『源氏物語湖月抄増注　上〜下』(講談社学術文庫、一九八二年)
・『源氏物語玉の小櫛』　大野晋・大久保正編集校訂『本居宣長全集　第四巻』(筑摩書房、一九六九年)

〈現代の注釈〉

・『日本古典全書』　池田亀鑑校註『源氏物語　一〜七』(朝日新聞社、一九四六〜一九五五年)
・『日本古典文学大系』　山岸徳平校注『源氏物語　一〜五』(岩波書店、一九五八〜一九六三年)

・**『源氏物語評釈』** 玉上琢彌『源氏物語評釈　一〜一二』（角川書店、一九六四〜一九六八年）
・**『日本古典文学全集』** 阿部秋生・秋山虔・今井源衛校注・訳『源氏物語　一〜六』（小学館、一九七〇〜一九七六年）
・**『新潮日本古典集成』** 石田穣二・清水好子校注『源氏物語　一〜八』（新潮社、一九七六〜一九八五年）
・**『新日本古典文学大系』** 柳井滋・室伏信助・大朝雄二・鈴木日出男・藤井貞和・今西祐一郎校注『源氏物語　一〜五』（岩波書店、一九九三〜一九九七年）
・**『新編日本古典文学全集』** 阿部秋生・秋山虔・今井源衛・鈴木日出男校注・訳『源氏物語　一〜六』（小学館、一九九四〜一九九八年）
・**『源氏物語の鑑賞と基礎知識』** 鈴木一雄監修『国文学「解釈と鑑賞」別冊　源氏物語の鑑賞と基礎知識　一〜四三』（至文堂、一九九八〜二〇〇五年）
・**『源氏物語注釈』** 山崎良幸ほか共著『源氏物語注釈　一〜一一』（風間書房、一九九九〜二〇一八年）
・**『源氏物語（岩波文庫）』** 柳井滋・室伏信助・大朝雄二・鈴木日出男・藤井貞和・今西祐一郎校注『源氏物語　一〜九』（岩波書店、二〇一七〜二〇二一年）

その他の引用については、各章末尾に依拠した本文を示した。なお、いずれの引用に際しても、一部私に表記を改めた箇所がある。

序章 本書の目的と構成

一 本書の目的

本書は、『源氏物語』を中心とした歌ことば表現について、その連想性にとくに着目しながら、従来指摘されてこなかったテクスト内の連関を読み解いてゆくことを目的とする。「連想性」とここで呼ぶのは、歌ことばにおいて季節のつながりやその歌ことばが想起させる感情など、さまざまな面でかかわりのある語として想起されうるもの、といった語のレベルから、特定の歌ことばを詠みこんだ和歌が複数、並列的に想起されるようなつながりまで、網目状につながり、広がりを持ちうる、歌ことばの一種である。本書で小町谷照彦〔一九九七〕などにより用いられてきた「歌ことば」の語を使用し、「引歌」という語を用いなかったのは、「引歌」を定義するには古注釈以来のさまざまな議論があり、一つには定めがたいことに加え、本書が、特定の場面に特定の和歌を引用するというような、一対一対応の行為よりは、広く和歌を基盤として連想的に連なってゆく「歌にまつわることば」と、それを組み入れたテクストの読みを取り上げることを主たる目的とするからである。

歌ことば表現の研究においては、特定の場面で引用された和歌を一首に定め、それにより場面の解釈を行うような、限定的な引用論のみならず、飯塚ひろみ［二〇一二］のように歌ことばの時代性を考慮した研究や、鈴木宏子［二〇一二a］のように、和歌の「型」に着目し、それが物語の中でどのように機能するのかを論じる研究など、さまざまなアプローチが示されている。また、小林雄大［二〇二三］のように、『源氏釈』等の初期の注釈書の掲出する和歌が必ずしも『源氏物語』の当該の場面で引用されていることを示唆するものではないことも指摘されており、中世・近世において過熱した引歌論とは別の角度からも研究の必要があることはある程度共有されている問題である。

しかしその一方で、古注釈以来の豊かな研究史の影響があまりにも強く、一度注釈書において「引歌」と指摘された表現については読みが固定化され、出典として指摘された和歌に則った解釈をめぐる研究にとどまる、さらに強くいえば、そもそも古注釈等の指摘を無批判に出発点にしているものも多く、解釈に難が多少あろうと、その指摘から離れられないままになっている箇所が多くあるのも実状である。散文作品の文言と合致する歌句を持つ和歌を探し、引用元として指摘することは、本文の解釈のために不可欠の過程ではあるが、それに固執するあまり、歌ことば表現の持つ連想性、それによって読み解くことのできるテクスト内の連関を見過ごしてしまってきた側面もあるように思われる。

こうした背景をふまえ、本書は、過去の引歌研究の成果に目配りしつつも、改めてテクストそのものに向き合い、そこにあらわれる歌ことばが想起させるものを考え直すことを重視している。歌ことばから出発し、一箇所の表現からさまざまな和歌、あるいは他のことば・場面が想起される事態を取り上げ、相互に連想性を持つ網目状の世界としての歌ことばの世界が、散文作品の読みに、そのつながりごと生かされ、幾層にもなる文脈を形成していることを明らかにしてゆく。そしてそういった連想性の中で編まれた作品が、後世に受容されるとき、その時代の連想のあり方にあわせて表現もまた変容し、あらたなことばの連関がみられるようになることを明らかにしてゆく。

本書は全体を大きく二部に分け、『源氏物語』を中心とした平安中期の作品における歌ことば利用の多様なありようを明らかにすることを目的とする第一部と、『源氏物語』の受容について、後世の『源氏物語』に影響を受けた作品が、歌ことば表現をいかに取り入れているのか、あるいはいかに変えているのかを明らかにすることを目的とする第二部によって構成する。次に、より具体的に本書の構成を示す。

二　本書の構成

「第一部『源氏物語』における歌ことば表現」では、『源氏物語』を中心に、歌ことばの多様な利用について論じてゆく。その多様性は、歌ことばが互いに連想性をもっていることで成り立つものであり、従来指摘されてきたよりもゆるやかなレベルでの歌ことばの影響を考えることで、歌ことばを基盤とする『源氏物語』のテクストのありようを改めて捉えてゆくことができると考えている。各章で取り上げた内容は次の通りである。

「第一章『蜻蛉日記』下巻の歌ことば表現――和歌の知識共有に基づく技巧として――」では、『源氏物語』成立以前の作品である『蜻蛉日記』下巻について、柔軟かつ手のこんだ和歌的表現がなされていることを示し、歌ことばを散文の中に持ち込む表現は一つの枠組みの中で捉え切れるものではなく、そもそももっと自由なものであったことを示してゆく。

「第二章　朱雀院と「この道」――引用の型を考える――」では、『源氏物語』でもっとも多く引用される和歌「人の親の心は闇にあらねどもこをおもふ道にまどひぬるかな」を取り上げ、他の場面で多く用いられる「心の闇」という型から外れる、朱雀院にまつわる引用が、彼の人物造型に沿った表現として読み解きうる可能性を指摘する。本章は、一首の和歌のうち、どの部分を引用するかという点にも注意を払うことで、同じ和歌の引用であっても異なる効果を作品の読みにもたらしうる例として論じてゆく。

「第三章　末摘花巻における「色こきはなと見しかども」――歌を「もどく」使い方――」では、『源氏物語』末摘花巻の終盤で光源氏の書きつけた手習が、『古今集』の歌をもどく形で想起される可能性を指摘し、この巻の筋書きが諧謔的に立ちあらわれることを論じる。このような解釈は、歌ことばの連想性によって成り立つものであり、『源氏物語』の複層的な文脈を歌ことばから読み解く例として示してゆく。

「第四章　『源氏物語』の「垣」と「なでしこ」――「母」と「子」の文脈――」では、『源氏物語』における「なでしこ」「とこなつ」という、従来注目されてきた歌ことばに加え、それらと密接にかかわる歌ことば「垣」にも新たに着目し、これまで指摘されてこなかった箇所にも歌ことばの連想性が働き、「垣」と「なでしこ」が『源氏物語』において「母」と「子」として象徴的意味をもって読み解かれうることを示してゆく。その読みを通し、紫の上の位置づけを「なでしこ」とかかわらせながら解釈する。なお本章から第七章までは、歌ことばとしての「垣」を軸に論じた一連の論考である。

「第五章　常夏巻における近江の君の文と「垣」――「母」「子」そして「父」――」では、『源氏物語』常夏巻における近江の君の文を中心に取り上げ、「垣」を鍵語として読み解くことを通して、前章で論じた「母」と「子」の文脈にさらに「父」が加えられることを指摘した上で、近江の君が自分を弾き出そうとする貴族社会の内側へ、境界を越えて乗り込もうとする人物であることを示し、物語を動かす人物であること、今後の物語展開を予感させる役割も担っていることを論じてゆく。

「第六章　花散里巻の「垣」と光源氏――「垣根を越える貴公子」からの転換点――」では、第四・五章で論じた歌ことば「垣」について、「母」「子」の文脈と並立的に存在する「垣根を越える」恋の文脈という異なる角度から検討し、花散里巻が、『源氏物語』における「垣根」の歌ことばとしての意味合いの転換点になっていることを明らかにする。また、花散里巻における「垣」を「卯の花」として読み解くことで、巻全体がこれまで指摘されてきたよりさらに強く和歌的連想で結びつき、中川の女と麗景殿女御姉妹の対照性があざやかに読み解かれることを論じてゆく。

「第七章　幻巻の「植ゑし人なき春」――山吹と「不在」の女君たち――」では、幻巻において紫の上が花を「植ゑし人」として繰り返し描写されることについて、和歌的文脈からその意味を読み解いてゆく。また、幻巻で印象的に描写される山吹の花を手掛かりに、不在の女君を追慕する場面同士の連関がみられることも指摘する。その上で改めて幻巻の位置づけを「垣」を鍵語として読み解いてゆく。

「第八章　「雲居の雁もわがごとや」考――「出典未詳歌」の捉え方の一例として――」では、『源氏物語』少女巻における雲居雁のことば「雲居の雁もわがごとや」について、それが『古今集』の「人を思ふ心はかりにあらねどもくもゐにのみもなきわたるかな」を踏まえ、和歌のように仕立てた表現と解釈しうる可能性を指摘する。この歌を利用していると捉えることで、雲居雁と夕霧の恋の物語を貫く「かり」ということばが立ちあらわれ、これまでみえていなかったテクストの連関が読み取れると論じてゆく。

「第二部　後世における『源氏物語』受容――歌ことば表現の改変を中心に――」では、第一部で論じたように多様な歌ことば表現を含む『源氏物語』が、後世の『源氏物語』受容作品においてどのように改変されているのかを明らかにしてゆく。このため、『源氏物語』本文に可能な限り忠実であろうとするような現代語訳等ではなく、『源氏物語』を積極的に改変している作品を論題として取り上げる。これは、『源氏物語』を忠実に「継承」する側面よりも、時代に合わせ「変容」させながら、その時その時の『源氏物語』を創出している側面をみてゆくことが、歌ことば表現という同時代における知識の共有があってこそ可能となる表現方法を論じる上で有効だと考えるからである。

「第一章『狭衣物語』における「見えぬ山路」――『源氏物語』における「山路」とのかかわり――」では、『狭衣物語』において、歌ことばの示す意味内容にも『源氏物語』が影響している場合があることを、「見えぬ山路」という表現を取り上げて論じてゆく。さらに、狭衣大将とかかわりの深い「山路」「山道」といったことばも、『源氏物語』におけるそれらのことばの用例からの影響が看取されることを述べ、歌ことばそのものに加え、『源氏物語』で描き出された内容を含む形で歌ことばが利用される受容の様相を明らかにする。

「第二章　梅翁源氏における引歌――『雛鶴源氏物語』を中心に――」では、近世における『源氏物語』の初期俗語訳として、梅翁による俗語訳を取り上げ、『源氏物語』の引歌をどのように俗語の文脈の中に置いているのかを分析する。それまでの注釈書とは異なり、『源氏物語』を大衆に読み物として紹介するという性質上、『源氏物語』を後世で「読む」ための工夫が、その時代の享受者の知識や理解力に沿ってなされていることを、具体的な事例を取り上げながら示してゆく。

「第三章　田辺聖子『新源氏物語』における「闇」――「恋の闇」としての利用――」では、田辺聖子の『新源氏物語』において、「闇」という語が「恋の闇」として機能しており、さらに「恋の闇」は『新源氏物語』全体を貫くテーマであるといってもよいほどに繰り返し描出されていることを指摘する。その背景には、『源氏物語』では用いられなかった、「恋の闇」をあらわす歌ことばの影響がみられることを示し、『源氏物語』が現代の大衆向けに描きなおされてゆくさまを、歌ことばを切り口としてみてゆく。

「第四章　宝塚歌劇『源氏物語千年紀頌　夢の浮橋』にみる『源氏物語』受容——古典と現代文化を繋ぐものとしての「うた」の利用——」では、「うた」を用いたミュージカル形式で『源氏物語』を表現している宝塚歌劇の作品『源氏物語千年紀頌　夢の浮橋』を取り上げる。『夢の浮橋』では、『源氏物語』本文に描かれることばを忠実に承けた歌詞よりも、現代的ともいえる作品のテーマに沿う歌ことばが選択され、歌詞がつけられている箇所の方が多いことを指摘し、『源氏物語』を基盤にしながらも、翻案作品として描きなおされてゆくさまを具体的にみてゆく。

第一部　『源氏物語』における歌ことば表現

第一章　『蜻蛉日記』下巻の歌ことば表現

――和歌の知識共有に基づく技巧として――

一　はじめに――「引歌」の議論における問題点と本章の立場――

一般に「引歌」と呼ばれる表現の方法は、『源氏物語』以降の作品における研究が盛んではあるが、「引歌」の実質的な成立を『蜻蛉日記』（以降、『日記』）にみる考え方（秋山虔〔一九七八〕など）もまた、一般的であるといってよいだろう[1]。つまり、『日記』の頃に成立した、既存の歌ことばを文中に取り込む「引歌」という技法が、『源氏物語』において巧妙になったと捉えられてきたことになる。しかし、そもそも「引歌」という語は、中世源氏学においてつくり出された後、散文作品中で既存の和歌を引用する際の表現方法をあらわす語として汎用されるようになったものである。「引歌」の定義については様々な先行研究があって論者によって幅のあるところではあるが[2]、「引歌」という語がつくり出される以前の諸作品でこれらの定義をあてはめることが、必ずしも有意義ではない場合があると思われる。中世源氏学以前は、和歌の一部をそのまま引用するもの、地の文と融合するように一部形を変えて引用するもの、あるいは歌語を散りばめるようなものも全て「和歌を利用した表現」として漠然と括られ、「引歌」の定義にしばられない、自由な和歌利用があったと考えるべきであろう。[3] 本章で論じようとする『日記』にしても、道綱母が「引歌」という語を意識しながら執筆したとはいえない。そのような作品と接する場合には歌ことばのもつ連想的な性質と散文との結びつきに読者として注意を払いつつ、書き手の言語感覚で可能であったはずの、歌ことばと散文との境界の自由な往還に想いをはせることもまた必要ではないだろうか。そこで本章では享受者ではなく、主に書き手の側に問題意識をおき、検討してみたい。「引歌」という語ではなく、よりゆるやかに、歌にまつわる表現全般を示しうる語、そして連想性をもって紡がれてゆく表現として、本書では小町谷照彦の提示した「歌ことば表現」という語を主に用いながら議論を進めてゆく。

これまでの捉え方において『日記』、とくにその下巻における「引歌」の位置づけはあまり重視されてこなかった。『日記』における歌ことば表現は、次節で確認するように巻ごとに様相が異なっているが、特に下巻においては和歌利用の方法が複雑化しているように見受けられる。『源氏物語』等の技巧を凝らした歌ことば表現がみられる作品は、書き手の技量のみに還元されるのではなく、読み手も既存の和歌をある程度知っているという共通の知識基盤によって成り立つということは、土方洋一［二〇〇〇b］、鈴木裕子［二〇一二］などですでに指摘されている。本章はまず、『日記』の下巻における歌ことば表現が、すでに、記事内容を補完するためだけでなく、表現技巧として発達した和歌利用を成し得ていることを論じる。そしてその発達の背景には、道綱母をとりまく環境の和歌知識に対する自覚的な共有があった可能性を述べてみたい。

二　『蜻蛉日記』における歌ことば表現

一口に『日記』の歌ことば表現といっても、上巻から下巻にかけて、その様相は異なる。木村正中［二〇〇二］の指摘に代表されるように、上巻は単純に古歌と結びつけるものにとどまり、中巻に入ると歌ことば表現が複雑化・高度化すると考えられている。さらに佐藤和喜［一九八三］は、中巻でも鳴滝籠り後から下巻にかけては日記中の和歌も変質し、それまでの実情的・主体的な和歌から虚構的・観想的なものになると述べる。また斎藤菜穂子［二〇一一］は、中巻末に位置する鳴滝籠り記事中の歌ことば表現を分析し、当該記事は道綱母の深層の心情を表現するにとどまらず、皮肉をこめた、「引歌を引きつけつつ突き放す」表現であることを述べ、「下巻世界につながる新たな自己認識を導く」と指摘している。つまり、『日記』の中でも歌ことば表現の技法が「発展」しているといえよう。そのように複雑化する表現を、多くの論考は、道綱母の心情あるいは自意識に還元してゆこうとするのだが、歌ことば表現の形式、ありようそのものに改めて焦点を当てると、異なる側面がみえてくるのではないか。なお、秋山虔［一九七八］は中巻での引用の複雑化を指摘する際、形式の問題に触れている。その中で、引用する和歌と「地の文との融合」を根拠に挙げ、両者が一体となって場面に深みを与えていると述べたのは、重要な観点として現在も引き継がれている考え方であろう。その点には賛同しつつ、一方で秋山が取り上げている例が、ただ一首の和歌を想起させるという点では未だ「単純な」面があるのではないか、とも思われる。助詞「と」「など」を指標として、引用された部分を明確に捉えうるような、地の文といわば切り離されている状態での引用は、上巻では四例、中巻では一五例（催馬楽・神楽歌等を含む）、下巻では八例見受けられるが[4]、下巻においては、これまで取り上げられることのなかった「複雑な」

——引用した和歌の文言が直接的にあらわれる部分にかぎらず、広がりを持った——歌ことば表現がみられるからである。次節以降では、とくに注目すべき三例について、具体的に検討してゆく。

三　「われだにものは」——周辺のことばを含む例——

本節では、和歌を引用していることが明らかな部分のみならず、その周囲に、当該和歌の他の文言、さらに詠歌状況を示すことばまで散りばめられているという例をみてゆく。

次の本文一は、天禄三（九七二）年七月十四日と八月一日の記事である。七月十四日は盆の支度に関する記事、続く八月一日は、道綱母が「さとし」、つまり予言されたことを思い浮かべながら、自分の死が近づいているのではないかと嘆く記事である。

【本文一】

四日、例のごと調じて、政所のおくり文添へてあり。「いつまでかうだに」とものは言はでおもふ。

さながら八月になりぬ。ついたちの日、雨降り暮らす。時雨だちたるに、未の時ばかりに晴れて、くつくつぼふし、いとかしがましきまで鳴くを聞くにも、「われだにものは」と言はる。いかなるにかあらん、あやしうも心細う、涙浮かぶ日なり。「たたむ月に死ぬべし」といふさとしもしたれば、この月にや、とも思ふ。相撲の還饗なども、ののしるをばよそに聞く。（三〇四～三〇五）

本文一の七月十四日と八月一日の記事の間には、内容的にはそう強い関係を見出すことはできない[5]。しかし、傍線または点線を付した部分に着目すると、次に挙げる参考一、『うつほ物語』「藤原の君」の一節が強く影響しており、二つの記事がこの一節によって結びつく可能性がみえてくるのではないか。

【参考一】

人々の御かへりきこえ給を、三のみこ、御まへ近き松の木に、蟬の声高く鳴くおりに、かくきこえ給。

「かしがまし草葉にかかる虫の音よわれだにものは言はでこそおもへ

住みどころある物だに、かくこそ有けれ」。あて宮ききいれ給はず。　（一〇六）

直接、和歌の一部を引用しているのは傍線部の「われだにものは」である。これは、『うつほ物語』で三の皇子が詠む歌の第四句と対応する。参考一の一節は、あて宮に対し求婚者たちが次々と文をおくる中であらわれるもので、三の皇子はその騒ぎを蟬の鳴き声に重ね、あて宮に「われだにものは」の歌を詠みかける。他の求婚者の様子を「かしがまし」と言い、自分の態度をそれとは一線を画した、「言はでこそおも」うものだと述べる。つまり、三の皇子の歌はあて宮に対する恋情を訴えかける歌である。当然、あて宮からの返事を期待しながらのことばであろう。

一方、本文一での道綱母は、自分の不遇を嘆き、さらには死期についてまで思いをはせている。ここで積極的に意識されるのは他者への思いではなく、あくまで道綱母自身の心の中である。このように、三の皇子の思いと道綱母の思いには非常に大きな相違がある。しかし、「われだにものは」ということばはいずれの文においても、他者の騒がしさから自分を切り離した表現という点では共通している。さらに「われだにものは」の句を持つ歌は、『日記』以前ではこの歌の他にみられないこと[6]もあわせると、当該記事で道綱母が思い浮かべ、口に出したと解釈できるのは三の皇子の歌だと考えてよいだろう。ただし、この箇所における先行テクストの利用を考える上で論じるべき問題は、直接的な引用の周辺部との関係にある[7]。

三の皇子の歌において、あて宮にもっとも伝えたい内容を含むのは「言はでこそおもへ」の部分であるが、これを道綱母は引用しない。先述したように周囲と自分の違いを前面に出すという狙いで「われだに」の部分を引いたとも考えられるが、それと同程度に、より広い範囲にわたって『うつほ物語』の一節を散りばめていることを要因として考える必要があろう。そこで、本文一と参考一で点線を付した箇所を見比べていきたい。

まず、それぞれの本文中で、「言はでおもふ」「かしがまし」というように、語のレベルでの対応、また蟬にかかわるエピソードとしての共通性がみられる。また、一見関連が薄いようにみえる七月十四日の記事も、「言はでおもふ」ということばでゆるやかに結びつけられている。道綱母は本文一の記事の後にも「言はで」の文言を使用しており[8]、口には出さないが物思いに苦しんでいる、という描写が狭い範囲に集中している。「言はでおもふ」は決して珍しい表現ではないが[9]、傍線部および点線部で示した対応関係から、ここにも『うつほ物語』の文言が、ことば遊びのように散りばめられているようにみえる。

ここで今一度、本文一の傍線部「われだにものは」を見ると、直後に続く「と言はる」の語が、「言はで」と対照的な表現であることが意識される。前後では『うつほ物語』の表現を散りばめ、意識させながらも「言わない」態度を示すのに対し、先行作品の本文をそのまま記す部分のみ、口に出して「言う」という点に、当該記事のおもしろさがみられるのである。

先に述べたように、三の皇子の歌の含意は「言はでこそおもへ」の部分にあった。道綱母は、七月十四日の記事のように、口に出さずに思う、という行動でこのことばを実現している。また、三の皇子が歌を詠む直前には「きこえ給」とあり、三の皇子が歌を口に出していることが示される。この部分は、「われだにものは」の部分を口に出すことで実現していると考えられる。加えて、「くつくつぼふし」など、背景としての要素を散りばめることで、より『うつほ物語』が想起されやすくなる。つまり、『うつほ物語』の一節を、道綱母の心情と重なる部分だけ利用するのではなく、参考一で主たる問題になっている「言う」「言わない」をはじめとして、当該場面で核となる引用文言「言はで思ふ」を、自分の記す文章内でも展開し、なおかつ、場面の主人公が思いを「言う」という部分まで再現しているのではないか。

さらに重要なのは、『うつほ物語』が恋にかかわる場面で一連のことばを用いているのに対し、『日記』当該場面ではひたすら自分の身の憂さを述べているということである。右に述べた通り、非常に緻密な対応関係がみられるものの、それはあくまでことばの上での対応なのである。周囲と一線を画して物思いに苦しむという点で、作中人物としての道綱母が三の皇子の歌を想起したことは間違いないが、『日記』本文としてあらわれる文章上の表現においては、ことば遊びとしての歌ことば表現を看取することができるのである。

四　「石上」歌の引用 ―― 複数の和歌を一語で示唆する例 ――

次に、和歌を引用していることが明らかな場合において、その引用した語を共通して持つ複数の和歌が同時に想起される例について論じる。

本文二は天延二（九七四）年二月の記事である。いわゆる「養女求婚譚」の一部で、比較的はじめの方に位置する。遠度の文に返事をせずにいたところ、しびれを切らした遠度が道綱を呼び立て、話したいことがあると言ってきた。その上、道綱が遠度のもとへたどり着く前に、更に文をよこしてきた、その文のことばが問題の箇所である。

【本文二】

そのほどに雨降れど「いとほし」といづるほどに、文とりて帰りたるをみれば、紅の薄様ひとかさねにて、紅梅につけたり。ことばは「「石上」といふことはしろしめしたらんかし。

　　春雨にぬれたる花のえだよりも人しれぬ身の袖ぞわりなき

あが君あが君、なほおはしませ」と書きて、……　　　（三二六）

遠度は道綱を介して、道綱母の養女に自分の思いを訴えようとしており、自分の和歌への導入のような形で、「「石上」といふことはしろしめしたらんかし」と、何かを引用していることがはっきり分かる表現を用いている。「石上」ということばを含む歌は重複を含めて『日記』までに約六〇首の用例がみられる。ここからさらに、語または詠み込まれている情景の共通性を基に、遠度がどの歌を引用したのかを特定しようと試みると、次に挙げた複数の和歌が残るのだが、それぞれに本文二に影響を与えている可能性が高い。

（和歌a）　磯上ふるとも雨にさはらめやあはんといもにいひてしものを

（古今和歌六帖・あめ・四四三・おほとものかたみ（よしみねのむねさだイ）／万葉集・巻四・大伴宿祢像見・六六四、第三・四句「つつまめや　いもにあはむと」／継色紙集・二〇、第三句「いもにあはむと」／新撰和歌・恋・雑・并六十首・二六八[10]）

（和歌b）　いその神ふるのわさだのほにはいでずこころのうちにこふるこの比

（古今和歌六帖・人しれぬ・二六七八／万葉集・雑歌・一八）

（和歌c）　くれなゐのしぐれふればやいそのかみふるたびごとに野べをそむらん

（古今和歌六帖・しぐれ・五〇〇／貫之集・Ⅰ三一八、第二句「しぐれなればや」第五句「のべのそむらん」）

これらの和歌をみてゆくと、遠度の文にある「石上」の語は、特定の、ただ一首の和歌を示すのではなく、同時に複数の歌を示している、むしろ短いフレーズであるからこそそのような理解が可能となっている表現上のおもしろさが浮かび上がってくる。まず、「石上」が和歌の中でどのように利用されていたのかについて概観しておきたい。

杉田昌彦［二〇一四］によれば、歌語としての「石上」は、「振る」に掛かり、その他「古る」「古し」「古里」「経る」などに掛かる枕詞として定着した。平安時代以降は古の象徴として詠まれるようになり、そこからさらに懐旧の思いを込めて用いられるようにもなっていった。『日記』以前の「石上」歌の多くも、「古里」を連想させる歌である。また、「石上」が恋の歌で使われる場合は、「ふる」のことばから、床離れの辛さなどを詠んだ歌が多くみられる。具体的には、次のような歌が挙げられる。

よひのまにはやなぐさめよいそのかみふりにしとこもうちはらふべく　（業平集・七三）

いそのかみふるのたかはしたかだかにいもがまつらんよぞふけにける　（古今和歌六帖・はし・一六〇八）

うちかへしおもひいづればいその神ふりにしこひはわすられにけり　（古今和歌六帖・わする・二八六八）

点線を付したように、「ふりにしとこ」「ふりにしこひ」など、長いあいだ相手と会っていない様子を詠んだ歌が多い。

このように「石上」という語の用い方としては、

㋐「ふる」とのかかわりから、古里や古都を詠む場合に用いる

㋑「ふる」の語から、恋の文脈で「関係が古くなる」、恋人との関係が終わりそうな様子を詠む場合に用いる

この二種類が主だと考えてよいだろう。ここで、本文二の例に立ち戻って検討してみたい。

先に述べたように本文二は、遠度が養女に対する思いを述べる文で、しかもその中でもはじめの方に位置する記事である。つまり、「石上」の使い方として典型的な㋐・㋑とは対照的に、恋の「はじまり」の部分をあらわす中で「石上」が使用されていることになる。和歌ａ・ｂは、それにふさわしい歌であるといえるだろう。先に挙げた三首

の和歌のうち、和歌aは、雨が降ろうと恋人に会う約束をしたことの障壁にはならない、と伝える歌である。本文二においても遠度の文に関する記述の直前に、雨が降ってきたことが記述されており、諸注釈もこの歌を当該場面で引用されている歌であると指摘する。(11) 諸注釈がこの歌を挙げるのにはもう一点根拠がある。和歌aが本文二より前に二度、『日記』内で引用されていることである。一例は天禄元（九七〇）年一二月（本文三）、もう一例は天禄二（九七一）年一二月（本文四）である。

【本文三】

　今日の昼つかたより、雨いといたうはらめきて、あはれにつれづれと降る。まして、もしやと思ふべきことも絶えにたり。いにしへを思へば、我ためにしもあらじ、心の本性にやありけん、雨風にも障らぬ物とならはしたりし物を、今日思ひ出づれば、昔も心のゆるふやうにもなかりしかば、我心のおほけなきにこそありけれ、あはれ、障らぬものと見しものを、それまして思ひかけられぬと、ながめ暮らさる。　（二一四〜二一五）

【本文四】

　しばしありて、にはかにかい曇りて、雨になりぬ。たふるるかたならんかしと思ひ出でてながむるに、暮れゆく気色なり。いといたく降れば、障らむにもことわりなれば、「昔は」と許おぼゆるに、涙のうかびて、あはれにものおぼゆれば、念じがたくて人出だし立つ。

　悲しくも思ひたゆるか石上さはらぬものとならひしものを　（二六六）

いずれも、雨が降ってきたことを述べた上で、「とならはしたりし」「とならひし」など、昔からそのようにいわれてきたことを示すことばをつけて和歌aを引用しており、さらに「さはらめや」の部分を利用している点も共通していることに着目したい。また、かならずそれが逆接で続けられ、自分の場合は雨が訪れの障壁となって兼家が訪れないということを嘆いている。これらの例では、和歌ａを反転させることで、自分と兼家との間の溝を示している。それゆえに、必ず「さはる」という語、二人の間にある障壁を暗示する語が引かれていると考えてよいだろう。

一方、本文二で会う約束をしているのは遠度と道綱であり、しかも待っている側の遠度がこの歌を引用して、来訪を促す根拠にしている。[12] 右に述べた二例のように、和歌ａの内容を全面的に踏まえているとはいいがたいが、中巻での引用があったからこそ、この和歌ａが本文二で引用されている歌として真っ先に想起されることは確かである。この歌のみを引歌として指摘する注釈書が圧倒的多数であるのもそれが一因だと考えられよう。そしてまた、書き手もそれを意識している可能性が高い。倉田実［二〇〇六］は、この文を「求婚作法の一つ」とし、「道綱母に読まれるのを前提にしている」ものだとする。また、庄司敏子［二〇一二］は、『日記』上巻の享受状況について、養女求婚が行われた時期にはすでに遠度が読んでいた可能性を指摘し、その上で遠度が上巻をもどくような和歌を詠んだと述べている。遠度が直接的に中巻の二記事を意識したとはいいがたいが、少なくとも以前の記事をふまえた遠度とのやり取りを記事にする中で、書き手である道綱母みずからが、中巻の記事をも下巻に織り込んでいった可能性は考えてよいのではないか。『日記』は表現上の工夫を強く意識する書き手の姿勢をみることができる作品だと従来から指摘されてきたことも考え併せ、当該場面を読み解いておきたい。

一方で、和歌ｂはさらに恋のはじめの時期を詠んだものである。これは諸注釈の中では坂徴［一九二九］のみが引歌だと指摘しており、その後継承されていない。理由は秋山虔・木村正中・上村悦子［一九七二］にあるように、「養女に対する求婚の意思表示がすでになされて」いるため、和歌ｂの「ほにはいでず」「こころのうちにこふる」というような段階ではなくなっている、という見解が受け入れられたためであろう。たしかに、実際には遠度の求婚の意志は、「人に知られ」ているものである。しかし、求婚する女性に直接文をおくる場合にさえ「人にしられぬ」という句は次のように用いられており、根拠としては弱いだろう。

すまのあまのこれるしほきはもゆれども人にしられぬわがこひならん

（忠岑集・一五六・をんなのもとに、はじめてやり侍りし／古今和歌六帖・人知れぬ・二六七九）

その上、直後に続く遠度の歌、「人しれぬ身」と強くつながる表現でもあり、「石上」を詠み込んだ歌で、他にこのような用例がないことからも、和歌bは、遠度の文を表現からみた場合、最もふさわしい引用だといえよう。この場合、遠度が「石上」の歌を想起させようとする相手は養女一人だということになる。しかし、道綱に宛てた文であり、「あが君、なほおはしませ」ともあることを考えると、和歌bを想起するだけでは不足であろう。

ここで、和歌cについても、本文二との影響関係が可能性としてありうることを述べたい。和歌cは、「紅の時雨が降るから、野辺がその色に染まるのだろうか」と詠んだ歌である。時雨は秋、一方の遠度の歌に詠み込まれた紅梅は春の景物であるから、両者が時期的に重なるとはいえない。ただし、「紅」という色を軸として、春雨で濡れた紅梅と、晩秋の時雨がもたらす紅葉という、対照性が意識された可能性は考えてもよいのではないか。

さらに遠度の和歌には「濡れたる花の枝よりも」とある。「石上」と「紅」が結びつくという点のみならず、紅梅が春雨で濡れている、と詠み込むことで、和歌cの、時雨のもたらす紅が反転して想起されるとはいえないか。

このように、和歌aはもちろん、b・cも当該場面と結びつけられる可能性について、その理由を改めて引用の形に立ち返って考えてみたい。この場面が短いフレーズ、「石上」のみを引用していることがポイントになっている可能性が考えられるのではないか。非常に短い引用は、このように複数の和歌に基づく、あるいはさらにゆるやかに「石上」という歌ことばから想起される複数のイメージを取り込みうる形と位置づけてみたい。このように同時に複数の和歌が想起される、あるいは一首に限定できないような形の表現は『日記』においてはまだ積極的には議論がなされていない。鈴木裕子〔二〇一二〕のように、『源氏物語』における引歌では議論されている問題であるが、いずれにせよその際に前提となるのは、ある一定レベルの和歌知識を共有していることに自覚的な集団の存在[13]であろう。これまでみてきたように、『日記』に重層的な歌ことば表現を読み取りうるということは、遠度と道綱母の間にも、和歌知識を共有しているという意識があったことを示しているのではないか。その議論を進める上で、次節ではもう一例、複数の和歌、それも類題和歌集で同じ項目におさめられるような、連想性のある和歌が一箇所で利用されている例について論じてゆく。

五　「山ほととぎす今日とてや」――連想性のある和歌を複数引用する例――

本節では、複数の和歌を一箇所で示す場合に、ある歌集の中で並んでいるような、連想性を持つ歌が次々と想起される例を挙げる。本文五は、天延二（九七四）年五月五日の記事である。ほととぎすの鳴き声をきっかけに、和歌を利用した表現があらわれる。

【本文五】

風うち吹きたれば、あやめの香、はやうかがえて、いとをかし。簀子に助と二人ゐて、天下の木草を取り集めて「めづらかなる薬玉せむ」など言ひて、そそくりゐたるほどに、このごろはめづらしげなう、ほととぎすの群鳥厠におりゐたるなど、言ひののしる声なれど、空をうちかけりて二声三声聞こえたるは、身にしみてをかしうおぼえたれば、「山ほととぎす今日とてや」など言はぬ人なうぞ、うち遊ぶめる。（三四四）

ここで注目したいのは、『古今和歌六帖』の次の歌群である。

【参考二】　古今和歌六帖・五日・九四〜九六
（和歌ｄ）　あしひきの山時鳥けふとてやあやめの草のねにたててなく
（和歌ｅ）　郭公なくともしらずあやめ草こぞくすりびのしるしなりける
（和歌ｆ）　たが里もねやのまにまにあやめ草けふひきかけぬ人はあらじな
※ｄは『新撰和歌集』一三五に、ｅは『貫之集』五三八、第二句「なけどもしらず」第五句「しるしなりけり」として載る。

本文五で引用されていることばは、和歌ｄのみにみられる句であり、また記事と季節・情景が一致している。直接的な引用としては、和歌ｄのみを使ったと考えるのが自然だろう。

ところが『古今和歌六帖』をみると、和歌ｄが載る九四番歌の直後、九五（和歌ｅ）・九六番（和歌ｆ）の二首にも、この場面に連なって想起される表現が見出される。なお、これら三首の和歌で「五日」という題は完結している。三首の和歌にみえる「あやめ」「時鳥」などの語は、五月五日という時節柄詠み込まれて当然のものであるに過ぎない、ともいえる。しかし、本文五の記事と三首全体を通してみたとき、情景が非常に似ていることには着目してよいだろう。直接的に引用されている和歌ｄのみならず、和歌ｅは「薬玉」と「くすりび」の文言が対応している。なお、「薬玉」「くすりび」ともに、『日記』以前にはほぼ和歌での用例がみられない語である。和歌ｆについては、和歌ｄ・本文五と「今日」の文言が共通している。また本文五の末尾、「言はぬ人なう」というフレーズとｆの歌は、内容こそ違うものの、その場にいる人々の行動を「〜しない人はいない」と二重否定であらわすパターンとしては一致している。和歌ｄ〜ｆという、『古今和歌六帖』で連続する三首と本文五に、ゆるやかに共通する要素がみられることは、歌ことばの連想性によって、ゆるやかに複数の和歌を想起している事例として、ある程度注意してよい現象ではないか。少なくとも、これまで指摘されてきた和歌ｄの引用とのみ限定して捉えるより、複数の和歌を背景におくことで、『日記』の当該場面全体が、和歌と絡み合いながら、さらに立体的にイメージされる効果はあろう。もちろん、『古今和歌六帖』に載るこの三首に限るということでもなく、道綱母が「五月五日」をテーマに想起するような和歌が他にもあった可能性は否定してはならない。

このように、類題和歌集に並んでいるような、連想性のある和歌が複数想起される例は、前節で論じた「同じ語をもつ複数の和歌を同時に引用する」表現と同様、『源氏物語』においては指摘されているもの[14]の、『日記』では論じられて来なかったようである。これは、道綱母の自意識の問題が『日記』の主たる問題として焦点化されてきたからではないか。『日記』において、書き手の心情あるいは自意識に還元するような和歌利用だけではなく、共通の知識を持っていてこそ理解できる、ことばの上での工夫としての和歌利用を積極的に見出すこともまた、この時代の歌ことばに対する意識を考える上で有用だと思われる。道綱母は歌人としての評価が高いということからも、そのような試みがあった可能性をひとまず想定してみることは無意味ではないだろう。次節では、下巻におけるこのような和歌利用について、道綱母をとりまく環境とのかかわりを検討したい。

六　道綱母をとりまく環境

道綱母は宮中に出仕をしていない、いわば〈家の女性〉と位置づけられている。これに対し渡辺秀夫［一九八一］は、道綱母の交際や作歌活動の範囲は「〈家の女性〉としては、むしろ多岐にわたっている」と述べた。一方で、「特定の文学サロンやその運動に積極的に関与する姿勢は希薄で、むしろそうした諸種の〈文化圏〉の周延にあってみずからの世界を個的に醸成していた」とも指摘している。道綱母が、主に歌の詠み手として、様々な人物と接していたことは事実である。渡辺の指摘した通り、道綱母がそのような立場にいたからこそ、広く〈文化圏〉を見渡す立ち位置を保っていたと考えるのは理にかなっている。

また、第四・五節でも触れたように、『日記』下巻において、『古今和歌六帖』に採録されるような歌の利用がみられることも、「知識の共有」について考えるときに重要な要素ではないだろうか。『古今和歌六帖』（以降、『六帖』）については成立年代・編者ともに結論が出ておらず、本文にも乱れが多いことから、現在に至るまで不明点の多い歌集とされている。平井卓郎［一九六四］が指摘したように、源順を編者として、彼の没年である永観元（九八三）年を下限とする説、あるいは後藤利雄［一九五三］以来支持されているように、貞元元（九七六）年以降の成立とする説が出されている。(15) 両者を併せて成立年代を九七〇年代後半から九八〇年代前半の間とするのが有力である。一方、近藤みゆき［一九九八］は、『六帖』のことばをデータベース化することを通して、『六帖』の成立年代を大幅に前倒しする説を提唱した。近藤によれば、「六帖の根幹を成すような和歌部類資料は、天徳期にはほぼ纏められ」ていたとし、「まず編者の極く身近なところから利用がはじまって、かつ利用の過程で、新しく詠まれた注目すべき歌々が漸次取り込まれていった」と述べる。つまり、九五〇年代後半から九六〇年頃には、『六帖』の根幹ができていたことになる。これは、『日記』に重ねると、上巻のかなり早い記事の年代にあたる。『日記』の成立年代は確定しがたいが、上中下巻はそれぞれ別のタイミングで執筆されたことは一般的に了解されている見方であろう。上巻については、下巻の冒頭記事の天禄三（九七二）年以前には成立していたとの考え方が有力であり、筆者もこれに従いたい。いずれにせよ、下巻は天禄三年以降の成立には違いないのであり、近藤の『六帖』成立に関する意見に従うならば、『蜻蛉日記』下巻の執筆時に『六帖』はある程度まとまった形をなしており、広く利用されていた可能性も高いと考えてよいだろう。

ここで重要なのは、ある題のもとに、それを詠み込んだ歌を集めて作る、という類題和歌集としての『六帖』の存在意義である。一つの歌ことばに対し、連想される何首かの和歌を挙げるという編纂は、和歌に対する知識を共有することに自覚的であるからこそなされる行為であろう。そう考えると、道綱母がこの歌集を用いたか否かはひとまず措くとして、和歌知識の共有という意識から、ある表現によって連想的に浮かび上がる文章や和歌世界が背景にあり、その言語感覚に基づいて歌ことばが文章中に編みこまれている可能性は考えうるのではないか。

道綱母、つまり書き手の側の、『六帖』にみられるような和歌知識の共有に対する意識の一方で、享受者の側に対してこのような歌集が与える影響も考える必要があるだろう。先に述べたように、「引歌」が表現技法として成り立つのは、ある一定レベルの和歌知識を共有しているという前提があるからである。『六帖』は現在確認できる中では最古の類題和歌集であり、成立当時も和歌の手引書としての利便性があったと考えられている。むろん、『古今集』をはじめとした、他の歌集も基礎的な教養として共有されてはいただろう。しかし、和歌中のことばが題目として並べられた『六帖』は、和歌の知識を共有していることに対する自覚を促したのではないだろうか。『蜻蛉日記』下巻以前にも、古歌を利用した表現はなされているが、『日記』下巻において特に和歌利用が発展した背景には、道綱母の筆力に加え、『六帖』のような歌集が編まれるような状況、歌ことばの知識・イメージ共有に対する自覚が発達したことも要因に数えるべきだろう。

七　おわりに

本章では、『日記』下巻にみられる、特徴的な引歌について論じてきた。それらはいずれも、和歌を直接的に引用する部分を持ちつつ、その周辺部に引用部分とかかわる表現が散りばめられていた。これにより第四・五節で論じたような、直接的な引用一箇所のみでも複数の和歌を想起させる表現も可能になったと思われる。

ただし、役割上の共通点をみると同時に、三例がすべて性質の異なる引用であることにも注意を払わねばなるまい。[16]本文一の「われだにものは」は道綱母が口に出したことば、本文二「石上」は、遠度の文の中で書かれていることばである。書かれたことばであるということ、発言者が遠度であることの二点が本文一と異なる点である。さらに本文五の「山ほととぎす今日とてや」は、周りの人々が口に出していることばである。同じ「口に出したことば」であっても、発言者が自分・他人どちらであるかは考慮すべき点であろう。

このように三例の性質が異なっていることも踏まえると、道綱母が意図して文飾を施したことが、様々な可能性の一つとして改めて指摘しうるのではないか。本文二も五も、他人が引用してきた和歌の周辺部、地の文の中で、それと関連する表現が散りばめられていた。『日記』の記事に書き込んでいく中で、道綱母が和歌に基づいた語の選択を行い、重層的な表現をつくり出していった可能性も考えておいてよいのではないか。

そのような表現を可能にしたのは、『六帖』をはじめとした、和歌知識の共有に対する意識の高まりにも一因が求められよう。歌ことばそれ自体の連想性が意識されることで、散文の中に歌ことばがいわば「浸潤」しやすくなっていったと考えることもできるのではないか。いずれにせよ、歌ことば表現がどのように発達していったかを考える場合に、『日記』下巻は転換点として位置づけられること、そしてそれを道綱母個人の問題としてではなく、和歌の知識共有が意識的になされるようになっていった時代の流れに応じたものとして考える視点があってよい、ということは意識しておきたい。とくに、中巻までにくらべ、多様な内容・人物とのやりとりを含む下巻は、それだけ「同時代の人々との知識共有」が意識される記事内容でもあることは注意しておいてよい視点ではないか。第四節で論じた遠度の歌を例に取るならば、彼の贈歌がそもそも複数の和歌を示唆するものであり、道綱母がそれを理解することを期待していたという考え方が可能であるように思われる。

さらに、このようにして歌ことば表現が高度化していくと、単に既存の和歌を想起させることを目的とするにとどまらず、一首の和歌のうち、引用する部分の違いによって異なる表現効果を示すような例も見出せるようになる。次章では、このような事例について論じてゆくこととする。

注

（1）なお、東原伸明［二〇一八］は、地の文に融合する引歌の萌芽が『土左日記』にすでにみられることを指摘しており、既存の和歌と散文が分かちがたく結びつきながら仮名文学が展開されてきたという混沌とした様相を前提として考えるべきであろう。

（2）小町谷照彦［一九八四］は和歌に限定せず、漢詩なども含めた呼称として「歌ことば表現」の語を用いつつ、広い範囲での引用について論じている。また片岡利博［二〇〇二］は、引用元を一首に特定するより、その表現が「王朝和歌の世界で育ってきた「和歌的表現」」であることに注意を払うべきだと述べている。

（3）鈴木宏子［二〇二三］は、『源氏物語』の散文内には特定の一首の和歌ではなくさまざまな歌を想起させる歌ことばが散りばめられていると述べた上で、「歌とともに生き、歌の「ことば」によって感じ考える物語の作者・読者にとっては、仮名散文を織りなしていく営みと歌ことばの連想作用は、分かちがたく結びついていたのだと思われる」と、作者の言語感覚についても言及しており、首肯すべき指摘である。

（4）歌ことば表現のある箇所については、柿本奨［一九六六］の「引歌一覧」を参考にしつつ、独自に調査、認定している。なお本章で検討する『日記』下巻において、地の文と融合したものを含めると歌ことば表現は約四〇例見出すことができる。

（5）ただし、これよりさらに前、六月の記事中に「蟬の声いと繁うなりにたるを」（三〇二）とあることには注意を払ってもよいだろう。

（6）ただし、『うつほ物語』の他にも、『伊勢物語』異本（阿波国文庫本、一四段）に同じ歌が載る。木村正中・伊牟田経久［一九九五］では、「この歌、元来は古歌で、『伊勢物語』のいわゆる小式部内侍本、その他にもみえる。『伊勢物語』に、「前栽の中に、虫の声々鳴きければ」とあり、……（中略）……道綱母は、古歌を引用し、同時に『宇津保物語』の場面も念頭にあるか」とする。ただし、当該章段での「虫の音」は「蟬の声」のみを示すものではなく、この点から『うつほ物語』との影響関係が強いと考えてよいだろう。

（7）すでに木村正中・伊牟田経久［一九九五］において、一連の語に『うつほ物語』の影響がみられること自体は指摘されている。

（8）八月十一日の記事に「十一日になりて、（兼家）「いとおぼえぬ夢見たり」とて「かうて」など、例のまことにしもあるまじきことも多かれど、ちりにも、ものも言はれねば、「などかものも言はれぬ」とあり」（三〇五）と書かれている。

（9）「言はでおもふ」、あるいはそれに類する語を使用した和歌は他にもあり、『古今和歌六帖』には六首が採録される。ただし六首全てが恋の歌であることには注意を払うべきだろう。なお「言はでおもふ」の享受については、古瀬雅義［二〇一一］に詳しい。

（10）和歌の他出記載については、『日記』以前に成立していた可能性があるもののみ掲出した。以下同様の方法をとっている。

（11）喜多義勇［一九三七］以降の注釈書では、この箇所の引歌に言及する場合は必ず和歌ａが指摘されている。

（12）ただし秋山虔・木村正中・上村悦子［一九七一］によれば、この一文も「陳情的な詠歌へのいわば導入の役割をもった前文」であり、「道綱へ宛てたこの手紙にしても、実は道綱を通して作者に向けて書かれ、さらには養女本人にも伝えたい気持が多分に含まれ」ていると述べる。つまり、「石上といふこと」には「古歌にもあるとおり、自分は一旦妻と定めた以上雨ぐらいものともしない真剣な思いであるということを意味する」と結論づけている。この点は忘れてはならないだろう。

（13）　土方洋一［二〇〇〇b］は、このような集団を「和歌共同体」と呼んでいる。
（14）　藪葉子［二〇〇八］は『源氏物語』に『古今和歌六帖』の歌が利用されている場合に触れ、並んでいる歌を用いることを人物造型と関連させながら論じている。
（15）　古今和歌六帖輪読会［二〇一二］もこの説を支持している。また、室城秀之［二〇二〇］は、より慎重に天延から貞元年間（九七三～九七八）頃にそれなりの形になっていたと推定している。
（16）　斎藤菜穂子氏のご教示による。

第二章　朱雀院と「この道」
―― 引用の型を考える ――

一　はじめに

本章では『源氏物語』のテクストにおいて「どのように」歌ことば表現が用いられているか、そのあらわれ方を切り口とし、朱雀院の兼輔歌引用を考察してゆく。『源氏物語』における引歌の、いわば「型」に注目するということである。なお本章において「型」ということばは、ある歌を引く際の形式における共通した特徴、という意味で用いることとする。

たとえば、『源氏物語』で薫を描写する際に、躬恒の「春の夜の闇はあやなし梅の花色こそ見えね香やは隠るる」(古今集・春上・四一)が四箇所で引用されるが、そのすべてが「闇はあやなし」という形であらわれる。なお、『源氏物語』以前に成立した現存する物語でこの歌を直接的に引用している作品はみられない。また、『狭衣物語』『とりかへばや物語』には「闇はあやなき」の形がみられるものの、『夜の寝覚』に「その御方の人、闇の夜にも薫り隠れぬばかり、ととのへたまひたり」（巻三・二三七）や『栄花物語』に「薫りはかくれなきわざなれば、えもいはずしみかへりたり」（②三七二）という引用もみられる。つまり、同じ躬恒歌でも歌句の引き方、あらわれ方はさまざまである。それゆえ、『源氏物語』では固定された引用の「型」として「闇はあやなし」が意識される。[1]特定の和歌が一定程度の共通した特徴を持って物語内に繰り返しあらわれる場合、その「型」が読者にとって印象的なフレーズとして意識され、場面を横断した解釈、連想を可能にしていると考えられる。

本章では、『源氏物語』の中でもっとも多く引用されている藤原兼輔の歌「人の親の心は闇にあらねども子を思ふ道にまどひぬるかな」（以下、「兼輔歌」と表記）を例に引歌の「型」を捉えてみる。具体的には、朱雀院にかかわる兼輔歌引用に際だった特徴があること、すなわち「心の闇」が一切用いられないという「型」、一方で「子」「道」ということばが必ず引かれているという「型」に着目し、そうした引用の「型」の意味について考察する。

二　兼輔歌と『源氏物語』

兼輔歌を扱うにあたり、まず、詠出状況にまつわる問題を確認しておく。『大和物語』と『後撰集』では左記のように、詠出事情について異なる説明がなされている。

【A】堤の中納言の君、十三のみこの母御息所を、内に奉りたまひけるはじめに、帝はいかがおぼしめすらむなど、いとかしこく思ひなげきたまひけり。さて、帝によみて奉りたまひける。

（大和物語・四五段）

【B】太政大臣の左大将にてすまひのかへりあるじし侍りける日、中将にてまかりて、ことをはりてこれかれまかりあかれけるに、やむごとなき人二三人ばかりとどめて、まらうどあるじさけあまたたびのち、ゑひにのりて

こどものうへなど申しけるついでに
（後撰集・雑一・一一〇二）

この詠出事情の相違については、どちらかを正しいとするより、どちらも真実であるとして、片桐洋一［一九七五］、伊井春樹［一九八二］など、その前後関係を論じるものがみられ、筆者もこの見解に賛同する。なお、この問題については、田渕句美子［二〇一二］にて詳細に論じられている。どの説を採るにせよ、当該歌が子どもを心配する親の心を詠んでいることには変わりがなく、この点こそが重要であろう。はやくから詠出状況は二通り伝わっているものの、帝に奏上するほど分別を失っている、あるいは酒に酔っているという状況は、いずれもある程度理性を失った状態である。そしてその状態で詠まれた兼輔歌の焦点は「理性を失っている時、口をついて出るほどの、子を案じる強い気持ち」である。ここでは、「人の親の心は（常は）闇（のように周囲の見えない、非理性的なもの）ではないけれども、子を思う（ことにおいては、闇の中にいるかのように）道にまどってしまうものです」と詠んでいると解釈しておく。(2)

この兼輔歌がどのような文言で『源氏物語』内にあらわれるかを整理すると、次の資料のようになる。なお、より具体的な情報は本章末尾の表にまとめ、資料で示した括弧内の数字はこの表の番号と対応させている。『源氏物語』における兼輔歌の引用は二六例あるが、その引用の型は「闇」という語が物語本文にあらわれるか否かによって資料の①・②のように大別することができる。また、朱雀院にかかわる引用については、番号の部分を四角で囲って示した。

【資料】『源氏物語』における兼輔歌の引用

① 和歌を引用しており、物語本文に「闇」の語を含む箇所があらわれる場合（22例）

・闇にくれて（1）／闇にくれまどひ（6）

・心の闇（2・3・5・9・10・11・12・13・14・18・25）

・こや世の人のまどふてふ闇（4）
・このよの闇（7）
・この道の闇（15・20・23）／親子の道の闇（21）
　―ただし15について、保坂本は「このよのやみ」、國冬本は「このみち」
・闇をはるけで（17）
・闇のまどひ（22）
・いかなる闇にかまどはれ（26）

② 引用されている和歌を想起することではじめて「闇」の語が浮かび上がる場合（4例）

・この道のまどはれぬ（8）
・子を思ふ道（16）―ただし、保坂本には「こおもふこと」
・この道（19）
・親にては心もまどはし（24）

全二六例のうちの大半、二二例は「闇」の語とともにあらわれる。少なくとも、兼輔歌引用において「闇」はほぼ欠かせない要素であると考えられる。その上で、点線で示したように、二二例のうちの一一例が「心の闇」という形であらわれる。これは割合として極端に高いとはいえないものの、『源氏物語』における兼輔歌引用としてはもっとも多い型である。

そもそも『源氏物語』において「心の闇」という記述があらわれるときはすべて、兼輔歌を引いていることを示している。ところが、番号を四角で囲った朱雀院に関する引用五例をみると、朱雀院にまつわる引用にはこの「心の闇」

が一度もあらわれない。さらに、本章末尾の表からは、朱雀院による兼輔歌の引用が若菜上・下巻と柏木巻に集中していることが明らかである。引用の集中については、朱雀院が『源氏物語』第二部において、子を案ずるがゆえに「まど」ふ人物として描かれていることと整合性を持つが、その中で兼輔歌引用の「型」ともいえる「心の闇」という形が一切あらわれない点には注意を払うべきではないか。また、五例中四例で「こ（子）」及び「道」があらわれる点にも留意すべきだろう。朱雀院の描写に他の作中人物に関する兼輔歌引用と異なる表現があらわれていることで、読者に朱雀院が印象づけられる可能性、つまり引用の「型」が作中人物像確立の一助となっているのではないか。

朱雀院に関する具体的な引用箇所を検討する前に、次節ではこれまでの朱雀院についての研究と兼輔歌とのかかわりについて整理しておくことにする。

三　問題の所在 ――「子を思ふ道にまど」ふ人物としての朱雀院 ――

「闇」ということばはさまざまな意味を持つ[3]。また、歌ことばとしての「心の闇」は、片桐洋一［一九九九b］に詳しく整理されており、心の中にある暗い思いや、心の乱れを「子」への思いに集約したものとして兼輔歌を捉え、そこから「心の闇」という表現が確立されていったものと考えられる。

つぎに、兼輔歌と『源氏物語』における朱雀院とのかかわりを論じたものについても概観しておきたい。本章でおもに論じてゆく『源氏物語』第二部において、朱雀院は出家遁世への希求と女三の宮のことを案じる親、という二つの面が描かれる。朱雀院の出家への思いを妨げるものとして娘である女三の宮が登場するのであるが、このことから『源氏物語』における兼輔歌引用の一例として、娘への思いゆえに心を乱す朱雀院の人物造型と、兼輔歌引用とのかかわりを指摘した論考が多い[4]。

一方、緑川眞知子［一九九五］は、明石巻で定型化した「心の闇」という表現が、若菜巻以降でゆれはじめることに着目し、その時に「闇」ということばがさらに意味世界を広げ、仏教的な「闇」をも示すようになったと指摘する。そして最終的には、「心の闇」という定型化した引歌表現から、兼輔歌がもともと持っていた仏教比喩として意味の転換を遂げた、とする[5]。筆者としても概ね賛同する指摘であるが、朱雀院の描写を考えてゆくと、兼輔歌が若菜巻以降で仏教的意味に「転換」した、と言い切ることは難しいように思われる。

また、萩野敦子［一九九八］は、兼輔歌を積極的に用いる桐壺更衣の親と明石入道が「自分の信じる〈道〉」を持っていると指摘した上で、「こ（子）の道」という、兼輔歌の歌句の意味を改変することなく引用する朱雀院を、子への思いにまどう人物として対置させる。兼輔歌の引用について、朱雀院とほかの人物を区別する捉え方は重要な視点であるものの、萩野論はこれまでの指摘と同じく、もっぱら「子を思ふ道にまど」う人物として朱雀院を捉えている点ではいま一歩考察を要するのではないか。

ところで兼輔歌そのものは「心は闇にあらねども」と詠んでいるのであって、「心の闇」ではない。この点については妹尾好信［二〇一九］が、当時深い悲しみをあらわすことばとして和歌で頻繁に用いられていた「心の闇」という表現を、紫式部が意図的に子を思う盲目の親心の意に特化して利用したのだと指摘する[6]。そう考えるならば、子の心配をする代表的な人物として読者に捉えられてきた朱雀院に「心の闇」が一切あらわれないのはますます不自然な事と意識されるのではないか。そして、書き手が「心の闇」という形をあえて用いたとする妹尾の意見に従うとき、「用いない」ことについても何らかの意識が働いている可能性、少なくとも読者がそこに他の引用箇所との異なりを見出す余地はあるだろう。

いずれの論もそれぞれ示唆に富むが、兼輔歌を引用する際の「型」が朱雀院の人物像認識と積極的にかかわりをもつ可能性について、なお検討すべき余地があると思われる。次節では兼輔歌の「型」を基に、この点について論じてゆく。

四　朱雀院と兼輔歌 ―― その引用のあらわれ方 ――

『源氏物語』の中で、朱雀院にかかわる場面において兼輔歌が引かれるのは五箇所である。以下、一つずつ検討してゆきたい。

【本文一】（後掲表の15、以下同様に番号を示す）

中納言の君参りたまへるを、御簾の内に召し入れて、御物語こまやかなり。「……（中略）……（六条院が）春宮などにも心を寄せきこえたまふ。今、はた、またなく親しかるべき仲となり睦びかはしたまへるも、限りなく心には思ひながら、（自分は）本性の愚かなるに添へて、この道の闇にたちまじり、かたくなるさまにやとて、なかなか他のことに聞こえ放ちたるさまにてはべる。……（後略）……。」（若菜上④二二～二三）

若菜上巻の冒頭、六条院が朱雀院のもとへ夕霧を見舞いとしてつかわした場面である。朱雀院は、春宮と六条院が親しくしていることに対する感謝を伝える。そしてそのことについて他人事のような態度をとっている理由を、傍線部のように述べる。「この道」は「子の道」と「この道」の意が掛けられており、朱雀院は「この道の闇」にまどいかねない自分を律し、一歩距離を置こうとしていることが読み取れる。もちろんこれは、朱雀院の謙遜であると捉えるのが自然であろう。しかしこれまで、兼輔歌を根拠の一つとして、子を思うがために分別を失った行動が多くみられる、と捉えられてきた朱雀院の人物像からやや外れる言動としては注目すべき場面である。さらにいえば、朱雀院に関係する兼輔歌引用は、この場面が初出である。この場面までの間に兼輔歌は一四回も引用されているのだから、物語をはじめから読み進めた場合にはなじみのある表現として注目される記述であろう。朱雀院が子への思いにまどいかねないことを自覚し、それゆえに自分を律していると強調するこの場面は、朱雀院自身が「この道の闇」にまどう自分を強調する本文三以降の伏線ともとれる箇所であり、また、その自己認識と対をなす記述でもある。その点に言及する前に、本文一に類する言動として本文二を検討したい。

本文二は、朱雀院が「子」以外への「まどひ」を明言している点が特徴的である。

【本文二】（16）

尚侍の君は、つとさぶらひたまひて、いみじく思し入りたるを、（朱雀院は）こしらへかねたまひて、「子を思ふ道は限りありけり。かく思ひしみたまへる別れのたへがたくもあるかな」とて、御心乱れぬべけれど、……

（若菜上④四四）

女三の宮の裳着を終え、朱雀院が出家をする場面である。出家の間際、朱雀院は尚侍の君に、別れがたい思いを述べている。状況から考えるならば、これは尚侍の君への強い思いを伝えるための誇張の一種であろう。とはいえ、朱雀院の口から「子」以外の相手に対し「まど」う表現が語られ、さらに、敢えて兼輔歌を否定的に引用していることは注目すべき点である。本文一の言動をうけるならば、「子への思いにまどいかねない自分」を冷静に自覚している朱雀院が、子よりも女君への思いによって心乱れてしまいそうだと述べていることになる。本文一と二が朱雀院自身による兼輔歌引用であることで、子への思いに分別を失うという、これまでの『源氏物語』内における兼輔歌引用の文脈をうけつつ、それに従わない朱雀院の言動を本文三以降に先だって見出すことができる場面だと考えられる。

このように、ただ「子への思いにまど」うばかりではない朱雀院の描写を指摘したところで、以下、もっとも直接的に「この道の闇」に「まど」う朱雀院をあらわしていると考えられてきた本文三から五を検討してゆきたい。

【本文三】(17)

院の帝は、月の中に御寺に移ろひたまひぬ。この院に、あはれなる御消息ども聞こえたまふ。姫宮のことはさらなり、わづらはしく、いかに聞くところやなど、憚りたまふことなくて、ともかくも、ただ御心にかけてもてなしたまふべくぞ、たびたび聞こえたまひける。……(中略)……紫の上にも、御消息あり。「幼き人の、心地なきさまにて移ろひものすらんを、罪なく思しゆるして、後見たまへ。尋ねたまふべきゆゑもやあらむとぞ。

背きにしこの世にのこる心こそ入る山道のほだしなりけれ

闇をはるけで聞こゆるも、をこがましくや」とあり。

(若菜上④七五)

【本文四】(19)

御山にも(懐妊のことを)聞こしめして、らうたく恋しと思ひきこえたまふ。月ごろかくほかほかにて、渡りたまふこともをさをさなきやうに人の奏しければ、いかなるにかと御胸つぶれて、世の中も今さらに恨めしく思して、対の方のわづらひけるころは、なほ、そのあつかひにと聞こしめしてだに、なま安からざりしを、その後なほりがたくものしたまふらむは、そのころほひ便なきことや出で来たりけむ、みづから知りたまふことならねど、よからぬ御後見どもの心にて、いかなることかありけむ、内裏わたりなどのみやびをかはすべき仲らひなどにも、けしからずうきこと言ひ出づるたぐひも聞こゆかし、とさへ思しよるも、こまやかなること思し棄てし世なれど、なほこの道は離れがたくて、宮に御文こまやかにてありけるを、おとどおはしますほどにて見たまふ。

(若菜下④二六七)

【本文五】（20）

山の帝は、めづらしき御事たひらかなりと聞こしめして、あはれにゆかしう思ほすに、かくなやみたまふよしのみあれば、いかにものしたまふべきにかと、御行ひも乱れて思しけり。……（中略）……（朱雀院は）いとたへがたう悲しと思して、あるまじきこととは思しめしながら、夜に隠れて出でさせたまへり。……（中略）……（朱雀院）「世の中を、かへり見すまじう思ひはべりしかど、なほ、まどひさめがたきものはこの道の闇になむはべりければ、行ひも懈怠して、もし後れ先だつ道の道理のままならで別れなば、やがてこの恨みもやかたみに残らむとあぢきなきに、この世の譏りをば知らで、かくものしはべる」と聞こえたまふ。（柏木④三〇三～三〇四）

まず、本文三では朱雀院が寺に入り、女三の宮と離れたことが描写される。本文一の春宮の時とは異なり、朱雀院は「たびたび」六条院に文をおくり、さらに紫の上に対しても「後見たまへ」と伝える。兼輔歌は紫の上への文の末尾に「闇をはるけで」という形であらわれるのだが、その直前の和歌にも兼輔歌をふまえた表現がみられる。「この世」と「入る山道」の二語であるが、これはそれぞれ「俗世」「仏道」を示すことばである。また、前者については、本文一同様、「こ」が「この」と「子」の掛詞として機能し、「この世にのこる」は「子が世に残る」の意味もあらわす。この和歌では「子」である女三の宮の存在は、朱雀院にとっての「ほだし」として位置づけられている。つまり、仏道という「道」と「子を思ふ」「道」が比較され、子を案じる道から抜け出せずにいると述べていることになる。本文一と同じ掛詞を用い、また、何か別の事柄と子を思うことを比較するという点では本文二ともつながる。子への思いにまどわずにいる自分を強調していた本文一と二の形式をなぞるようにして、本文三の朱雀院はまどう自分を強調するという対照的な言動がみえてくるのである。

ところで、本文三の朱雀院の和歌には「この世にのこる心こそ」という形で「心」が入っており、続く消息文には

「闇をはるけで」の形で「闇」があらわれる。「俗世に子を残してゆくという心」が朱雀院にとっての「ほだし」であり、「晴らすことのできない闇」であると考えるならば、この表現には「心の闇」がいわば分断された形で引かれているともいえるだろう。しかし、裏を返せば、そのように「心の闇」が強く意識される文脈でなお、「心の闇」という型が用いられていない箇所としても注目される。兼輔歌を引用するにあたり、本文三は明示的といってよいレベルで「心の闇」を示しながらも、「こ（子）」と「道」の使用によって、朱雀院の兼輔歌引用が他の登場人物における引用と差別化されるのではないか。

この場面はこれまで、朱雀院が仏道に専念できず、「子を思ふ道にまど」う様子の例として捉えられ、藤本勝義［一九九四］など、子への強い愛執が強調されてきた。それは第一に考えられるべき解釈であるにせよ、朱雀院は、本文二の場面で出家を済ませているのであり、紫の上への愛執ゆえに出家できずにいた六条院のことを想起すると、『源氏物語』の文脈の中で本文三における兼輔歌利用は、むしろ、子を思いながら自分の意思を貫いて出家したにもかかわらず、「子を思ふ道」のために仏道に専念できずにいる、という朱雀院の「中途半端さ」に注視すべき描写であると考えられよう。

さらに本文四もこれに類する人物像を浮き彫りにする。当該場面では女三の宮が懐妊したにもかかわらず、六条院の訪れが間遠であることを聞き知った朱雀院が、二人の間に何があったのかと心の中でさまざまなことを考えている。そもそも朱雀院は、宮を誰と縁づかせるかを考えるにあたっても、まわりの女房達のせいで宮に不都合なことが起きはしないかと心配していた。

本文四で朱雀院はまず、「便なきことや出で来たりけむ」「よからぬ御後見どもの心にて、いかなることかありけむ」と不義密通の可能性を考えている。この懸念が的を射ていることは読者には明らかになっているが、朱雀院は実際に密通があったことや、その相手のことを具体的には知りえない。さらにこれらの不安は「さへ」、つまり諸々の心配に加え、そのうえ不義密通の可能性「までも」、という扱いであらわれていることにも注目しておきたい。朱雀院は不義密通という事態を一般的に起こりうる問題としてのみ捉え、それ以上の具体的な行動、つまり本当にそのような事態が起きているのか、相手が誰かといった調査を進められない人物として看取される。宮の縁組を考える時にすでにそのような不安を述べていたことからも分かるように、朱雀院が思い至った不義密通は、あくまで一般論から考えた、可能性の一つでしかないのである。それゆえ、本文四に続く場面で女三の宮におくった文もまた、一般論としての女の振舞い方を示すにとどまっているのだろう。

本文四の兼輔歌引用からは、子を思う強い気持ち、思い乱れる父の様子が読み取れるようでいて、もう一つの「道」である仏道を望んだために、徹底されているとはいえない「子を思ふ」様子を看取できるのではないか。勤行に集中できず、かといって女三の宮の身に起こったことを具体的に知ろうとせず、深まることのない推測を重ねるにとどまる朱雀院はどちらの「道」においても中途半端な立ち位置なのである。

最後に本文五を検討したい。本文五では、女三の宮の体調が悪化し、宮が出家を望んでいると知った朱雀院が、「夜に隠れて」下山し、みずから宮に会いに行くところが描かれる。朱雀院が突然訪れたことに驚く六条院に対し、朱雀院は「まどひさめがたきものはこの道の闇」と述べ、「行ひも懈怠して」と、「子を思ふ」ために自分のすべき勤行すら打ち捨てる、思い乱れた様子を述べるのである。本文五であらわれるこの形は、景色としての「闇」を描写しつつも、本文一で春宮に用いられていた「この道の闇」という形の反復でもある。本文一では兼輔歌は自分を律する理由として用いられており、意図するところは正反対であるようにみえるが、この反復にもまた、朱雀院の「中途半端さ」を読み取ることはできまいか。

この時に注目されるのは、朱雀院が女三の宮を出家させる際、さまざまな考えをめぐらせており、「また、かの大殿も、さ言ふとも、いとおろかにはよも思ひ放ちたまはじ、その心ばへをも見はてむ、と思ほしとりて」（柏木④三〇七）と、心中が語られていることである。「思ほしとる」という表現は、熟考の末に選び取った選択肢であることを示し[7]、「子を思ふ道にまど」ぅ親の描き方であると単純には言い切れないものであろう。本文一と同じ形での兼輔歌引用から、それを暗示的に読み取ることができると考える。

本文五では子への思いに「まど」い、主観に溺れる朱雀院と、わが子の苦しみを一度措いて、冷静に物事を判断する、客観的ともいえるまなざしを持つ朱雀院、という二つの面を読み取ることができるのではないか。もちろん、わが子を思うからこそ朱雀院は冷静に状況を考えようとするのだろうが、兼輔歌にみられる「まどひぬるかな」ということばとは隔たりがあり、従来の「子を思ふ道にまど」ぅ朱雀院像とは乖離していることを指摘しておく。当該場面でも本文四同様、朱雀院自身のことばとの矛盾が起きている。「まどひさめがたき」という兼輔歌の引用によって朱雀院に敢えて「まどひ」を述べさせている本文があるにもかかわらず、直後の場面では朱雀院の「まどひ」が醒めていることを示す言動が描かれるのである。

本文一から五でみてきたように、朱雀院による兼輔歌引用は、従来いわれてきたような「子を思ふ道にまど」ぅ姿を強調するだけでなく、むしろ本文一と二のような「まど」わない人物としての朱雀院、あるいは、本文三から五のように、朱雀院自身は子への思いで「まど」ぅ自分を強調しているにもかかわらず、実際は「まど」いきれていない、とでもいうべき状態を、『源氏物語』のそれまでの兼輔歌引用の文脈を逆手に取りながら、描き出しているように思われる。朱雀院は子に対し非常にこまやかに配慮している。しかし、朱雀院自身のことばとして兼輔歌が引用され、「まどひ」を強調する場面において、「道」という語が必ず用いられ、それが仏道の意味を兼ねていることに注目しておきたい。本文三以降の場面では朱雀院は出家しており、自分の手元から女三の宮を手放している。仏道という「道」に入ることで、彼は女三の宮をはじめとする「子を思ふ道」における「まどひ」から離れるはずであった。ところが現実には、女三の宮を案じるあまり「仏道」に専念することができず、一方で、なまじ「仏道」に入っているために「子を思ふ道」すら、読者からみると徹底していない。『源氏物語』のテクストは、いずれの「道」も貫きとおすことができない姿を、兼輔歌から「子」および「道」ということばを引くことで暗に示し、あわせて朱雀院の揺らぎと多面性をもあらわしているのではないか。

五　歌句の切り取り方にみる朱雀院像

朱雀院のありようについては、神田龍身［二〇一三］が、朱雀院は女三の宮に自身の似姿を認めており、宮は院自身の不甲斐ないこれまでの人生を象徴する存在であるという見方を提示している。実際に女三の宮がそのような存在であるかはひとまず措くが、描き方という観点においては有効な捉え方であろう。

先に述べた通り、これまで朱雀院は「子を思うあまり仏道に専念できない」人物として捉えられてきた。それは疑いようのない事象として『源氏物語』に書き込まれている。ただし、筆者としては、兼輔歌の切り取り方を基に、異なる朱雀院像も読み取れることを指摘しておきたい。神田の見解を敷衍する形で述べるならば、自分の視点から、自分の思いを投影する形でしか「子を思ふ」ことができず、さらに自分はそのことを認識していない、という朱雀院像である。

このように朱雀院像を捉えてみると、兼輔歌がたびたび引かれているが、その五箇所では一切「心の闇」という形が用いられない。一方、たとえば同じ兼輔歌引用でも積極的に「心の闇」が用いられる明石一族については、「子を思ふ道」に入り込み、「子」ひいては「子孫」の幸福・繁栄を願う思い・行動があらわされているように思われる。(8)

さて、このように考えた場合、朱雀院は『源氏物語』における「子を思ふ」登場人物の中で、「まどひ」をことば通りには受け取れない人物として他の作中人物と区別されて受け止められることになる。それを支えるのは兼輔歌、およびこの歌に対する読者のイメージなのではないか。緑川が論じたように、「心の闇」が兼輔歌の引用として頻繁に用いられる形であると認識されていたならば、そこから外れた「型」が用いられることで、朱雀院は他の登場人物と差別化される。朱雀院における兼輔歌引用の「型」とは、「心の闇」を用いないこと、「子」「道」の二語を用いる、というものである。朱雀院が「仏道」と「子を思ふ道」のいずれにも入りこめずにいることが、「子」と「道」の繰り返しによって逆説的に示されているのである。

六　おわりに

ここまで論じてきたように、歌ことば表現の議論において、「どのように」歌句を切り取って引用するか、ということにもまた、注意を払うことで新たな読みが可能となる。それならば、引歌を考えるに当たっては、引歌の「型」がそこにみられること、あるいは「型」から外れることを手掛かりに、本文の解釈を深めてゆくという方法もありうるのではないか。同じ歌を繰り返し引くことは、各箇所に同一の読みを与える場合ばかりでなく、どの語を焦点化するかによって異なる読みが立ちあらわれてくる可能性も考えうるのである。

本章では、一首の和歌をめぐる引用のありかたに複数の「型」がみられ、異なる「型」は異なるテクストの連関をあらわしているのだと指摘した。これに関連する問題は第一部第八章でも論じてゆく。

注

（1）この意味については薫の人物造型ともかかわるため、改めて論じたい。
（2）なお、兼輔歌の解釈史については妹尾好信［二〇一九］に詳しく整理されている。
（3）『古語大辞典』（一九八三年、小学館）によれば、「闇」の項目は次のように分類される。「①光がなく暗いこと。暗やみ。②心が乱れ迷うこと。思慮分別がなくなる状態。③仏教で、往生の妨げとなる心の迷い。煩悩。④文字の読めないこと。⑤三十の隠語。三、三百などの隠語としても用いる。」本章で扱う例は①〜③にあたる意味を持つが、一箇所で複数の意味をあらわす例もあり、一つに絞ることには固執しない。
（4）本章で取り上げた論以外にも吉原理恵子［一九八六］、藤本勝義［一九九四］、高木和子［二〇〇二］、鈴木宏子［二〇〇六］などでもこのような指摘がされている。
（5）緑川によれば、「元々兼輔歌の根底には仏教認識が読み取れる」のであり、「物語の前半においてはこの歌から引かれる「闇」の語に対する仏教的認識は全くなかった訳ではないだろうが、意外に薄いものだったのではないか。しかし兼輔歌の「闇」は、若菜の巻以降、改めて仏教比喩として捉え直された」のだという。
（6）妹尾は「業平の「かきくらす…」歌を代表として、激しい悲しみや心の乱れ・迷いを表す語であった」「心の闇」を兼輔歌の引用に特化して用いたのは、紫式部の家門意識ゆえであると、伊井春樹［一九八一］を支持しながら結論づけている。
（7）「思ひとる」は『古語大辞典』（注3に同じ）によれば、「①理解する。悟る。②心に、こうと決める。決心する。」と説明されている。
（8）後掲表12、13など。

《参考》『源氏物語』における兼輔歌引用箇所

	巻名	頁	地／話	誰から	誰へ	本文	備考
1	桐壺	①27	地	故大納言北の方	桐壺更衣	闇にくれて臥しつづみたまへるほどに、	
2	桐壺	①30	話	故大納言北の方	桐壺更衣	「くれまどふ心の闇もたへがたき片はしをだに、はるくばかりに聞こえまほしうはべるを、	
3	桐壺	①31	話	故大納言北の方	桐壺更衣	これもわりなき心の闇になむ」	
4	紅葉賀	①327	話(歌)	光源氏	若宮（冷泉帝）	見ても思ふ見ぬはたいかに嘆くらむこや世の人のまどふてふ闇	王命婦の歌
5	紅葉賀	①348	話(歌)	光源氏	若宮（冷泉帝）	尽きもせぬ心の闇にくるるかな雲居に人を見るにつけても	
6	葵	②48	地	左大臣	葵の上	八月廿余日の有明なれば、空のけしきもあはれ少なからぬに、大臣の闇にくれまどひたまへるさま	
7	賢木	②133	話(歌)	光源氏	春宮（冷泉帝）	月のすむ雲居をかけてしたふともこのよの闇になほやまどはむ	
8	須磨	②193	地	光源氏	若君（夕霧）	頼もしき人々ものしたまへばうしろめたうはあらずと思しなさるるは、なかなかこの道のまどはれぬにやあらむ。	
9	明石	②269	話	明石の入道	明石の君	心の闇はいとどまどひぬべくはべれば、境までだに	
10	松風	②405	話	明石の入道	明石の君	心の闇晴れ間なく嘆きわたりはべりしままに	
11	松風	②410	地	明石の君	明石姫君	思ひむせべる心の闇も晴るるやうなり。	
12	薄雲	②433	地	明石の君	明石姫君	よそのものに思ひやらむほどの心の闇	光源氏の心中
13	少女	③43	話	大宮	雲居雁	ものげなきほどを、心の闇にまどひて、急ぎものせんとは思ひよらぬことになん。	内大臣の言

番号	巻	巻・頁	地/話	誰から	誰へ	本文	備考
14	野分	③275	話	光源氏	夕霧	ただ今はきびはなるべきほどを、かたくなしからず見ゆるも、心の闇にや」	
15	**若菜上**	**④22**	**話**	**朱雀院**	**春宮**	**この道の闇にたちまじり、かたくななるさまにやとて、**	
16	**若菜上**	**④44**	**話**	**朱雀院**	**子（女三の宮）**	**子を思ふ道は限りありけり。**	
17	**若菜上**	**④75**	**話（文）**	**朱雀院**	**女三の宮**	**闇をはるけで聞こゆるも、をこがましくや。**	**紫の上への文**
18	若菜上	④108	話（歌）	明石の入道	明石の女御	世をすてて明石の浦にすむ人も心の闇ははるけしもせじ	明石の君の歌
19	**若菜下**	**④267**	**地**	**朱雀院**	**女三の宮**	**なほこの道は離れがたくて、**	
20	**柏木**	**④304**	**話**	**朱雀院**	**女三の宮**	**なほ、まどひさめがたきものはこの道の闇になむはべりければ、**	**六条院への言**
21	柏木	④329	話	太政大臣	柏木	親子の道の闇をばさるものにて、	
22	竹河	⑤82	話	雲居雁	大君	世にかたくなしき闇のまどひになむ。	
23	椎本	⑤180	話	八の宮	大君・中の君	子の道の闇を思ひやるにも、男はいとしも親の心を乱さずやあらむ。	
24	宿木	⑤420	地	夕霧	六の君	げに、親にては、心もまどはしたまひつべかりけり。	匂宮の心中
25	宿木	⑤476	地	今上帝	女二宮	帝と聞こゆれど、心の闇は同じことなんおはしましける。	
26	蜻蛉	⑥238	話（文）	中将の君	浮舟	まいていかなる闇にかまどはれたまふらん	

※**凡例** 表三列目「**地／話**」…「地」は地の文、「話」は会話文における引用であることを示す。また「歌」は和歌、「文」は手紙中であることを示す。
表四・五列目「誰から／誰へ」…兼輔歌の引用が、作中の「誰から」「誰への」思いであるかを示す。

※作成に当たっては、私に調査した結果をまとめる上で、妹尾［二〇一九］を参考にした。

第三章　末摘花巻における「色こきはなと見しかども」
――歌を「もどく」使い方――

一　はじめに

『源氏物語』に登場する常陸宮の姫君は、光源氏の「手習」として詠まれた和歌においてはじめて「末摘花」、つまり紅花になぞらえられ、「紅い鼻」を揶揄される。その和歌は、この姫君が「朔日の御よそひ」として、分不相応にも「今様色のえゆるすまじく艶なう古めきたる」衣を贈ってよこしたことに呆れて詠まれたものであった。

【本文一】　光源氏、末摘花からの贈り物にあきれ、文の端に歌を書きつける

（大輔命婦）「かの宮よりはべる御文」とて取り出でたり。「ましてこれはとり隠すべきことかは」とて、取りたまふも胸つぶる。陸奥国紙の厚肥えたるに、匂ひばかりは深う染めたまへり。いとよう書きおほせたり。歌も、

　からころも君が心のつらければたもとはかくぞそぼちつつのみ

心得ずうちかたぶきたまへるに、つつみに衣箱の重りかに古体なる[1]、うち置きておし出でたり。「これを、いか

でかはかたはらいたく思ひたまへざらむ。されど、朔日の御よそひとてわざとはべるめるを、はしたなうはえ返しはべらず。ひとり引き籠めはべらむも人の御心違ひはべるべければ、ご覧ぜさせてこそは」……（中略）……今様色のえゆるすまじく艶なう古めきたる、直衣の裏表ひとしうこまやかなる、いとなほなほしうつまづまぞ見えたる。あさましと思すに、この文をひろげながら、端に手習すさびたまふを、側目に見れば、

（源氏）「なつかしき色ともなしに何にこのすゑつむはなを袖にふれけむ
色こきはなと見しかども」など書きけがしたまふ。花の咎めを、なほあるやうあらむと思ひあはするをりをりの月影などを、いとほしきものからをかしう思ひなりぬ。

（末摘花①二九八～三〇〇）

本文一は常陸宮の姫君が「末摘花」として捉えられる最初の場面であり、彼女の『源氏物語』内での位置づけを決定づける重要なくだりであるといえよう。

この場面における光源氏の手習の一部である、二重傍線部の「色こきはなと見しかども」という文言は、『源氏釈』以来、引歌表現であると考えられてきた。しかし、従来指摘されてきたのは、現在その引用元の和歌にあたることができない、いわゆる出典未詳歌である。これまで、その未詳歌を引いていることを前提として、さまざまな注釈が試みられてきたが、いずれも当該場面の解釈として充分に納得できるものであるとはいいがたいようである。

本章では、この二重傍線部においてきわめて有名な古歌が想起される可能性を検討する。これまで指摘されてきた出典未詳歌の問題点を確認した上で、光源氏の手習から想起される有力な和歌がほかにもありうることを述べ、『源氏物語』のテクストが持つ複層性を述べてゆく。その上で、本章で指摘する和歌を当該場面において想起することにより、従来も指摘されてきた末摘花と紫の君の対偶関係がより鮮明に意識され、末摘花巻の深層をつらぬく「紫」の文脈が立ちあらわれることを論証してゆく。

二　「色こきはな」の注釈および和歌史上の問題

本文一の二重傍線部「色こきはなと見しかども」について、『源氏釈』（書陵部新出本・九曜文庫本）[2]は次のように指摘する。

【資料一】『源氏釈』（書陵部新出本）

又手習に色こき花と見しかともなかきけし給そといふ所は（ママ）

紅を色こき花と見しかとも人のあくにはかへらさりけり

といふふる事の心也

和歌の本文については、第二句の「いろこき」を「いろよき」、第五句の「かへらさりけり」を「うつるてふなり」「うつろひにけり」とするものなど、異同がみられるものの、この和歌を指摘する注釈書が現代にいたるまで大半を占める。一方で、この和歌はかなり早い時期から出典が分からない状態であったようで、下の句がほぼ一致するものとして、『古今集』の「紅に染めし心もたのまれず人をあくにはうつるてふなり」（雑躰・一〇四四・よみ人しらず）、『古今和歌六帖』の「くれなゐにそめしこころものたのまれず人をあくにしかへると思へば」（くれなゐ・三四九二）をあげる注もみられる。しかし、これまで諸注釈であげられてきた資料一の出典未詳歌も、右の『古今集』『古今和歌六帖』の和歌も、当該場面の引歌として唯一無二のものであるとは考えにくい。

まず、「人」を「あく」と詠む場合、相手の心変わりを嘆く意図の歌が多く[3]、さらに、先述の『古今集』『古今和歌六帖』の歌では「たのまれず」と、心変わり「された」立場の者が詠んでいることが明確に示される。つまり、この場面での光源氏の心境にぴったりと添う歌とはいいがたい。その一方で、この部分が和歌的表現である可能性については、なお多角的に検討をつづけた方がよかろう。というのも、『源氏物語』においては元となる歌の引き方、利用の仕方が多様であるため、和歌的発想に基づく部分がいまだに見出されていない可能性もありうると考えるからである。そこで、まずは本文一の二重傍線部と共通する表現を有する和歌についてふれておく。

これまで述べてきたように、光源氏の書きつけたことばである「色こきはなと見しかども」と完全に重なる和歌として『源氏釈』よりも前のものは確認することができない。しかし、この文言が和歌を引用した表現であるか否かにかかわらず、『色の濃い花』だと思ったのだけれど（実際は赤い鼻だった）」と解釈するのは諸注一致するところである。それならば、光源氏の手習から想起される「色こきはな」が何であるのかを考えてみることがまず必要であろう。

ところが、和歌における用例では、「色こきはな」だけでみると、『源氏物語』以前には用例を見出すことはできない[4]。そこでさらにゆるやかに、「色こき」を詠みこんだ和歌を考慮に入れてみてはじめて、『源氏物語』以前に一〇例の用例が確認できる[5]。

【資料二】『源氏物語』以前に「色こき」を詠みこんだ和歌

① 紫の色こきときはめもはるに野なる草木ぞわかれざりける
（業平集・めのおとうともて侍りけるに、うへのきぬつかはすとて・五四）
※（他出）古今集・雑上・八六八・なりひらの朝臣／古今和歌六帖・むらさき・三五〇一・なりひら／伊勢物語・四一段

② 紫のねさへいろこき草なれやあきのことごとのべをそむらむ
（是貞親王家歌合・三九）

③ 花をみてかへらむことをわするゝは色こきかぜによりて成けり
（千里集・春部・花下忘帰因美景・一四）

④ 菊の花をしむかひして色こきはいくしほ霜のおきてそめしぞ
（醍醐御時菊合・二四・すぐる）

⑤　秋風のおとはのやまのたにみづのわたらぬそでもいろこきやなぞ（伊勢集・四一五）

⑥　春風は八重立なみのいろにさへいろこき香するゐでの山吹（清正集・山ふき・一二）

⑦　くれなゐのいろこきむめはうぐひすのなきそめしよりにほふなるべし（元輔集・八六）

⑧　山さくらちよのはる〳〵ことしよりいろこきまされきみがみよには

（能宣集・おのゝみやのおほいまうちきみ、さくらをみはべりしに・八〇）

⑨　とやまなるまさきのかつら色こきをみにくる人も見えぬあきかな（曾根好忠集・二七〇）

⑩　もみぢばのいろこき山の山人となりやしなまし散らぬかぎりは

（輔親集・同じころ紅葉おもしろくしたる山の本をいくに、かかるあたりを過ぎてやと人々の思へるに・一三六）

⑦のように紅い花を「色こき」として詠む歌もみられるが、詠まれている植物の種類も色もさまざまである。また、『源氏物語』以前に末摘花を「色こき」花として詠んだ例はみられない。つまり、光源氏の手習「色こきはな」を和歌史の観点から特定することは難しい。出典未詳かつ和歌の内容が場面にあまり合っていないにもかかわらず、文言が一致しているという根拠で『源氏釈』の掲げる「紅を色こき花と見しかとも」が当該場面の引歌として指摘されてきたことには、このような背景があると考えられよう。そこで次節では視点を転じ、末摘花巻をめぐる「色」に着目して検討を進めてゆく。

三　末摘花巻と「色」

すでに指摘されている通り、通行の巻序にしたがって『源氏物語』をみてゆくと、夕顔巻から若紫巻、そして末摘花巻へと、「花」を冠する巻名が続いている。[6] その「花」の物語が「鼻」の物語へと様相を変えるのが末摘花巻である。

この巻においては、若紫巻で自分の手元に紫の君を引き取った光源氏が、彼女をこの上なく愛おしく思う様子が繰り返し描かれる。その中で注目すべき点は、後世においても「紫のゆかりの物語」と呼ばれるほど印象的な、「紫のゆかり」という語が、ほかならぬこの末摘花巻ではじめてあらわれることであろう。[7]

【本文二】　光源氏、六条の方も末摘花邸もなかなか訪れず、紫の君をかわいがる

かの紫のゆかり尋ねとりたまひては、そのうつくしみに心入りたまひて、六条わたりにだに離れまさりたまふめれば、まして荒れたる宿は、あはれに思しおこたらずながら、ものうきぞわりなかりける。

（末摘花①二八九）

紫の君のことを愛おしく思うあまり、六条御息所への訪れも間遠になっており、ましてや傍線部にあるように「荒れたる宿」に住む末摘花のもとを訪れるはずもない、という文脈ではじめて「紫のゆかり」の文言があらわれる。ただしこの時点での光源氏はまだ末摘花に対する期待を持っており、本文二につづく場面では、紫の君を措いて常陸宮邸に忍び入る。そこで末摘花と逢瀬を持った翌朝、末摘花の姿を顕わに見ることになる。

【本文三】　光源氏、明るい中で末摘花の姿を見る

まづ、居丈の高く、を背長に見えたまふに、さればよと、胸つぶれぬ。うちつぎて、あなかたはと見ゆるものは鼻なりけり。ふと目ぞとまる。普賢菩薩の乗り物とおぼゆ。あさましう高うのびらかに、先の方すこし垂りて色づきたること、ことのほかにうたてあり。

（末摘花①二九二）

傍線部では、「末摘花」と揶揄される原因となった、垂れ下がり、先が赤くなった鼻のことが描写されている。末摘花の容貌に関する異常に詳細な描写のなかでも「ことのほかにうたてあり」と、特に目につく欠点であったことが強調される。このように本文二で紫の君を「紫のゆかり」の姫君として打ち出し、次の場面で末摘花を「赤い鼻」の姫君として強調していることには注目すべきであろう。末摘花巻の本文において、「紅」がはじめて明かされる前に「紫」に言及する流れがあることで、この巻における「紫」と「紅」の対比の緊密さが意識されるのである。

紫の君の呼称については、すでに若紫巻において「紫のねにかよひける野辺の若草」という表現がみられるが、そこで紫の君を直接的にあらわすのは「若草」であり、「紫」から想起される人物はまず藤壺である。

【本文四】　光源氏、紫の君のことを想う

秋の夕は、まして、心のいとまなく思し乱るる人の御あたりに心をかけて、あながちなるゆかりもたづねまほしき心まさりたまふなるべし、「消えんそらなき」とありし夕思し出でられて、恋しくも、また、見ば劣りやせむとさすがにあやふし。

手に摘みていつしかも見む紫のねにかよひける野辺の若草　（若紫①二三九）

これに対して末摘花巻の「紫」はどうか。末摘花巻の本文二において（通行の巻序にしたがうならば）はじめて、「紫のゆかり」が紫の君を指すことばとして用いられることで、この姫君が「紫」の姫君として改めて認識されるのである。もちろん、「紫」は変わらず藤壺を指すのであるが、「紫」が紫の君その人を想起させることばへと次第に移っていったことはこの姫君の通称が何よりの証左となるだろう。なお、末摘花巻の末尾では、次の本文五のように「紫の君」の初出例もあり、この巻の中で着実に「紫」を背負う姫君として紫の君が焦点化されてゆく様子がうかがえる。のみならず、当該箇所はそれに続く形で紫の君の「なつかしき」「紅」にも言及しており、末摘花巻の幕引きがとくに強く紫と紅の対比を意識させることは明白である。

【本文五】　二条院の紫の君のかわいらしい様子

二条院におはしたれば、紫の君、いともうつくしき片生ひにて、紅はかうなつかしきもありけりと見ゆるに、無文の桜の細長なよよかに着なして、何心もなくてものしたまふさまいみじうらうたし。（末摘花①三〇五）

椎橋真由美［二〇〇三］は、末摘花巻末で詠まれる光源氏の「紅のはなぞあやなくうとまるる梅の立枝はなつかしけれど」（末摘花①三〇七）について、「「なつかしき色」ではない末摘花の姫君の「紅」と「なつかしき」若紫の君の「紅」。この二人の対比がここでの光源氏の歌には集約されているのではないか」としており、首肯すべき指摘であると思われる。

一方で、テクスト上は「紅」同士の対比であるものの、これが「紫」の姫君と「紅」の姫君の対比でもあることは指摘してよいだろう。つまり、「紅」を軸にしながら美醜が語られる背後に、「紫」と「紅」の対比も同時に想起させる文脈といえるのである。なお、末摘花の「紅」が明らかになる前ではあるが、末摘花が光源氏の後朝の文への返歌に使った紙は「紫の紙の年経にければ灰おくれ古めいたる」（末摘花①二八七）と描写されている点にも注目しておく。ここでは、「紫」を用いた美醜の対比がみられるのである。

このように、末摘花巻における「色」に着目すると、さまざまなレベルでの「紫」と「紅」への言及がみられることが確認された。これをふまえて、本章の目的である光源氏の手習「色こきはなと見しかども」によって想起される和歌をいま一度検討してゆく。(8)

四　『古今集』八六八番を通してみる「色こき」

「色こきはなと見しかども」とともに光源氏が「書きけがし」た和歌は、「なつかしき色ともなしに」と詠まれていた。

【本文一（一部再掲）】

（源氏）「なつかしき色ともなしに何にこのすゑつむはなを袖にふれけむ
色こきはなと見しかども」など書きけがしたまふ。

光源氏の手習には、「はな」だけでなく「色」も二度書かれている。そして、「なつかしき色」でもないのに、という和歌と、「色こきはな」と思ったのだが、ということばは、それぞれ何か「なつかしき」色、あるいは「色こきはな」をまずは想定し、それを打ち消す構造を持つ点で共通している。この場合、肯定的に捉えられる「なつかし」「色こきはな」を打ち消す存在はもちろん「紅い鼻」の常陸宮の姫君である。前節で述べた通り、末摘花巻の最後、本文五ではふたたび「なつかしき」ということばが用いられ、紫の君の「紅」と対比されているのであるが、その背後に「紫」を想起することもまた、この巻で執拗に繰り返される紫の君と末摘花の対比を考えれば無理のないことであろう。光源氏の手習を忠実になぞってみてゆくと、「「心惹かれる色」というのでもないのに、なぜこの末摘花に触れてしまったのだろう。「色の濃いはな」だと思ったのだけれど」と書きつけており、少なくとも「色」に関しては、「袖にふれ」る以前の光源氏が「すゑつむはな」（＝「紅」）以外の「色」を想定していた、と読むのがむしろ自然である。

そもそも、この二人の姫君の対偶関係については、若紫巻と末摘花巻で語られる時が年立上重なることをはじめ、宮家に連なる姫君であるという血筋など、さまざまな点から論じられており、[9]両者の対比によって紫の君の女主人公としての立ち位置が定位されるという室伏信助［一九七二］の論なども提出されている。筆者としても先行の論に賛同するところであるが、その議論と本文一の手習をかかわらせて論じたものはないようである。もとより、当該場面は末摘花が物語内で「はな」に例えられる最初の記述であり、しかも常陸宮の姫君を強烈なインパクトとともに物語内に「紅のはな」の姫君として定位する箇所である。この箇所で、対偶関係にある紫の君をストレートに想起することとは無理があろう。とはいえ、たとえば土方洋一［二〇〇〇a］が試みたような「範列的な出来事の連鎖」として末摘花巻のテクストを捉えた場合はどうか。前節での検討をふまえるならば、光源氏の手習において、書かれている「紅」のみならず「紫」の文脈を読み取ることが可能であるといえるだろう。その場合、「なつかしき色」という箇所において、心ひかれる紫の君の魅力が想起される可能性もみえてくるのではないか。

ここで、『源氏物語』以前に「色こき」を詠み込んだ和歌（資料二）のうち、①の『業平集』『古今集』『伊勢物語』[10]におさめられており、当時人口に膾炙していたと考えられる「紫の色こきときは…」の和歌に着目する。『古今集』には当該歌とつながりのある和歌が直前にとられているため、その歌とともに掲出する。

【資料三】　古今集・雑上・八六七（よみ人しらず）および八六八（業平朝臣）[11]

紫のひともとゆゑに武蔵野の草はみながらあはれとぞ見る

妻のおとうとを持てはべりける人に、袍をおくるとて、よみてやりける

紫の色こきときはめもはるに野なる草木ぞわかれざりける

八六八番の歌は、「紫草が青々と茂っている状況では、野にある草木を見分けることはできない」と詠む表面上の意

味に加え、詞書にあるように、「妻のおとうと」の夫に「袍をおくる」際のことば、という文脈もある。それは「妻への愛情が「濃い」ときは、縁のある人も一様に大切に思われる」という内容であり、直前の八六七番の歌とあわせて、『源氏物語』における藤壺と紫の君の血縁上のつながり、つまり「紫のゆかり」のイメージを形成する歌として広く知られるところである。『源氏物語』内で直接的に引用されることが全くないとされてきた和歌であるが、前節で検討した「紫」と「紅」の複層的な文脈をふまえてみたときに、光源氏の手習「色こきはなと見しかども」によってこの和歌が想起されてくるのではないか。

『古今集』八六八番の第二句は「色こきときは」であり、光源氏の手習「色こきはなと見しかども」と「色こき」のみが一致している。きわめて限定的ではあるが、光源氏の手習に『古今集』八六八番の歌を重ねてみると、「色こきとき」という有名な古歌をもどくような形で、「色こきはな」が立ちあらわれることになり、光源氏が期待していたような「とき」から「はな」へとことばが差し替えられることによって、紅の「花」から「鼻」への転換、さらに「紫」から「紅」へ、という転換があらわれ、何重もの違和感とこの物語の「肩透かし」なイメージが強く意識されるのである。このように捉えてゆくと、光源氏の手習は次のように解することが可能なのではないか。

【試訳】 心惹かれる色でもないのに、何故この末摘花（赤い鼻）を袖に触れてしまったのだろう。／（紫草を想い起こす「色こきとき」の歌のように）「色こき花」だと思ったのだけれど…（実際は色が濃いといっても、それは紅い「鼻」であったことだ）。

なお、紫草も末摘花（紅花）も、その「花」の色自体は紫や紅ではなく[12]、染料として用いられる際、紫草は根から、末摘花は花からその色を出す。この意味で試訳の後半、「色こき花」という部分は逐語訳ではあってもやや実態から離れる面があるだろうが、「色こき」を『古今集』八六八番の歌全体を指すものとして捉えておきたい。

ところで、光源氏の手習につづく記述では、大輔命婦のことばとして「はなの咎め」を「独りごつ」歌として「紅のひとはな衣」と、「はな」がさらにたたみかけられている。

【本文六】　大輔命婦、光源氏の手習に対応するような歌を詠む

はなの咎めを、なほあるやうあらむと思ひあはするをりをりの月影などを、いとほしきものからをかしう思ひなりぬ。

「紅のひとはな衣薄くともひたすらくたす名をしたてずは

心苦しの世や」といといたう馴れて独りごつを、……（末摘花①三〇〇）

大輔命婦は、薄々察していた女主人の容姿に光源氏が落胆していることに気づき、「鼻」との掛詞としてこのような発言をするのであるが、光源氏の手習の「こき」に対応するように「薄くとも」ということばも用いられる。表面上の意味は「衣の色が薄い」ことを指しており、光源氏の「愛情が薄い」ことに言及するものであるが、「紫」を光源氏の手習から想起した読者には、「はなの咎め」も「紅のひとはな衣薄くとも」も、「「紫」の花の姫君と違って」と、紫の君との対比が意識された表現として立ち上がってくる。末摘花の赤い鼻を揶揄する文が続く当該箇所にはもう一つ、「「紫」の花」と「「紅」の花」という文脈が流れていたのである。

なお、「野なる草木ぞわかれざりける」と詠まれる八六八番の下の句については、本文一に直接強く結びつくものではなく、当該歌とは「色こき」ということばの上での連想に基づいて結びつけられる。和歌の下の句は「紫」の文脈に立ち入ったときにはじめて意味をなすもので、「紅」と「紫」を結びつけるにあたっては「色こき」のみが焦点化される。ただし、『伊勢物語』四一段を想起すると、貧しい女が夫のために正月の衣を用意するも破ってしまうことや、窮状を知った男が女に衣を贈ることなど、経緯や内容にずれはあるものの、話を構成する要素としては末摘花

巻後半と重なる点も多く、この歌を想起することで末摘花巻が『伊勢物語』四一段の諧謔的変奏曲のようにも捉えられてくる。『古今集』八六八番にもとられ、歌自体がきわめて有名であることからも、このような和歌的表現の連想に基づく本文理解が積極的に意識されてよいのではないか。(13)

五　おわりに

本章では、和歌的連想性と物語における対偶性とを重視して検討してきた。その結果、末摘花巻において色にかかわる語が頻出することから、光源氏の手習「色こきはなと見しかども」が、『古今集』八六八番の「紫の色こきときはめもはるに野なる草木ぞわかれざりける」を想起させるとともに、紫の君と末摘花の対偶関係という巻全体に流れる文脈との緊密なかかわりをもって理解しうることを捉えた。さらに、『古今集』八六八番の「とき」をこの巻の鍵語である「はな」に置き換えることで、「紫のゆかり」の物語をたしかに引き受けつつも「紅い鼻」の物語へと大胆に転換させ、『伊勢物語』四一段の話の構成要素をもおかしみをもって連想させてゆくような、和歌的表現の連想性を改めて認識させる例として位置づけられるだろう。末摘花巻の諧謔には、こうした複層的文脈がかかわっているのである。

『源氏釈』以来の豊富な注釈史において、多数の引歌、関連する歌等々が指摘されてきたが、物語本文に密着した歌の探索を中心としてきたために、『源氏物語』の本文世界の範列的な広がりへの目配りが充分ではなかった側面もあることは意識してよいのではないか。本章はそのような問題意識から、より柔軟な視点での『源氏物語』の和歌的読解を論じてきた。『源氏物語』本文から連想される和歌については、鈴木裕子［二〇一一］の論じたように必ずしもただ一首の和歌引用に限定しないようなあり方なども示されており、その複層的なありようにさらに注目しながら、『源氏物語』のテクストにいま一度向き合ってみるべきであろう。

注

（1）『新編日本古典文学全集』の本文では「古代なる」とある。高橋伸幸［一九八三］によれば、「「古代」という漢語には、古風、昔気質などの意はない。「体」は、中国でも日本でも、形、有り様、決まりなどの意に用いられ、「古体」は「旧体」と同義に用いられている」という。本章ではこの見解に従い、「古体」と示した。

（2）前田家本、吉川本には当該箇所に注釈なし。また、冷泉家時雨亭文庫本と書陵部本（桂宮本）では、当該場面ではなく末摘花巻の終末部、「平中がやうに色どり添へたまふな」に対する注の後ろに「くれなゐをいろよきはなとみしかとも人をあくにはうつろひにけり」と示されている。他の『源氏釈』にそのような記述はみられないこと、また、歌の文言と『源氏物語』本文との重なりから、本文一に対する注だと考える方が自然であろう。

（3）「限なく思ひそめてし紅の人をあくにぞかへらざりける」（拾遺集・恋五・題しらず・よみ人しらず・九七八）など、恋歌の中でも最後の方に収められることが多い。また、一部の『源氏釈』にみられる「人のあく」という表現は、「人が」心変わりしたことを詠んでいる歌であるから、やはり適切とはいえない。

（4）『源氏物語』以降になると、「くれなゐの色こき花は梅がえにうつる夕日もわかれざりけり」（新撰和歌六帖・こうばい・二三四二）などの用例が確認できるが、『新編国歌大観』『新編私家集大成』をあわせても約一〇例ほどにとどまる。

（5）なお、『源氏物語』内では藤裏葉巻に「わが宿の藤の色こきたそかれに尋ねやはこぬ春のなごりを」（藤裏葉③四三四）と頭中将が詠む場面があることも付言しておく。

（6）野口武彦［一九七八］、河添房江［一九八四］、石川徹［一九九六］など。

（7）「紫のゆかり」は当該場面を含め『源氏物語』中に三例しか用いられない。なお他の二例は若菜上、竹河にみられる。

（8）なお、末摘花巻ではもう一色、夕顔を想起させる「白」も本文中に散りばめられていることも併せて指摘しておきたい。

（9）石川徹［一九九六］、伊原昭［一九八九］は「紅」に着目して二人の対偶関係を論じている。また栗山元子［一九九八］は二人に共通して用いられる『伊勢物語』八三段の利用から、河添房江［二〇〇五］は末摘花の所持品に唐物が多いという観点から、和の紫の君との対比を論じるなど、さまざまな角度からの考察がある。

（10）『伊勢物語』四一段は、「むかし、女はらから二人ありけり。一人はいやしき男のまづしき、一人はあてなる男もたりけり。いやしき男もたる、十二月のつごもりに、うへのきぬを洗ひて、手づから張りけり。心ざしはいたしけれど、さるいやしきわざも習はざりければ、うへのきぬの肩を張り破りてけり」と、境遇に差のある「女はらから」が描かれ、貧しい女が正月の衣を用意しようとする。『源氏物語』の紫の君と末摘花の描写によく合致するとまではいえないが、いくつかの重要な構成要素が共通していることから、末摘花巻を読む上でこの章段が想起されうることも示唆しておきたい。

（11）八六八番「色こきときは」は六条家本で「色よきときは」。なお、『古今和歌六帖』は『古今集』八六七番歌の下の句を「くさはなべてもなつかしきかな」とする。『古今和歌六帖』の扱いについては慎重を期すべきであるが、このような本文が存在することには注目しておきたい。

（12）紫草の花は白。末摘花は黄色である。末摘花については、次第に色づき紅になるが、染料として使うにあたってはまだ黄色いうちに花を摘む。歌ことばとしても「色に出づ」とともに詠まれるので、「紅色の花」としてというよりは「紅を出す花」として知られていたと考えてよいだろう。

（13）『古今集』と『源氏物語』とのかかわりについては、鈴木宏子［二〇一二c］が注目される。この論文では、「単に『古今集』個々の歌が引歌となっているということではなく、一つの作品としての『古今集』の脈絡が、ある程度長い射程の中で見え隠れして、若紫巻の表現を具体的に支えている」とし、さらに『古今集』が「王朝文学の想像力の根幹をなしているとも述べる。本章で扱ってきたような和歌的表現が取り上げられるわけではないが、特に『古今集』の重要性を指摘しつつ、『源氏物語』の和歌的表現に柔軟な姿勢で対している点で学ぶべきところが多い。

第四章　『源氏物語』の「垣」と「なでしこ」

——「母」と「子」の文脈——

一　はじめに

歌ことばとしての「なでしこ」、およびその別称の「とこなつ」は、「撫でし子」あるいは「床」の意を掛けて、いとおしく思う女性あるいは「子」を想起させることばとして多く詠まれる。『源氏物語』においては、いとおしく思う女性と、その女性の「子」が結びつけられ、「母子」の関係が強く意識される表現としての用例が大半である。その中でもまず想起されるのは、「とこなつ」と称される夕顔と、その「撫でし子」としての玉鬘であろう。それは帚木巻における頭中将の話に端を発し、鵜飼祐江［二〇一二］や麻生裕貴［二〇一二］などで指摘される通り、一度他の呼称を経つつ、光源氏が成長した玉鬘を引き取ったのちの蛍巻で再びあらわれ、引き継がれる。夕顔と玉鬘が「なでしこ」「とこなつ」になぞらえられることについては既に多くの指摘があるが[1]、ほかにも「なでしこ」になぞらえられる登場人物は複数描かれ、いずれもその母が「とこなつ」になぞらえられている。

本章では、そうした『源氏物語』正編内の「なでしこ」および「とこなつ」の語にまずは着目してみる。「子」にかかわる例を一通り確認してみると、冷泉帝、夕霧、明石姫君、玉鬘、薫といった、正編に登場する主要な「子」の中で、明石姫君と薫は「なでしこ」になぞらえられることがなく、またそれぞれの母である明石御方と女三の宮も「とこなつ」になぞらえられることがない。特に明石母子に関するそれらの不使用の理由を探ってゆくと、「撫づ」という動詞が明石姫君ならびに幼少期の紫の上に多く用いられていることとのかかわりがみえてくる。さらには、「なでしこ」の咲く「垣」が母親に重ねられていることも分かる。「なでしこ」はそもそも「垣」に咲く花であり、歌においてもともに詠まれることが多いため、「なでしこ」論に「垣」を関係づけるのは当たり前のようではあるが、そのことと物語における「母」のありようを関連づけることはこれまでされてこなかったように思われる。

そこで、本章と第五章では「なでしこ」「とこなつ」、そしてあらたに「垣」に関する歌ことばに着目し、歌ことばの連想性から『源氏物語』正編の本文の解析を試みる。それによって、これまで言及されてこなかった『源氏物語』テクスト内の連関や、作中人物の位置づけを明らかにしてゆく。

二　『源氏物語』正編における「なでしこ」と「とこなつ」

『源氏物語』正編において、章末の表の通り、「なでしこ」は二四例[2]、「とこなつ」は六例みられる。この中には、単純に花の名として、あるいは襲の色目として「なでしこ」の語が用いられる例もみられる。これらは時節に合った単純な情景描写として捉えるのがまずは穏当であろう。しかし、その場合であっても、ほとんどが「子」にかかわる人物と結びつく場面であらわれることは注目される。数でみると、「なでしこ」は玉鬘に一二例（うち二例は装束描写）・

夕霧に三例・冷泉帝に二例用いられる。また、広く「子」にまつわる描写と捉えるならば、のちに玉鬘が引き取られることになる、花散里が住む六条院東北の町の描写と、女童の装束の描写で二例、光源氏が後見を務める秋好中宮の、六条院で召し使う女童たちの装束描写に二例みられる。残り三例のうち、一例は第一部第五章で取り上げる近江の君にまつわる描写、一例は夕霧巻で落葉宮と結びつく描写としてあらわれる。これについては第四節で論じる、歌ことばの文脈を背景に、「垣」と「なでしこ」のセットでの描写が、夕霧巻の、一条御息所と落葉宮という母子の物語としての側面を意識させるものであると考えられ、やはり「子」とかかわる表現として捉えられる。最後の一例は幻巻にあらわれるが、これについては紫の上とのかかわりが深いため、後に詳述する。また、「とこなつ」の語については、夕顔に四例、藤壺に一例、葵の上に一例と、少ないながらすべて「子」の母たちに用いられている。

このように『源氏物語』における「なでしこ」「とこなつ」の多くは、歌ことばとして一般的な用いられ方である「いとおしく思う人」とその「子」にまつわる場面に関連して捉えられるのだが、明石姫君と明石御方、薫と女三の宮に対しては、一切「なでしこ」「とこなつ」の語があらわれないことも同時に注視される。予言においてその存在が示唆され、『源氏物語』正編において重要であるといえる光源氏の三人の「子」のうち、冷泉帝と夕霧は「なでしこ」に明確になぞらえられる場面があるのに対し、明石姫君には、装束や花の描写としての「なでしこ」すらみられないという点には留意すべきであろう。また、薫については、光源氏が薫を「抱く」場面が二箇所あり、いずれも、柏木のことを想起する心内語とともに描写される。光源氏の「撫でし子」ではない、と心理的な距離が強く意識される描写という面で、「なでしこ」の不使用にも連接する興味深い問題を含むのであるが、本章ではひとまず、明石姫君の問題に焦点を絞り、『源氏物語』正編における「なでしこ」を新たな角度から捉えてゆきたい。まずは「なでしこ」になぞらえられる冷泉帝と夕霧にまつわる描写を確認しておく。

【本文一】　光源氏と藤壺、歌をやりとりする――冷泉帝と「なでしこ」「とこなつ」（後掲表の6・7、以下同様に表での番号を示す）

（光源氏は）わが御方に臥したまひて、胸のやる方なきほど過ぐして、大殿へと思す。御前の前栽の何となく青みわたれる中に、常夏のはなやかに咲き出でたるを折らせたまひて、命婦の君のもとに書きたまふこと多かるべし。

「よそへつつ見るに心は慰まで露けさまさるなでしこの花

花に咲かなんと思ひたまへしも、かひなき世にはべりければ」とあり。さりぬべき隙にやありけむ、御覧ぜさせて、（命婦）「ただ塵ばかり、この花びらに」と聞こゆるを、わが御心にも、ものいとあはれに思し知らるるほどにて、

袖ぬるる露のゆかりと思ふにもなほうとまれぬやまとなでしこ

とばかり、ほのかに書きさしたるやうなるを、喜びながら奉れる、例のことなれば、しるしあらじかしとくづほれてながめ臥したまへるに、胸うちさわぎていみじくうれしきにも涙落ちぬ。（紅葉賀①三三〇〜三三一）

（和歌a）　後撰集・夏・題しらず・よみ人しらず・一九九

わがやどのかきねにうゑしなでしこは花にさかなんよそへつつ見む

（和歌b）　古今集・夏歌・題しらず・よみ人しらず・一六七

ちりをだにすゑじとぞ思ふさきしよりいもとわがぬるとこ夏のはな

「花に咲かなん」は和歌aを引き、「塵ばかり」は和歌bを想起させる表現である。いわば、「なでしこ」尽くしのやり取りであり、冷泉帝と「なでしこ」の描写はこの一場面のみとはいえ、「撫でし子」としての冷泉帝、そしてその

母である藤壺を位置づけるに十分であろう。(3) 夕霧の場合も同様に、葵巻で一度だけ「なでしこ」に喩えられる。

【本文二】　光源氏、葵の上を亡くした悲しみを大宮への文に綴る――夕霧と「なでしこ」(8・9・10)

枯れたる下草の中に、竜胆、撫子などの咲き出でたるを折らせたまひて、中将の立ちたまひぬる後に、若君の御乳母の宰相の君して、

「草枯れのまがきに残るなでしこを別れし秋のかたみとぞ見る

匂ひ劣りてや御覧ぜらるらむ」と聞こえたまへり。げに何心なき御笑顔ぞいみじううつくしき。宮は、吹く風につけてだに木の葉よりけにもろき御涙は、まして取りあへたまはず。

今も見てなかなか袖を朽たすかな垣ほ荒れにし大和なでしこ

(葵②五六～五七)

この場面で言及されたなでしこは、少し後の場面で「一日の花」という表現で、ふたたび和歌とともに描写される。

【本文三】　光源氏の手習――夕霧と「とこなつ」(E)

君なくて塵積もりぬるとこなつの露うち払ひいく夜寝ぬらむ

一日の花なるべし、枯れてまじれり。

(葵②六五)

数の上で圧倒的に用例が多いのはもちろん、「常夏」とも呼ばれた夕顔の娘、玉鬘であるが、このように冷泉帝と夕霧にも「なでしこ」と称される場面があることが確認できる。さらに、これらの場面では「とこなつ」の語も併せて用いられ、「母」である藤壺、葵の上のことも同じ花から想起される。二組の母子における「なでしこ」「とこなつ」の使用を確認したところで、「なでしこ」も「とこなつ」も用いられない明石母子を、どのように位置づけるべきかという問題が改めて浮かび上がってくる。そこで次節では「撫でし子」の連想から「撫づ」という語に着目し、この問題を論じてゆく。

三　『源氏物語』正編における「撫づ」

『源氏物語』正編において、他人あるいは動物を撫でる意で用いられている「撫づ」は一三例みられるが[4]、このうち四例は明石姫君が撫でられる対象になっている。明石姫君は、薫も含めた光源氏の「子」の中で唯一、実際に「撫で」られる対象となる人物であり、『源氏物語』全体で「撫づ」の用例にあたっても、幼少期の紫の上と並んで最も多くこの語が用いられている人物である。うち二例は、澪標巻で光源氏が明石に乳母をおくった際に添えた和歌「いつしかも袖うちかけむをとめ子が世をへてなづる岩のおひさき」と、それに対する明石御方の返歌「ひとりしてなづるは袖のほどなきに覆ふばかりのかげをしぞまつ」である。残り二例は、実際に姫君を光源氏あるいは明石御方が撫でている用例である。

【本文四】　光源氏、明石姫君を撫でる

心苦しければ、さりげなく紛らはして立ちとまりたまへる戸口に、乳母若君抱きてさし出でたり。あはれなる御気色にかき撫でたまひて、「見ではいと苦しかりぬべきこそいとうちつけなれ。いかがすべき。いと里遠しや」とのたまへば、（松風②四一五～四一六）

【本文五】　明石御方、姫君を撫でる

雪、霰がちに、心細さまさりて、あやしくさまざまにもの思ふべかりける身かな、とうち嘆きて、常よりもこの君を撫でつくろひつつ見ゐたり。（薄雲②四三二）

このように、明石姫君は、父光源氏と実母明石御方から「撫で」られる存在である。育ての母である紫の上が明石姫君を「撫で」ないことについては津島昭宏［二〇〇六］の論がある。津島はさらに、紫の上ももとは「撫でられる」存在として物語に登場していたことを指摘し、「母」のいない紫の上は、その代わりとなる尼君から撫でられ、そして光源氏から撫でられるわけであるが、逆に、最後まで撫でる主体へ転化することがなかったことは紫の上の生を考える上で、重いと言えるのではないか」と、その現象を意味づける。『源氏物語』正編の「撫づ」一三例のうち、明石姫君と同じく四例を占めるのが、〈幼少期の紫の上〉を、〈尼君あるいは光源氏〉が「撫づ」用例であり、数の上でもたしかに紫の上は「撫でられる」存在であるといってよい。以下、その用例を確認しておく。

【本文六】　尼君、紫の上を撫でる

尼君、髪をかき撫でつつ、「梳ることをうるさがりたまへど、をかしの御髪や。いとはかなうものしたまふこそ、あはれにうしろめたけれ。……」（若紫①二〇七～二〇八）

【本文七】　光源氏、別れ際に紫の上を撫でる

「頼もしき筋ながらも、よそよそにてならひたまへるは、同じうこそ疎うおぼえたまはめ。今より見たてまつれど、浅からぬ心ざしはまさりぬべくなむ」とてかい撫でつつかへりみがちにて出でたまひぬ。（若紫①二四六）

【本文八】　光源氏、紫の上の様子を見て出かけるのを中止する

いとらうたくて、御髪のいとめでたくこぼれかかりたるをかき撫でて、「ほかなるほどは恋しくやある」とのたまへば、うなづきたまふ。（紅葉賀①三三二）

【本文九】　光源氏、葵祭の見物に紫の上を誘う

「君は、いざたまへ。もろともに見むよ」とて、御髪の常よりもきよらに見ゆるをかき撫でたまひて、（葵②二七）

このほかの「撫づ」は、鬚黒大将がわが子を撫でる一例、桐壺帝が光源氏を特に可愛がっていたと説明される際の一例、柏木が女三の宮のもとにいた猫を撫でる二例、一条御息所が生前、落葉宮を撫でたことを宮が思い出している一例と、一人物に集中してはいない。もちろん、前節で取り上げた「なでしこ」との掛詞であらわれる「撫づ」も、同様の行為として読み取るべきである。しかし、「なでしこ」という歌ことばによる定型的な表現がみられないにもかかわらず、「撫で」られる用例が集中する人物が、明石姫君、そしてその育ての母である紫の上の二人である事実から、実はこの二人は、「撫でし子」として語られていたともいえることは補足すべき解釈であろう。なお、「なでしこ」ということばとしてはあらわれないが、本文一で藤壺と光源氏が「なでしこ」の和歌をやりとりした直後の場面において、紫の上はなでしこになぞらえられている。

【本文一〇】光源氏、紫の上の姿を愛しく思う

つくづくと臥したるにも、やる方なき心地すれば、例の、慰めには、西の対にぞ渡りたまふ。しどけなくうちふくだみたまへる鬢ぐき、あざれたる袿姿にて、笛をなつかしう吹きすさびつつ、のぞきたまへれば、女君、ありつる花の露にぬれたる心地して添ひ臥したまへるさま、うつくしうらうたげなり。　（紅葉賀①三三二）

「ありつる花」は直前の場面で光源氏と藤壺の和歌に登場した、歌ことばとしての意味を強く持った「なでしこ」を承けており、ここで紫の上は「なでしこの花が露に濡れたような」様子、と描写されていることになる。直接的ではないが、紫の上は「撫でられる」子であると同時に、やはり「なでしこ」になぞらえられてもいたのである。そう考えた場合、同じく「撫で」られる子である明石姫君に「なでしこ」が用いられないことは、いよいよ特殊な事態であり、その理由が検討されるべき課題として浮かび上がってくる。

そもそも、『源氏物語』における「なでしこ」は、本文一における藤壺と光源氏のやりとりや、鵜飼祐江［二〇一二］

などが指摘する、玉鬘に対する光源氏の揺れる位置づけのように、「いとおしい人」とその「子」を二重に読み取ることができる用例が多い。そして、紫の上は、津島昭宏［二〇〇六］が「光源氏は、親の立場の「撫づ」から、男女の文脈における「撫づ」へと巧妙に移行させていく」と指摘するように、一人で「いとおしい人」と「子」の両方に位置づけられる人物である。紫の上の「子」として育てられる明石姫君が「なでしこ」になぞらえられないのは、光源氏にとって紫の上こそが文字通り「かつて撫でた「子」」としての「撫でし子」であり、かついとおしく思う女性でもあったからだと理解されよう。明石姫君と、さらにその生母である明石御方に「なでしこ」「とこなつ」の表現があらわれないのは、歌ことばとしてこの表現がもつ先述の二つの意味のどちらをも、紫の上が持っていたことに起因すると考えられる。明石姫君と明石御方、そして紫の上の三者の「娘」「生母」「育ての母」という関係性の中に歌ことば「なでしこ」を据えようにも、紫の上が先んじて獲得していた「いとおしい人」と「子」の両方の位置づけを、明石母子は侵すことはできなかったのである。

紫の上のもとに明石姫君を引き取る以前も、光源氏はこの「子」の存在について、紫の上に気兼ねしていることが描写される。この描写から、最愛の「なでしこ」としての紫の上を措いて、あらたに「なでしこ」を定位することができなかったのだと解釈することもできよう。その上、明石姫君は紫の上のもとに引き取られたのち、紫の上にも、光源氏にも撫でられない(5)。これらのことを考慮すると、明石姫君にまつわる「なでしこ」の不使用の問題は、実は紫の上の『源氏物語』における位置づけを読み解く鍵となっている可能性があるのではないか。次節ではその際重要な鍵語となる歌ことば「垣」について詳細に検討してゆく。

四　「母」たる女たちと「垣」

「わがやどのかきねにうゑしなでしこは花にさかなんよそへつつ見む」（和歌a）の『源氏物語』における引用で古注釈以来問題になってきたのは、「なでしこ」が何を象徴するのかということと、本文一でも引用されている「花に咲かなん」の意味、そして「よそへつつ」は何（誰）を何（誰）に「よそふ」のか、という点である。[6] しかし、本章ではもう一点、この和歌に詠み込まれた「垣」の語に注目してこの歌を考えたい。というのは、そもそも「なでしこ」は「垣根」に咲く花であること、そしてその「なでしこ」とかかわる「子」の「母」たちが、いずれも「垣」になぞらえられてもいるからである。

【本文一二】　光源氏と玉鬘の贈答（18・19）

「なでしこのとこなつかしき色を見ばもとの垣根を人やたづねむ

このことのわづらはしさにこそ、繭ごもりも心苦しう思ひきこゆれ」とのたまふ。君うち泣きて、

山がつの垣ほに生ひしなでしこのもとの根ざしをたれかたづねん

はかなげに聞こえないたまへるさま、げにいとなつかしく若やかなり。「来ざらましかば」とうち誦じたまひて、いとどしき御心は、苦しきまで、なほえ忍びはつまじく思さる。（常夏③二三三）

光源氏が、内大臣と玉鬘を引き合わせることを躊躇している理由として「もとの垣根」である玉鬘の母、夕顔について尋ねられることを面倒だと思っていることを述べる場面である。そもそも夕顔は、「あやしき垣根」（夕顔①一三六）に咲く花として光源氏に紹介され、その後、夕顔を示す表現として「ありつる垣根」（夕顔①一四二）という用例もあっ

た。夕顔巻では「垣」は夕顔の咲くところであり、なでしこの咲く垣とは別のものではあるが、夕顔が繰り返し「垣」になぞらえられることには注目しておきたい。そして、この表現の連想から和歌aにおける「垣根」を考えると、「垣根」は女君の象徴であり、そこに「植ゑ」られた「なでしこ」は、垣根に咲き出でた（生い出でた）「子」の象徴と位置づけられるのではないだろうか。そこで次に注目されるのが、本文二で光源氏と大宮によって詠まれる「垣」にまつわる表現である。

【本文二（一部再掲）】光源氏、葵の上を亡くした悲しみを大宮への文に綴る（9・10）

「草枯れのまがきに残るなでしこを別れし秋のかたみとぞ見る……」……（中略）……
　今も見てなかなか袖を朽たすかな垣ほ荒れにし大和なでしこ　（葵②五六～五七）

本文二では、なでしこの咲く垣が枯れ、荒れてしまっていることが描写されている。このように生気を失い、荒れてしまった「垣」は、亡くなった葵の上をなぞらえているといってよいだろう。また、本文一の紅葉賀巻における藤壺と光源氏の歌のやりとりにおいて、本文中で藤壺は「垣」にこそなぞらえられてはいないものの、「花に咲かなん」という確かな引歌表現から和歌aの「かきねにうゑしなでしこ」が想起されよう。その時、「かきね」は藤壺と重なることとなる。

ここまで、夕顔、葵の上、藤壺と、「子」の母たちがいずれも「わがやどの」の歌における「垣」に重ねて読み取られる可能性を示唆してきた。前述したように、「子」が宿る場所としての「垣」は、前節の「なでしこ」に比べ、生母とより強くかかわる表現といってよいだろう。この表現においても、明石母娘は異例で、『源氏物語』全体で七五例ほどある「垣」に関することば（「籬」等も含む）をみても、明石御方にまつわる「垣」はあらわれないのである。一方、育ての母である紫の上には「垣」とかかわる描写が複数みられるのだが、あくまで紫の上は垣根の内に存在しており、「撫でし子」を咲かせる垣根として紫の上が象徴的に読み取られるものではない、という点が特徴的であり、明石姫君をめぐる二人の「母」と「垣」にまつわる表現は様相を異にしている。次節では、紫の上と「垣」をめぐる表現について検討してゆく。

五　「垣」の内の紫の上

紫の上と「垣」に関する表現をみてゆくと、幼いころから死後までの用例のいずれも、紫の上自身が垣の内側にいることが描写されている。

【本文一二】　北山の紫の上の住まい

ただこのつづら折の下に、同じ小柴なれど、うるはしうしわたして、きよげなる屋、廊などつづけて、木立いとよしあるは、「何人の住むにか」と問ひたまへば、……（中略）……日も長きにつれづれなれば、夕暮れのいたう霞みたるにまぎれて、かの小柴垣のもとに（光源氏は）立ち出でたまふ。　（若紫①二〇〇～二〇五）

【本文一三】　野分の翌朝、夕霧、六条院の南殿を訪れる

南の殿に参りたまへれば、まだ御格子も参らず。おはしますに当たれる高欄に押しかかりて見わたせば、山の木どもも吹きなびかして、枝ども多く折れ伏したり。草むらはさらにもいはず、檜皮、瓦、所どころの立蔀、透垣などやうのもの乱りがはし。　（野分③二七〇～二七一）

【本文一四】　住吉参詣。紫の上、外の景色を珍しく思う

対の上、常の垣根の内ながら、時々につけてこそ、興ある朝夕の遊びに耳ふり目馴れたまひけれ、御門より外

の物見をさをさしたまはず、ましてかく都の外の歩きはまだならひたまはねば、めづらしくをかしく思さる。（若菜下④一七三）

【本文一五】　光源氏、春の景色に紫の上を思う

今はとてあらしやはてん亡き人の心とどめし春の垣根を（幻④五三〇）

【本文一六】　五月雨のころ、光源氏、夕霧と語らう

「窓をうつ声」など、めづらしからぬ古言をうち誦じたまへるも、をりからにや、妹が垣根におとなはせまほしき御声なり。（幻④五三九）

本文一二から本文一六のうち、本文一六の「妹が垣根」は、本文一五の「春の垣根」と同じ垣を指しているものとまずは考えられよう。さらに、本文一五の「あらしやはてん」と類似の、垣が荒れてゆく状況をあらわす「あれゆかん」という表現がみられることから、本文一五および一六は、次の和歌を関連づけて読むことができるのではないか。[7]

（和歌c）　古今和歌六帖・まがき・一三五一

春さればうのはなくたしわがこえしいもがかきほはあれゆかんかも

垣が荒れ行くという描写は、本文二の葵の上の用例と同様に、不在の人、この場合は亡くなった人物の象徴と捉えられよう。では、紫の上は葵の上たちのように「垣」になぞらえられているのかといえば、そうではない。和歌cに挙げた『古今和歌六帖』の歌で、男性は「わがこえし」と、垣を越えて女性のもとを訪れている。つまり、本文一六においてもやはり、紫の上は「妹が垣根」の内側に存在していたと捉えられるのである。そもそも、本文一二で「小柴垣のもと」を訪れた光源氏は、「垣間見」という形で紫の上を見ている。垣根の内側にいる紫の上を、外からやってきた男性が「見る」という行為は、垣根を「越え」て侵略する行為であるといえよう。「垣」をめぐるこのような表現については第一部第六章で詳述してゆくこととするが、まさに、光源氏は垣根を「越え」ており、和歌ｃと結びつく本文一六は、本文一二にもつながるものとして理解されるのである。

　このように、紫の上は垣とかかわる描写が複数ありながら、他の「母」たちのように「子」を宿す垣そのものにはなり得ない。紫の上にかかわる「垣」は、光源氏の「わがやどのかきね」であり、それは、彼女が光源氏の領有する空間の中で生涯閉ざされていたことを示唆するのではないだろうか。一方で、その紫の上こそ光源氏の最愛の「なでしこ」――「子」としていつくしむ対象から、「愛しく思う女性」へと成長してゆく、歌ことばのどちらの意味をも併せ持った存在――であり、第三節で述べた通り、明石母子をあらわすことばとして「なでしこ」が使用されないことも、三者の関係の中で捉えると理解が可能なのである。

　そう捉えたときに、次に引用する『源氏物語』正編最後の「なでしこ」の用例は、紫の上をあらわしていたのだと改めて読み解くことができるのではないだろうか。

【本文一七】光源氏、夏の景色を独り眺める

いと暑きころ、涼しき方にてながめたまふに、池の蓮の盛りなるを見たまふに、「いかに多かる」などまづ思し出でらるるに、ほれぼれしくて、つくづくとおはするほどに、日も暮れにけり。蜩の声はなやかなるに、御前の撫子の夕映えを独りのみ見たまふは、げにぞかひなかりける。（幻④五四二）

当該箇所については『光源氏物語抄』以来和歌ｄが引歌として指摘されており、妥当である。また、光源氏がなでしこを「見て」いるという主客関係の一致から、和歌ｅも連想的に想起される和歌といってよいだろう。

（和歌ｄ）古今集・秋歌上・寛平御時きさいの宮の歌合のうた・素性法師・二四四

我のみやあはれとおもはむきりぎりすなくゆふかげのやまとなでしこ

（和歌e）　古今和歌六帖・まがき・一三四八

夕暮のまがきにさけるなでしこの花みる時ぞ人はこひしき

和歌d・eはいずれも、夕暮れ時になでしこを見ながら、物思いにふける様子が詠まれている。光源氏が「独りのみ」という状態で「撫子の夕映え」を見ているのは、紫の上を失ったからであり、その喪失感が示される場面である。幻巻は光源氏の傷心を、季節のめぐりとともに描いた巻であり、当該場面も景物として頻繁に描かれるなでしこがあらわれることに不自然さはないのだが、これまで述べてきたように、光源氏にとっての最愛の「なでしこ」は紫の上であったことを考えると、この場面のなでしこはやはり、紫の上に重ねて読むことが適切だと考えられるのである。さらに和歌eを結びつけ、正編において繰り返されてきた「なでしこ」という花にまつわる「いとおしさ」のイメージを考えるならば、光源氏の「まがき」に花としての「なでしこ」が咲くことで、かえって「撫でし子」である紫の上の不在が強く意識される場面として捉えなおされるのではないだろうか。こうして、最愛の「撫でし子」の不在を意識させながら、『源氏物語』正編は閉じてゆくのである。なお、この「不在」の強調は、幻巻においてさまざまな場面でみられ、「垣」とのかかわりも読み取れることは第一部第七章で論じることとする。

六　おわりに

本章では、『源氏物語』正編における「なでしこ」と「とこなつ」の使用対象を考えることから出発し、明石母子にそれらが一切使用されないこと、一方で「撫づ」の語は、明石姫君と幼少期の紫の上に集中して用いられることを指摘した。その上で、「撫でし子」としての側面を持つ明石姫君と紫の上に注目し、「わがやどのかきねにうゑしなでしこは花にさかなんよそへつつ見む」の歌を手掛かりに、「垣」を「母」の象徴として読み解く方法を提示した。さらに、紫の上は「垣」たりえない一方で、垣とかかわる表現が複数みられることから、光源氏の囲った垣根の内側に閉ざされた存在と位置づけた。これらの表現を読み解くことによって、紫の上は光源氏にとって最愛の「なでしこ」であること、その存在は母と子が二重写しになる他の「なでしこ」たちとは異なり、「子」から「愛しい女性」へと成長し、「なでしこ」の意味を一身に担う唯一無二の存在であることを示した。あわせて、幻巻の「なでしこ」も、紫の上の象徴として読み解くことができると、新たな解釈を示した。

このように、歌ことばの「なでしこ」を出発点とし、象徴的なモチーフを多くふくむ「わがやどの」の歌を手掛かりに、「子」とその「母」、そこから外れる紫の上、それに伴って「なでしこ」「とこなつ」と表現されない明石母子と、様々な人物にまつわる表現を読み解いてきた。歌ことばとしての「なでしこ」は、特定の和歌を想起せずとも「愛しい女性」「愛しく思う子」のイメージを持ち、それゆえにこそ『源氏物語』でも多く用いられるのであるが、「わがやどの」のように具体的な和歌を手掛かりにすることで、これまで『源氏物語』においてはとくに注視されてこなかった「垣根」についても、(8)歌ことばとかかわる重要な表現として読み取れることを明らかにできた。

歌ことばは、互いにつながりを持って想起されてくるものである。たとえば、「なでしこ」と同じく垣根に咲く花として多く詠まれる「卯の花」と密接にかかわる女性である花散里などは、「垣根」とのかかわりが深い玉鬘と、六条院に引き取られた際に同じ東北の町で暮らす女性である。「垣根」にゆかりのある女性同士が同じ場所に住むということもまた、歌ことばのつながりで考えると興味深い問題であろう。

また、玉鬘と対偶関係で捉えられる近江の君が、弘徽殿女御に対しておくった文は、「葦垣」という語から書きはじめられ、その文はなでしこに結ばれていた（表の20）。「垣」と「なでしこ」を軸に、第一部第五章ではこの場面について論じ、歌ことばの連想性についてさらに考えてゆく。

注

（1）先に述べた鵜飼、麻生の論のように呼称に言及するもののほか、帚木巻の「なでしこ」の表現は漢詩が背景にあることを指摘した新間一美［二〇〇八］などの論もみられる。

（2）用例数は『源氏物語大成』『Japan knowledge』を参考に、私に確認したものである。なお、続編で「なでしこ」は三例みられるが、いずれも花の名、色名、襲の色目としての用例である。また、「とこなつ」の用例は続編にはみられない。

（3）当該場面は藤壺の和歌に含まれる「なほうとまれぬ」の「ぬ」の解釈を中心に、古注釈以来様々な議論が展開されてきた。その研究史の整理は鈴木宏子［二〇一二d］に詳しい。また、やはり藤壺の和歌を取り上げた吉見健夫［二〇一四］、「ほのかに」という藤壺の筆跡に注目した太田敦子［二〇一八］などがあるが、本章では藤壺の心情にかかわらず、冷泉帝が「なでしこ」になぞらえられたやりとりが、その「母」である藤壺と、光源氏の間で繰り広げられていることのみに着目するため、解釈についてはひとまず措く。

（4）『源氏物語』続編も含めた用例は二一例あり、津島昭宏［二〇〇六］に詳しい。

（5）津島昭宏［二〇〇六］は、明石御方と明石姫君の別れの直前の「撫づ」行為について、「ただ母であり子であるという関係性のなかでなされた、ぎりぎりの交感であったと考えたい」としつつ、その場面以降の身体的接触が語られないことにふれ、「撫づ」ことが「結局、「家」や「宿願」に回収されてしまう」と位置づけている。

（6）この研究史については鈴木宏子［二〇一二d］に詳細な整理がある。

（7）当該箇所については、出典未詳の「ひとりしてきくはかなしき時鳥いもかゝきねにをとなはせはや」が『光源氏物語抄』以来指摘されており、この歌は『源氏物語』本文の内容とも合う。この引歌の可能性を否定するものではないが、本章で指摘した歌もまた、この場面を読む上で想起しうる和歌の一つであることを指摘しておきたい。

（8）本章の本文一一については、夕顔が「もとの垣根」「山がつの垣ほ」になぞらえられていることが明らかであり、これについては諸注釈でももちろん指摘がある。

【表1】『源氏物語』正編における「なでしこ」一覧

番号	巻名	新全集頁	本文	関連人物
1	帚木	①82	（夕顔は）幼き者などもありしに思ひわづらひて、**撫子**の花を折りて（頭中将に）おこせたりし。	玉鬘
2	帚木	①83	（頭中将は）**大和撫子**をばさしおきて、まづ塵をだになど親の心をとる。	玉鬘
3	帚木	①83	かの**撫子**のらうたくはべりしかば、いかで尋ねむと思ひたまふるを、今もえこそ聞きつけはべらね。	玉鬘
4	夕顔	①193	頭中将を見たまふにも、（光源氏は）あいなく胸騒ぎて、かの**撫子**の生ひ立つありさま聞かせまほしけれど、	玉鬘
5	末摘花	①273	（光源氏は、頭中将に）かうのみ見つけらるるをねたしと思せど、かの**撫子**はえ尋ね知らぬを、重き功に、御心の中に思し出づ。	玉鬘
6	紅葉賀	①330	（光源氏から藤壺へ）「よそへつつ見るに心は慰まで露けさまさる**なでしこ**の花　花に咲かなんと思ひたまへしも、かひなき世にはべりければ」	冷泉帝
7	紅葉賀	①330	（藤壺から光源氏へ）「袖ぬるる露のゆかりと思ふにもなほうとまれぬ**やまとなでしこ**」	冷泉帝
8	葵	②56	枯れたる下草の中に、竜胆、**撫子**などの咲き出でたるを折らせたまひて、	花（夕霧）
9	葵	②57	（光源氏から大宮へ）「草枯れのまがきに残る**なでしこ**を別れし秋のかたみとぞ見る　匂ひ劣りてや御覧ぜらるらむ」	夕霧
10	葵	②57	（大宮から光源氏へ）今も見てなかなか袖を朽たすかな垣ほ荒れにし**大和なでしこ**	夕霧
11	少女	③79	（六条院の北の東は）卯花の垣根ことさらにしわたして、昔おぼゆる花橘、**撫子**、薔薇、くたになどやうの花のくさぐさを植ゑて	花（花散里）
12	胡蝶	③178	（玉鬘は）**撫子**の細長に、このごろの花の色なる御小袿、あはひけ近ういまめきて	襲（玉鬘）
13	蛍	③206	（玉鬘方の）下仕は楝の裾濃の裳、**撫子**の若葉の色したる唐衣、今日の装いどもなり。	色（玉鬘）
14	蛍	③206	（花散里方の童女は）濃き一襲に、**撫子**襲の汗衫などおほどかにて、	襲（花散里）

15	蛍	③218	（内大臣は）かの**撫子**を忘れたまはず、もののをりにも語り出でたまひしことなれば	玉鬘
16	常夏	③228	（玉鬘のいる六条院の東北の西の対は）御前に、乱れがはしき前栽なども植ゑさせたまはず、**撫子**の色をととのへたる、	玉鬘
17	常夏	③233	（光源氏）「**撫子**を飽かでもこの人々の立ち去りぬるかな。いかで、大臣にも、この花園見せたてまつらむ。…」	玉鬘
18	常夏	③233	（光源氏）**なでしこ**のとこなつかしき色を見ばもとの垣根を人やたづねむ	玉鬘
19	常夏	③233	（玉鬘）山がつの垣ほに生ひし**なでしこ**のもとの根ざしをたれかたづねん	玉鬘
20	常夏	③249	（近江の君は弘徽殿女御への文を）さすがにいと細く小さく巻き結びて、**撫子**の花につけたり。	花（近江の君）
21	野分	③273	（秋好中宮のもとの童たちは）紫苑、**撫子**、濃き薄き袙どもに、女郎花の汗衫などやうの、時にあひたるさまにて、	襲（秋好中宮）
22	野分	③274	（秋好中宮のもとの童たちは）いろいろの籠どもを持ちてさまよひ、**撫子**などのいとあはれげなる枝ども取りもてまゐる	花（秋好中宮）
23	夕霧	④402	（小野の里は）蜩鳴きしきりて、垣ほに生ふる**撫子**のうちなびける色もをかしう見ゆ。	花（落葉宮）
24	幻	④542	蜩の声はなやかなるに、御前の**撫子**の夕映えを（光源氏が）独りのみ見たまふは、げにぞかひなかりける	花

【表2】『源氏物語』正編における「とこなつ」一覧

番号	巻名	新全集頁	本文	関連人物
A	帚木	①82	(頭中将) 咲きまじる色はいづれと分かねどもなほ**とこなつ**にしくものぞなき ※関連：表1-1・2	夕顔
B	帚木	①83	(夕顔) うち払ふ袖も露けき**とこなつ**に嵐吹きそふ秋も来にけり ※関連：表1-1・2	夕顔
C	夕顔	①155	(光源氏は夕顔を見て) なほかの頭中将の**常夏**疑はしく、語りし心ざままづ思ひ出でられたまへど	夕顔
D	紅葉賀	①330	御前の前栽の何となく青みわたれる中に、**常夏**のはなやかに咲き出でたるを折らせたまひて、 ※関連：表1-6・7	花 (藤壺)
E	葵	②65	(光源氏) 君なくて塵積もりぬる**とこなつ**の露うち払ひいく夜寝ぬらむ　一日の花なるべし、枯れてまじれり。 ※関連：表1-8	葵の上
F	常夏	③233	(光源氏) なでしこの**とこなつ**かしき色を見ばもとの垣根を人やたづねむ ※表1-18と同じ	夕顔

第五章　常夏巻における近江の君の文と「垣」

――「母」「子」そして「父」――

一　はじめに

『源氏物語』玉鬘巻から真木柱巻までのいわゆる「玉鬘十帖」に登場する近江の君は、内大臣を父に、身分の低い女性を母に持つ娘であるという出自を玉鬘と共有しながら、言動に品がなく内大臣家の人々から顰蹙を買っていることが執拗に繰り返され、玉鬘と対比的に描かれている人物である。その中でも難点として強調されるのが「いと舌疾き」、「あはつけき声ざまにのたまひ出づる言葉こはごはしく、言葉たみて」等と描写されるうわずった声と早口、そして訛りであるが、文においてもことばを必要以上に詰め込み、筆跡も「いと草がちに、怒れる手」と、内大臣の娘らしからぬ異質な様子を反映した描写が徹底されている。

近江の君は語り手にはっきりと揶揄される道化役であり、玉鬘と対比的に描かれることを前提としながら、研究史としては、その「いきいきした」描写には真実がこもっており、笑っている貴族たちを相対化してもいると捉えられてきた（益田勝実［一九五四］、秋山虔［一九六四］など）。近江の君に対して用いられる「さがなし」という語に着目し、そのエネルギーが物語内で発散されることにより、中心の秩序を脅かしていることを指摘した論もある（津島昭宏［一九九七］）。また、アマテラスに擬されることによってスサノオの破壊的性格をまとうことを指摘し、貴族社会の秩序から逸脱する近江の君の言動に、「躍動的」で「「いのち」がむき出しになってきらきら輝く」存在感を看取する論（久富木原玲［二〇一七］）もある。

一方、吉野誠［二〇一九］は、近江の君をめぐる表現について歌ことば表現を中心に取り上げるなかで、近江の君の文に記される「武蔵野」にも言及している。吉野によれば、玉鬘十帖における「むらさきのゆゑ」は藤の花によせて詠まれた、「知らないうちに藤原氏である玉鬘の正体を言い当ててしまっているように読める」蛍兵部卿宮の和歌(1)を起点に、玉鬘にまつわる表現として繰り返し表出しており、近江の君の文にあらわれる「武蔵野」の語は、「望んでいない関係に囲繞されていく一方で、本来の通うべき「根」（＝内大臣）にいつまでもたどりつけないこの時点での玉鬘の置かれた境遇を、読者にアイロニカルに示す表現」だとして、「なでしこ」の使い方にも同様の照応を読み取ることができると論じる。吉野論は、近江の君本人が意識してはいないものの玉鬘にまつわる表現との照応表現が散見されることを指摘し、玉鬘と内大臣家のすれ違い、光源氏と玉鬘の数奇な関係性を印象づけるものと説く。近江の君の言動が単に異質なものではないことを指摘しており、筆者もこの指摘は首肯すべきものだと考えるものの、近江の君の存在が『源氏物語』の表現の上であくまで玉鬘を引き立てる副次的な位置づけとされている点についてはさらに考察が必要だと考える。上流の貴族社会の中で、異質な存在として排斥され続けても、近江の君自身は尚侍就任を父内大臣に願い出るなど内大臣の娘という上流貴族としての確固たる居場所を確保しようと熱心に動き回っている。近江の君は、自分を弾き出そうとする貴族社会の内側へ、境界を越えて自ら乗り込もうとし、物語を動かす人物と捉えられるのではないか。

本章では常夏巻で描かれる近江の君から弘徽殿女御におくられた文を起点として、近江の君にかかわる描写に「隔て」と「境界を越える」ことを示す表現が執拗に繰り返されていることを論じ、近江の君の特性を明らかにする。その上で、歌ことばとしての「垣」が常夏巻において重要な意味を持つことを明らかにし、近江の君の文を内大臣の娘たちをめぐる描写の一環として捉え、玉鬘十帖における「場」の問題とかかわらせながら考察してゆく。

二　近江の君の文①　和歌引用

近江の君の言動に辟易した内大臣は、常夏巻の終盤で娘の弘徽殿女御のもとへ近江の君を行儀見習いに出そうとする。その提案を受けた近江の君は、嬉々として女御に文をおくる。この文には冒頭からあからさまな引歌表現が用いられ、全体を通して冗長である。その要因の一つに、それぞれの和歌の引用部分が長いことが挙げられるだろう。そのような「下手な」引用にひきずられ、これまでは個別の和歌引用を指摘するにとどまり、関連性は論じられてこなかった。しかし、常夏巻の歌ことば表現としてみた場合、近江の君の文には歌ことばによる緻密なつながりが読み取れるのではないだろうか。以下、歌ことばの観点から、「(物理的な)隔て」と「(血筋における)親近性」の二点を軸にこの文を読み解いてみたい。まず本節では和歌の引用について論じ、次節では近江の君の詠歌と料紙・折枝を検討する。

【本文一】　近江の君、弘徽殿女御のもとに文をおくる

「さて女御殿に参れとのたまひつるを、しぶしぶなるさまならば、ものしくもこそ思せ。夜さり参でむ。大臣の君、天下に思すとも、この御方々のすげなくしたまはむには、殿の内には立てりなんはや」とのたまふ。御おぼえのほど、いと軽らかなりや。まづ御文奉りたまふ。

葦垣のまぢかきほどにはさぶらひながら、今まで影ふむばかりのしるしもはべらぬは、なこその関をや据ゑさせたまへらむとなん。知らねども、武蔵野といへばかしこけれども。あなかしこや、あなかしこや。

と点がちにて、裏には「まことや、暮にも参りこむと思うたまへ立つは、厭ふにはゆるにや。いでや、いでや、あやしきはみなせ川にを」とて、また端にかくぞ、

「草わかみひたちの浦のいかが崎いかであひ見んたごの浦波

大川水の」と、青き色紙一重ねに、いと草がちに、怒れる手の、その筋とも見えず漂ひたる書きざまも、下長に、わりなくゆゑばめり。行のほど、端ざまに筋かひて、倒れぬべく見ゆるを、うち笑みつつ見て、さすがにいと細く小さく巻き結びて、撫子の花につけたり。（常夏③二四八～二四九）

近江の君は異母姉である弘徽殿女御に「すげなく」扱われてしまったら、「殿の内」にいられないと危惧する。二重線部「殿の内」が指すのは内大臣の邸内、より丁寧にいえば彼女たちの共通の父内大臣によって囲われた敷地に作られた邸の内側である。しかし、その敷地内に安定的な自分の居場所を確立できるかは異母姉（兄弟）たちの近江の君に対する評価に左右される。近江の君は母方の血筋による優劣を自覚しており、自分の身を「弘徽殿女御のいる場所」に置くことによりその劣勢を埋めようとしているといえよう。そのねらいのもとに書かれた文は傍線部①「葦垣のまぢかき」からはじまる。当該箇所は『源氏釈』以来一貫して和歌ａの歌とのかかわりが指摘されている。そして続く傍線部②は和歌ｂを引用している。

（和歌ａ）　古今集・恋一・よみ人しらず・五〇六

人しれぬ思ひやなぞとあしかきのまぢかけれどもあふよしのなき

（和歌ｂ）　後撰集・恋二・小八条御息所・六八二

寛平のみかど御ぐしおろさせたまうてのころ、御帳のめぐりにのみ人はさぶらはせたまうて、ちかうよせられざりければ、かきて御帳にむすびつけける

たちよらば影ふむばかりちかけれど誰かなこその関をするけん

和歌ａの引用のみで受け手には第四句「あふよしのなき」が想起されるにもかかわらず、和歌ｂでも弘徽殿女御が「なこその関」を置いて自分を隔てているのではないかと恨み言を述べており、冗長である。「（ま）ちかき」ということばは傍線部①と重複して傍線部②の和歌引用とかかわり、弘徽殿女御と近江の君の「親近性」を繰り返し強調しつつ、「隔て」を嘆くつくりが読み取れる。続く傍線部③では和歌ｃを通してふたたび親近性が主張される。

（和歌ｃ）　古今和歌六帖・むらさき・三五〇七

知らねども武蔵野といへばかこたれぬよしやさこそは紫のゆゑ

近江の君は「かしこけれども」と謙遜してみせつつ、自分と弘徽殿女御が血筋の上で近いことを強調しているのであるが、『源氏物語』において「紫のゆかり」で表象される中心人物である藤壺と紫の上が叔母と姪にあたることをふまえると、父が同一人物である近江の君と弘徽殿女御の「親近性」はたしかに強いものだといえるだろう。[2]また、前節で挙げた吉野［二〇一九］の指摘する通り、「武蔵野」に藤原氏の「紫」を読み取るならば、傍線部③は「（父が）藤原氏である」[3]ことを根拠に、弘徽殿女御と近江の君は血筋を同じくする者だという、より直接的な主張として機能することになる。このように、文の表面では一貫して弘徽殿女御との血筋の近さを主張しつつ隔てを置かれる自分の身を嘆いている。そして裏面では、「（嫌われていようと）会いたい」という主張が引歌を用いて繰り返される。

傍線部④「厭ふにはゆる」は和歌ｄを引いているが、注目されるのは初句の「あやしくも」である。傍線部①②に

おける「（ま）ちかき」と似た重複が傍線部⑤との間で看取される。

（和歌d）　後撰集・恋二・六〇八

ふみつかはせども返事もせざりける女のもとにつかはしける　　よみ人しらず

あやしくも厭ふにはゆる心かないかにしてかは思ひやむべき

傍線部⑤「あやしきはみなせ川にを」は、『源氏釈』以来「あしくともなをよきさまにみなせかはそこのみくつのかすならすとも」という出典未詳歌が指摘されているが、「みなせ川」が「見なす」の掛詞として詠まれる例は少なくとも『源氏物語』以前には見受けられない。近江の君が自分の手紙を見て悦に入る描写があることと、彼女が歌の表面的な、そして歌ことばとして典型的な意味ばかり取って引用を乱発していることから考えても、どのような和歌を引いているにせよ「みなせ川」は、平安時代の典型的な詠まれ方である「表に見せることのできない恋心の比喩」（吉野朋美［二〇一四］）を意図していたと考える方が適切であろう。「あやしき」はその想いの強さを示す一方で、さかのぼって傍線部④の和歌d引用でもあると考えられる。当該箇所は、抑えがたくこみ上げる、弘徽殿女御に対する「あやしき」までの想いを執拗に主張する構造がみて取れるのではないか。

そして、これらの表現は文の冒頭の「葦垣」ともつながって和歌a「人しれぬ思ひ」を重ねて主張していることもみえてくる。さらに、和歌の後の傍線部⑥「大川」は「み吉野の大川のへの藤波のなみに思はばわが恋ひめやは」（古今集・恋四・よみ人しらず・六九九）を引き、やはり恋歌をたたみかけつつ弘徽殿女御への熱烈な想いを訴える。近江の君の文は同じことを繰り返していることが改めて分かり、これまで解釈されてきたよりさらに冗長な文であると理解されるのではないか。

ここでもう一点注目されるのは、異母姉の弘徽殿女御に宛てたこの文で引用される和歌が、すべて恋歌だということである。これは先述した「ちかき」「あやしき」の二重の引用と並んで近江の君の「会いたい」という気持ちを伝えるための語彙や和歌知識の底の浅さを印象づけ、文の拙さを何重にも感じさせる原因の一つとなっているだろう。

三　近江の君の文②　詠歌と料紙・折枝

近江の君の文は主張したいことを何度も繰り返しており、冗長である。それは同時に、ひとつひとつのことばには近江の君なりの意味があることも示している。全体としては型破りなものに仕上がっていても、近江の君にとって「意味のない」語はないと考えるべきであろう。本節では、詠歌および文の料紙・折枝について近江の君の意図を読み解いてみたい。

【本文一（一部再掲）】　近江の君、弘徽殿女御のもとに文をおくる

大川水の」と、青き色紙一重ねに、……（中略）……さすがにいと細く小さく巻き結びて、撫子の花につけたり。

「草わかみ（ア）ひたちの浦の（イ）いかが崎（ウ）いかであひ見ん（エ）たごの浦波」

近江の君の主張の中心は傍線部ウ「いかであひ見ん」であり、点線部「いかが崎」はそれを導く序詞である。その他は関係のない歌枕が詠みこまれ、和歌として破綻している。そのため、従来この和歌についてはそれぞれの歌ことばの一般的な使われ方が説明されるにとどまっていた。筆者もこの和歌にまとまった解釈をつけることはできないが、一方でそれぞれの語に第二節で繰り返されていた想いに対応する意味がみえることを指摘しておきたい。

まず傍線部ア「草わかみ」は、草が十分に育っていないことを理由に何かを「隠せない」ことを詠む歌ことばである。(5)これは「みなせ川」の表には出せない想いと呼応して、「想いを隠せない」ことを主張していると捉えられる。そ

の場合、「若いので（想いを）隠せない」草は近江の君自身にあたり、「武蔵野」の草としての自分を示すのではないか。[6]

それに続く傍線部イ「ひたち」は、「ひたちの浦」という形ではないものの、同じ主張を繰り返している可能性を考えると、歌枕を用いつつも含意は「ひたち」にあり、「あづまぢの道のはてなるひたちおびのかごとばかりもあひみてしかな」（古今和歌六帖・おび・三三六〇）の連想から、「会いたい」気持ちを主張しているとも考えられるのではないか。直後の「いかが崎」とともに、傍線部ウ「いかであひ見ん」を導いていると解釈すると、まったく関係のない歌枕が第二句・三句に続けて詠まれていることにも一応の説明がつく。

傍線部エ「たごの浦波」も、「するがなるたごの浦浪たたぬひはあれども君をこひぬ日はなし」（古今集・恋一・題しらず・よみ人しらず・四八九）の連想から、弘徽殿女御との対面への強い想いを主張していると考えられる。浦波は直後に引用される和歌「大川のへの藤波」に語感でつながり、想起される和歌も、いずれも並々ならぬ想いを相手に訴える点で共通している。一首の和歌としては破綻しているが、近江の君は詠歌においても「異母姉に逢いたいという、隠しきれないほど強い想い」をあらわすことばを盛り込んでいたと解釈できる。

続いて、手紙の料紙・折枝を検討する。近江の君の文は「青き色紙一重ね」に書かれ、「撫子の花」に結びつけられている。この組み合わせについては、『河海抄』が「文は料紙の色の花につくる定事也　いまあをき色紙をなてしこの花につけたるもゐ中ひたる事歟」と指摘するように、花の色と紙の色をあわせることが一般的であったことから、[7]近江の君の取り合わせは古注釈以来、不調和だと捉えられてきた。『うつほ物語』に「赤き色紙に書きて、撫子の花につけたり」（国譲・中・二〇九）といった用例がみられるように、なでしこの花の色に合わせるなら赤系統の紙を用いるのが一般的であろう。受け取る弘徽殿女御方にも、読者にも無教養な印象を与えたであろうことは揺らがない。

一方で近江の君自身は過剰なまでにそれぞれの語に意味をこめていることから、青い料紙を選択した何かしらの意図があると考えるべきだろう。ここまですべて歌ことば表現を利用していたことから、可能性の一つとして詠歌の「草」と結びつき、「武蔵野の草」である自身をあらわすものとして青の料紙を選択したことを挙げておきたい。

そして文を結びつけたなでしこも、和歌の連想によって近江の君の想いを主張する役割を果たしている。(8)「あなこひし今も見てしか山がつのかきほにさける山となでしこ」（古今集・恋四・よみ人しらず・六九五）の連想からなでしこが選択されたと考えられる。『新編日本古典文学全集』頭注はこの解釈について、「その場合、「山賤の」は女御に失礼となる」と指摘する。これは「葦垣」という、本来は「粗末な垣根」を意味するものの内に弘徽殿女御がいるとする、文の冒頭の語選択も想起させる。自分の伝えたいことばかり考え、その歌ことばが想起させるニュアンスまでイメージできない近江の君の和歌に対する教養の浅さが露呈しているおもしろさも感じさせつつ、常夏巻の文脈として「垣」というモチーフが強く印象づけられるのではないか。

『源氏物語』における「なでしこ」は歌ことばのつながりから「垣」と強く結びつき、その文脈において「垣」は「母」の象徴として描かれることは前章で指摘したが、当該場面も「垣」と「なでしこ」の歌ことばとしてのつながりが意識された表現として捉えることができる。近江の君は「葦垣」の「まぢかき」場所にいながら、対面したことのない「山がつのかきほにさける」なでしこの異母姉への想いを訴えており、「葦垣」「山がつのかきほ」は弘徽殿女御の「母」、内大臣の北の方を指すことになる。この文を通して読み取れるのは、内大臣の「殿の内」に確固たる居場所をつくろうとする異質な（＝「外」の）存在である近江の君が、父を共有するという血筋の親近性を根拠に、「垣」という「隔て」を越えて「内」に入り込もうとする運動である。

また、近江の君の意図とは別に、吉野［二〇一九］も指摘するように玉鬘にまつわる表現との「なでしこ」の照応がみられることも指摘しておきたい。

【本文二】　光源氏、玉鬘に昔の話をする

「撫子を飽かでもこの人々の立ち去りぬるかな。いかで、大臣にも、この花園見せたてまつらむ。世もいと常なきをと思ふに。いにしへも、物のついでに語り出でたまへりしも、ただ今のこととぞおぼゆる」とて、すこしのたまひ出でたるにもあはれなり。

「なでしこのとこなつかしき色を見ばもとの垣根を人やたづねむ

このことのわづらはしさにこそ、繭ごもりも心苦しう思ひきこゆれ」とのたまふ。君うち泣きて、

山がつの垣ほに生ひしなでしこのもとの根ざしをたれかたづねん

はかなげに聞こえないたまへるさま、げにいとなつかしく若やかなり。　（常夏③二三二）

「なでしこ」のみならず、「山がつの垣ほ」がここにあらわれることにも注目したい。なでしこの物語としての常夏巻を巻の最後に表現しつつ、それぞれがいる場所としての「垣（の内側）」が意識される表現にもなっていることは第五節で論じることとする。その前に、近江の君の言動にも境界を越える主体性が象徴的に描写されていることを次節で確認してゆく。

四　境界を越える近江の君

内大臣は近江の君を北の対に「籠めおき」、醜聞が漏れ出ないように腐心するが、かえって大切な姫を守っているかのように人々に思われてしまう(9)。このとき内大臣はできる限り外の目に触れないように邸の最奥にあたる北の対に近江の君を置いたのだと考えられるが、その選択が裏目に出る皮肉な場面である。そして弘徽殿女御のもとに出仕さ

せ、狙い通り「をこ者」として「世の人の言ぐさ」にした後になっても、近江の君は姫君としての待遇というばかりでなく、失言を防ぐために室内の奥に「籠め」られていることが以下の記述から推察される。

【本文三】　弘徽殿女御のもとに集う内大臣の子たち

（引用者注：玉鬘の出自と裳着のことを）かのさがな者の君聞きて、女御の御前に、中将、少将さぶらひたまふに出で来て、「殿は御むすめまうけたまふべかなり。あなめでたや。いかなる人、二方にもてなさるらむ。聞けばかれも劣り腹なり」とあうなげにのたまへば、女御かたはらいたしと思して、ものものたまはず。（行幸③三二〇）

【本文四】　近江の君、夕霧に言い寄る

宰相中将も寄りおはして、例ならず乱れてものなどのたまふを人々めづらしがりて、「なほ人よりことにも」とめづるに、この近江の君、人々の中を押し分けて出でゐたまふ。「あなうたてや。こはなぞ」と引き入るれど、いとさがなげに睨みて張りゐたれば、わづらはしくて、「あうなきことやのたまひ出でん」とつきかはすに、（真木柱③三九九）

いずれの描写でも、「前に」自分の意志で出てきていることがみて取れる。なお、点線部「あうなし」という表現は『源氏物語』正編でこの二例のみであり、近江の君がいかに異質な人物であるかが読み取れる。[10] これらの描写は「籠め」られている場所から飛び出し、境界を越えようとする近江の君の行動が具体的な行動としてあらわれており、従来指摘されてきた近江の君の躍動性・逸脱性と合致する。実は近江の君が人々の語りの中ではなく、物語内ではじめて具体的に描かれる登場場面でも、彼女は「境界」と捉えられる場所にいる。

【本文五】　内大臣、近江の君のもとを訪問する

たたずみおはしてのぞきたまへば、簾高くおし張りて、五節の君とて、されたる若人のあると、双六をぞ打ちた

まふ。　　　　　　　　　　　　　　　　　（常夏③二四二）

端近にいることで簾が身体で押され、高く上がっている。まずこの位置にいることが姫君として軽率であり、近江の君の「あうなき」面を端的に描写している。しかし、ここで注目したいのは、近江の君が外との隔てとして設置されている簾を自ら押して、今いる場所からはみ出していることである。近江の君が登場する場面には一貫して、置かれた場所の境を自ら越えようする行動が描かれているのである。[11]なお、近江の君の行動はほかに例がない特異なものであるが、簾を境界とし、それを越える動きとしては「外」から「内」に入ろうとする「御簾をひき着る」が連想される。この表現は花宴巻で光源氏が女房達に戯れかける場面や、夕霧が野分巻で明石姫君を垣間見する場面等で用いられている。

内大臣家の人々がいくら「籠め」ても境界を越えてくる近江の君の行動原理は、前節で述べたように「殿の内」に確固たる居場所をつくることにあった。しかし、貴族社会においては、尚侍出仕を願い出るための運動をはじめとして、近江の君のそのような「あうなき」言動は逆効果である。それゆえにこそ内大臣の息子の柏木は「天の磐戸さし籠りたまひなんや」と、その場に「籠る」ことを勧めたのではないだろうか。

ここで改めて意識されるのが、近江の君の文の冒頭に登場する「葦垣」および折枝のなでしこから想起される「山がつの垣ほ」である。「垣」はそもそも境界をつくるためのものであり、越境する近江の君の性質をふまえるなら、内側に弘徽殿女御、「外」に近江の君が位置づけられることになる。そこで次節では、「垣」の歌ことばとしての性質に注目しながら、垣根を領有する存在として「父」がこの歌ことばの連想に組み込まれることを論じてゆきたい。

五　垣根を領有する存在としての「父」

近江の君の文の冒頭にある「葦垣」は和歌aのように、平安時代以降は「まぢかき」を導く枕詞として定着しており（青木賜鶴子［二〇一四］）、当該場面でもその語を導くために用いられていることから、近江の君自身の意図は明確である。また、すでに指摘した通り「あふよしのなき」ことを嘆く意図もこめられていることから、「葦垣」は境界、隔てといった意味合いも含んでいるといってよいだろう。実際に『万葉集』ではそのような詠まれ方も多く、『古今和歌六帖』にも採録されている。(12) 本節ではそのような近江の君の意図をふまえた上で、常夏巻の文脈という視点から、「垣」について読み解いてゆく。

この問題を考える上で、まずは本文二の和歌を再度検討したい。光源氏の「なでしこのとこなつかしき色を見ばもとの垣根を人やたづねむ」と玉鬘の「山がつの垣ほに生ひしなでしこのもとの根ざしをたれかたづねん」の贈答は、次の場面を想起させる。

【本文六】　頭中将、とこなつの女との思い出を語る

「……幼き者などもありしに思ひわづらひて、撫子の花を折りておこせたりし」とて涙ぐみたり。

「さて、その文の言葉は」と問ひたまへば、「いさや、ことなることもなかりきや。

山がつの垣ほ荒るともをりをりにあはれはかけよなでしこの露

思ひ出でしままにまかりたりしかば、例の、うらもなきものから、いともの思ひ顔にて、荒れたる家の露しげきをながめて虫の音に競へる気色、昔物語めきておぼえはべりし。

咲きまじる色はいづれと分かねどもなほとこなつにしくものぞなき
大和撫子をばさしおきて、まづ塵をだになど親の心をとる。
うち払ふ袖も露けきとこなつに嵐吹きそふ秋も来にけり
とはかなげに言ひなして、……
（帚木①八二〜八三）

本文六で玉鬘の母である夕顔は頭中将の恋人として「とこなつ」になぞらえられる一方、「なでしこ」の母として、「山がつの垣ほ」になぞらえられてもいる。本文二はそれを想起させるように、夕顔は「もとの垣根」「山がつの垣ほ」「もとの根ざし」として詠まれている。

これらの場面をふまえて近江の君の文を読み解くと、第三節でも述べた通り「葦垣」「山がつの垣ほ」は弘徽殿女御の母、内大臣の北の方を指し、「なでしこ」は弘徽殿女御ということになる。異母妹である近江の君は「まぢかき」場所にいながらその内側に入れない「子」として位置づけられる。なお、近江の君の母はすでに亡くなっていることが近江の君自身によって語られており、この意味でも母たる「垣根」のもとにいない「子」であると捉えられる。

このように、玉鬘の表現と照応するような近江の君の文の表現を読み解くと「母」と「子」の存在が浮かび上がってくる。しかし、「殿の内」に居場所を確立しようとする近江の君の行動は、内大臣の娘であるという「父」を根拠としたものである。ここで、和歌「あなこひし」のほかにもう一首、常夏巻全体の背景として捉えうる、なでしこを詠んだ和歌を挙げる。

（和歌e）　後撰集・夏・題しらず・よみ人しらず・一九九

わがやどのかきねにうゑしなでしこは花にさかなんよそへつつ見む

和歌eにおいてなでしこは「わがやど」の垣根に「植えた」もので、花が咲くことを願い、何者かに「よそへ」て愛でようと待ち望まれている。なでしこを「子」、垣根を「母」と捉える文脈に据えると、波線部のように「子」を「植える」存在、そして垣根を領有し、なでしこを愛でる人物は「父」にあたるのではないか。実は玉鬘十帖において光源氏が垣根を領有することを示唆する文言は、玉鬘の存在とともに繰り返されていることを確認してみたい。

【本文七】　光源氏、庭の竹を眺めながら玉鬘に和歌を詠みかける

ませのうちに根深くうゑし竹の子のおのが世々にや生ひわかるべき　（胡蝶③一八三）

【本文八】　六条院、夏の町の西の対の様子

御前に、乱れがはしき前栽なども植ゑさせたまはず、撫子の色をととのへたる、唐の、大和の、籬いとなつかしく結ひなして、咲き乱れたる夕映えいみじく見ゆ。　（常夏③二二八）

【本文二（一部再掲）】　光源氏、玉鬘に昔の話をする

「撫子を飽かでもこの人々の立ち去りぬるかな。いかで、大臣にも、この花園見せたてまつらむ。……（中略）……」とて、すこしのたまひ出でたるにもいとあはれなり。

「なでしこのとこなつかしき色を見ばもとの垣根を人やたづねむ

このことのわづらはしさにこそ、繭ごもりも心苦しう思ひきこゆれ」　（常夏③二三三）

本文二「繭ごもり」は「たらちねのおやのかふこのまゆごもりいぶせくもあるかいもにあはずして」（拾遺集・恋四・題しらず・人まろ・八九五）による。本文八の描写も想起される当該場面では、光源氏がこの場所を領有している存在で、「繭ごもり」はその内側に玉鬘をおし籠めていることを指している。玉鬘は実父である内大臣の領有する垣根の内に行けず、養父である光源氏に領有されているが[13]、これを「なでしこ」と「垣」の歌ことばの文脈から読み解くと、「うゑし」「籬…結ひなし」「繭ごもり」と、玉鬘という「なでしこ」が六条院に「移植」されてしまっている表現の繰り返しに気づくのである。このように常夏巻に通底する和歌的なイメージにより、「垣」、「なでしこ」、それを領有する人物の存在が焦点化され、それぞれ「母」「子」「父」に置き換えられる。そして近江の君は、この連想における「父」の存在を根拠に、「(内大臣の)わが宿」である「殿」の内に咲くなでしことなるべく、居場所を求めるのである。近江の君が自身をなでしこになぞらえる明確な発言はないが、玉鬘十帖において内大臣が娘の少なさを「かく少なかりけるもののくさはひ」(蛍③二一九)と嘆くなど「くさはひ(種)」が子種、それもおもに娘をあらわすことばとして繰り返しあらわれていることをふまえると、次の発言はそれに類するものとして捉えられるのではないだろうか。

【本文九】　近江の君、内大臣の立派さに感動する

「いで、あなめでたのわが親や。かかりける種ながら、あやしき小家に生ひ出でけること」とのたまふ。

(常夏③二四六)

なお飛田範夫[二〇〇二]によれば、平安時代の植栽は野山から採集した草花や樹木を植える移植が多かったものの、種を蒔いて育てる方法も一般的に行われており、なでしこの種についても記述がみられるという。そういった実際の植栽に関する当時の背景も重ねるならば、玉鬘の「六条院への移植」と近江の君の「なでしこの種」といった表現もより具体的にイメージされるだろう。物理的には内大臣の邸内にいながら人々の意識の上で内側に入ることを拒絶されている近江の君と、離別してから時を経てもなお思い出され、垣根の内側のなでしこたる玉鬘が、物理的には内大臣の邸内に入れず、他の垣根の内に移植されているという対比関係が常夏巻終盤の近江の君の文によりあざやかに示され、内大臣の「娘」をめぐる悩みを二方面から照らし出しているのである。そもそも常夏巻後半では、内大臣の娘の話が連続して語られている。雲居雁に対する内大臣の悩みは明示されているし、弘徽殿女御も秋好中宮との間で中宮争いに負け、落ち込んでいる心を慰めようと内大臣が里下がりさせていたのであり、常夏巻後半に集中して内大臣の娘たちをめぐる描写が続くことは、玉鬘と近江の君を軸とした内大臣の「垣根の内」の物語でもあるこの巻の特性を示しているといえよう。

六　近江の君の侵入と引きずり出される「場」としての内大臣邸

ここまで、歌ことばをもとに近江の君の主体的な越境の意志と、垣根を領有する者としての「父」の存在を読み解いてきたが、これらを併せると受身の意味での「越えられる」垣根の「母」が何を意味するのかという問題が残る。本節では、歌ことばとしての「垣根」に「越えられる」ものとしてのイメージがあることを示し、近江の君の文とのかかわりを考察する。

歌ことばにおける垣根、籬はそこに咲く花などの景物とともに詠まれることが一般的で、[14] 内側からその美しさを鑑賞する歌も多いが、一方で垣根を外から越える（あるいは外に帰ってゆく際に越える）ものとして詠んだ歌もみられる。

（和歌ｆ）古今集・離別歌・人の花山にまうできて、ゆふさりつかたかへりなむとしける時によめる・僧正遍昭・三九二

ゆふぐれのまがきは山と見えななむよるはこえじとやどりとるべく

（和歌ｇ）古今和歌六帖・まがき・一三五一（万葉集・巻一〇・春相聞・一八九九にもあり）[15]

春さればうのはなくたしわがこえしいもがかきほはあれゆかんかも

（和歌ｈ）拾遺集・恋四・柿本人麿・九二四（万葉集・巻一一・寄物陳思・二六六三にもあり）

ちはやぶる神のいがきもこえぬべし今はわが身のをしけくもなし

これらの例からみるに、垣根を越えることで誰かと逢う、あるいは別れるというイメージは定着していたと考えてよいだろう。また、内大臣の娘の話題と垣根では、藤裏葉巻において藤の花の宴に夕霧が招かれ、その場で弁の少将と内大臣が催馬楽の「葦垣」を歌う場面も想起される。この歌唱を通し、夕霧と雲居雁の結婚が認められるのであるが、[16]この詞章もまた、葦垣を越えて男が女のもとに侵入を試みる、という「越える」動きが話題になっており、歌ことばとしての「葦垣」に、外からの侵入者というイメージを想起することはごく自然なものだといってよい。近江の君の文においては、外から侵入するのは近江の君で、彼女は内大臣の娘として「御方々に数まへ知ろしめされん」ことを熱望していた。

ここで注目されるのは弘徽殿女御という「なでしこ」が生い出た「葦垣」になぞらえられる母が内大臣の北の方という高貴な身分の女性であることだろう。内大臣の北の方にかつて夕顔を脅かしたような恐ろしさと影響力がもうないことは、藤裏葉巻で雲居雁が華々しく夕霧と結ばれ幸せに暮らす様子をねたんだところで「何の苦しきことかはあらむ」と語り手に切り捨てられていることからも読み取れる。つまり、近江の君と玉鬘が登場するころの内大臣の北の方はかつて夕顔とその子玉鬘を頭中将の周りから排し、垣根の内に決して入れなかった「越えがたき」力を失った、「越えられる」垣根でしかなく、娘の弘徽殿女御のもとに外部からの侵入者をゆるしてしまうほどに弱体化しているということが「葦垣」という歌ことばから想起されるのではないだろうか。これは、歌ことばとしての「葦垣」が(粗末さゆえの)乱れ、整然としていない様子をイメージとして持つこととも合う。高貴な血筋の北の方が「葦垣」になぞらえられることで、近江の君の非常識な言動を印象づけるだけでなく、北の方に娘を守る力がないことも歌ことばの連想によりイメージされるのである。

内大臣との間に娘をもうけた女性の中で、唯一「母」として存在し続けるのが北の方である。玉鬘の母である夕顔と近江の君の母は亡くなっており、雲居雁は実母から引き離され、その実母は按察使大納言の北の方になっている。内大臣の領有する「なでしこ」たちのうち、雲居雁は少女巻で夕霧に侵入を許し、玉鬘は近江の君の登場以前にすでに光源氏の手で囲い込まれてしまっている。いずれも「垣根」である母の不在が登場時に語られており、外からの侵入と無関係ではないだろう。何の垣根も持たない姫君たちは早々に外部からの侵入を許してしまう。そして、唯一垣根を持っていた弘徽殿女御が外部からの侵入を許す、そのきっかけとなるのがこの近江の君の文である。もちろん近江の君も内大臣の娘であり、内大臣の領有する「わが宿」の内側の存在ではあるが、これまで確認してきたように異母姉妹であることから「葦垣」を隔てて内側に弘徽殿女御、外側のま近きところに近江の君は存在していることになり、いわば弘徽殿女御は二重の「内」にいた。そこに近江の君という「くさはひ」はみずからの力で侵入してゆく。近江の君の文からは、劣り腹の娘である自分の立場の脆弱性を認識し、内大臣の娘たちの中でもっとも高貴な血筋の弘徽殿女御に認められることでその弱みを埋めようとする主体性が読み取れる。歌ことば「垣」でイメージされる「侵入」は男性が女性のもとへ垣根を越えて逢いにゆくという文脈が主である。これは恋歌の引用をたたみかけつつ、異母姉との対面を熱望する文をおくった近江の君の文と重なり、徹底して「ずれ」を感じさせる要因としても機能しているのではないか。

このような近江の君の言動が物語内で果たす役割も検討しておきたい。「垣」の守りが弱く、近江の君の侵入を許してしまった内大臣邸は、近江の君の悪目立ちが原因で、その内情が人々の噂にのぼり、物語内でも内大臣邸のことが詳細に描写される。このことは、玉鬘十帖において、六条院に次ぐもうひとつの主要な「場」として内大臣邸が物語のなかに引きずり出されたと捉えられるのではないか。一方六条院は、光源氏自らが垣根となり領有するという特異性により、玉鬘の出自も含めなかなか世間の人々には内実が知られない[17]という対照性も興味深く、なお検討すべき課題として言及しておきたい。

七　おわりに

本章では、常夏巻終盤における近江の君から弘徽殿女御におくられた文を歌ことばの観点から読み解き、内大臣の娘としての親近感と隔てをおかれていることへの嘆きが繰り返され、従来解釈されてきたよりさらに冗長な文章であること、詠歌にも同様のメッセージが繰り返されている可能性を示した。その上で、近江の君が境界を越える主体性を常に持っていることに言及した。具体的には、近江の君の文にあらわれる「垣」と「なでしこ」に着目しながら、それらを領有する父の存在が和歌的な連想により浮かび上がることを明らかにし、近江の君の文を契機とする越境は、内大臣が領有する「宿」の内側でさらにもう一段深い、しかし弱体化し越えやすくなっている「垣根」の向こうの弘徽殿女御のもとに侵入することを指していると読み解いた。そしてこの読みにより、近江の君によって内大臣邸が玉鬘十帖における物語の主要な「場」として引きずり出されると考察した。

これにより、玉鬘が内大臣を実父としながら光源氏の領有する六条院に囲い込まれているというねじれた状態にありながらも、「なでしこ」の物語の発端である内大臣、そして彼の領有する邸が対比的な「場」として存在することで、玉鬘の血筋が常に背景として意識されるという効果がまずは挙げられよう。近江の君の文は、玉鬘十帖の核となる二つの「場」のうちの一つである内大臣邸を物語内に引きずり出す役割を果たしているといえる。そしてその契機として、近江の君という「外」の者が「垣根」を越えて内大臣の娘たちの中でももっとも高貴な血筋の弘徽殿女御のもとに入り込むさまを描くことで、かつて玉鬘の母、夕顔に害をなした「垣根」たる内大臣の北の方の弱体化を象徴的に示している。このことは近江の君の描写と照応して「なでしこ」「垣」の描写があらわれる玉鬘を想起させ、今後玉鬘にとって、北の方が障害となることはないと予感させるのではないか。

このように、近江の君の文をきっかけとして歌ことばのつながりを読み解いたとき、玉鬘十帖は従来指摘されてきた「なでしこ」の物語としての側面にくわえて、そのさらに近隣の巻をも巻き込んだ「垣」の物語としての側面もみえてくることが分かった。「なでしこ」とかかわる「垣」以外にも、『源氏物語』における歌ことば「垣」には興味深い問題がみられる。その一例について、第一部第六・七章で論じることとする。

注

（1）「むらさきのゆゑに心をしめたればふちに身なげん名やはをしけき」（胡蝶③一七〇）。
（2）結婚相手の貴賤による貧富の差ではあるが、差のある姉妹と「武蔵野」というモチーフとして捉えるなら『伊勢物語』四一段との一致も指摘できよう。
（3）両親ともに藤原氏である弘徽殿女御の「紫のゆかり」との優劣を考えると、「かしこけれども」と近江の君が卑屈な態度を取ることも整合性がある。
（4）『源氏釈』冷泉家時雨亭文庫本では引用した通り「あしくとも」となっているが、前田家本等では「あしき手を」。なお『光源氏物語抄』には伊行釈として「あしきてを」の本文がみえ、「六帖」という記載もある。現在確認できる『古今和歌六帖』には当該歌の記載はない。
（5）「狩人のいとまもいらじ草若みあさるきぎすの隠れなければ」（和泉式部集・一四）。
（6）「紫のひともとゆゑにむさしの の草はみながらあはれとぞ見る」（古今集・雑上・八六七・よみ人しらず）。近江の君の文に直接は登場しないが、歌ことばとしての「武蔵野」からは当然この歌も想起されているだろう。
（7）伊原昭［一九六七］をはじめ、現代の研究でも同様に指摘される。

（8）　岡田ひろみ［二〇一七］によれば、平安時代の折枝は手紙なしで贈られることもあり、単体で「言葉」として機能する場合もある表現媒体であったという。近江の君はなでしこの花単体で「言葉」として利用したとも考えられる。

（9）　常夏巻に内大臣が「かくて籠めおきたれば、まことにかしづくべき心あるかと人の言ひなすなるもねたし」（常夏③二四一）と思っている記述がある。

（10）　宇治十帖では常陸介や女童といった身分の低い人物の言動を批判的に描写する際や、匂宮の忍び歩き、浮舟の出家などに対し他人が批判的に言及するときにつかわれている。なお、近江の君に使われる独特の語としてはほかに「さがなき」「舌疾」なども指摘されている（津島昭宏［一九九七］、中野方子［二〇一五］など）。

（11）　近江の君と対比的に描かれる玉鬘はこの点においても対と捉えうる描写がある。

【参考本文】　光源氏、玉鬘と蛍兵部卿宮を几帳越しに対面させる

妻戸の間に御褥まゐらせて、御几帳ばかりを隔てにて近きほどなり。……（中略）……姫君は、東面にひき入りて大殿籠りにけるを、宰相の君の御消息つたへにゐざり入りたるにつけて、「……（中略）……すこしけ近くだにこそ」など、諫めきこえたまへど、いとわりなくて、ことつけても這ひ入りたまひぬべき御心ばへなれば、とざまかうざまにわびしければ、すべり出でて、母屋の際なる御几帳のもとに、かたはら臥したまへる。（蛍③一九八～二〇〇）

当該場面は正式に求婚している蛍兵部卿宮を親としての光源氏が娘のもとに案内するという経緯であり、近江の君とは状況が異なるが、このほかにも光源氏が玉鬘を端に導こうとする場面がみられることは注目しておいてよいのではないか。玉鬘は親を探して上京したものの、光源氏の領有する六条院に引き取られて以降は光源氏の「囲い」から積極的に出ようとはしない（できない）のである。

（12）　『古今和歌六帖』第五「ものへだてたる」の項には「くさほそきあしがきごしにただつとめあひみしこゆゑはつなげきつる」（二七五八）等『万葉集』由来の和歌がみられ、平安時代にも「葦垣」のイメージとしてある程度一般的だったと考えられる。

（13）　ただし、光源氏は玉鬘に対し、「昔ざまになずらへて、母君と思ひないたまへ」（胡蝶③一八一）とも発言している点にも注意を払うべきであろう。

(14)　檜垣孝［二〇一四］、山田洋嗣［二〇一四］など。

(15)　万葉集では第四句「いもがかきま」（「妹我垣間」）。

(16)　当該場面における催馬楽の詞章の歌い替え、その後夕霧が歌唱する催馬楽「河口」についても、娘を侵入者から囲い込む存在でありながら守りきれず、男の侵入を許してしまうものとして「垣」のつながりが効果的に用いられており、この点については山﨑薫［二〇二三］の詳細な分析がある。

(17)　例外的に垣根が乱れ、崩れる野分巻においては、夕霧の視点を介して六条院のさまざまな「秘密」が暴露される巻であることも併せて述べておく。

第六章　花散里巻の「垣」と光源氏

――「垣根を越える貴公子」からの転換点――

一　はじめに

『源氏物語』花散里巻は、直前の賢木巻と直後の須磨巻で光源氏がおかれた緊迫した状況をふまえつつも、異なる雰囲気を持つ巻として位置づけられてきた。それは岡崎義恵［一九六〇］のように、抒情的という捉え方や、「間奏曲」に喩えられるなど、前後の巻に強くみられる政治性と対比した見方であったといってよいだろう。また、この巻は歌ことばを軸に展開されており、とくに「橘のはなちるさとのほとゝぎすかたらひしつつ鳴く日しぞおほき」（古今和歌六帖・ほととぎす・大伴大納言・四四一七）、「さつきまつ花橘のかをかげば昔の人の袖のかぞする」（古今集・夏・よみ人しらず・一三九）、「いにしへの事かたらへばほとゝきすいかにしりてかふるこゑのする」（兼輔集・二八）が巻全体に響いていることは古注釈以来多く指摘されてきた。このように、従来この巻と歌ことばを論じる際に着目されてきたのは「ほととぎす」と「橘」の二語であり、それらのことばから想起される懐旧の情がこの巻を貫く雰囲気として読み取られてきた。

さらに三谷邦明［一九七五］をはじめとして、花散里巻の構成と『伊勢物語』六〇段とのかかわりも指摘されてきた。三谷は花散里巻が『伊勢物語』六〇段を典拠としていることを論じつつ、「対称的」な構成で描かれる中川の女と麗景殿女御姉妹のうち、中川の女をあらわす語に「垣根」が用いられていることに言及している。そして「垣根」が「障害物として拒否・拒絶のイメージを喚起」していると述べ、「中川の女による〈色好み〉そのものの挫折」が巻の主題的事件であると指摘する。

いずれの論においても、花散里巻はそれ以前の巻で語られてきた「貴公子・光源氏の物語」が一度止められ、思うようにならない現在への「物思はしさ」と対比しつつ「昔」を懐かしむ巻として位置づけられており、捉えられ方はおおよそ一定の方向性でかたまっていると考えてよい。筆者もこれに異論はない。

ところで前述の三谷論においては、中川の女と比較される麗景殿女御姉妹が、懐かしいイメージを形成する「里」「宿」ということばで表現されていることもあわせて指摘され、これらの語が和歌において「垣根」と対称的に詠まれる語ではないことから、花散里巻にも散文的性格、「物語の言語」が形成されていると述べられている。首肯すべき点もあるが、花散里巻内にとどまらない和歌的文脈を考えてみたとき、第一部第四・五章でもみてきた歌ことばとしての「垣根」は重要な鍵語として捉えられるのではないだろうか。

本章は、読みとしては従来の方向性に則りつつも、さらに、この短い巻に四例みられ、鍵語として注目に値する歌ことばとしての「垣根」を切り口に花散里巻を詳細に読み解いてみたときにみえてくる、『源氏物語』の前後の巻をも巻き込んだ文脈について論じてゆく。

まずは、花散里巻における「垣根」の表現について、「垣根を越える」主体としての光源氏、という和歌的な背景を持ったイメージを読み取った上で、この巻が光源氏と「垣根」の文脈の転換点になっていることについて、花散里以前と以降の巻における「垣根」の用例を挙げつつ論じる。また、花散里巻における和歌的なイメージの中に「卯の花」の垣根を据えることにより、これまで解釈されてきたよりもつよく花散里巻が和歌的な連想に貫かれ、これにより中川の女と麗景殿女御姉妹の相対性もいっそうあざやかに読み解かれることを述べてゆく。さらに、「卯の花」が喚起する「憂さ」が花散里巻に作用することで、はじめに検討した光源氏の「垣根を越える」主体としての物語の「挫折」を強く印象づけつつ、「垣根」の語によるつながりがその後の巻にもみられることを述べるなかで、『源氏物語』が持つ重層的な文脈の一端を明らかにすることを試みる。

二　花散里巻における「垣根」

花散里巻において「垣根」は四例みられ、いずれも中川の女にかかわってあらわれる。

【本文一】　光源氏、中川の女に歌をおくるもつれなく返される

何ばかりの御よそひなくうちやつして、御前などもなく、忍びて中川のほどおはし過ぐるに、ささやかなる家の、木立などよしばめるに、よく鳴る琴をあづまに調べて掻き合はせ賑はしく弾きなすなり。御耳とまりて、門近なる所なれば、すこしさし出でて見入れたまへれば、大きなる桂の樹の追風に祭のころ思し出でられて、そこはかとなくけはひをかしきを、ただ一目見たまひし宿なりと見たまふ。ただならず、ほど経にける、おぼめかしくや、とつつましけれど、過ぎがてにやすらひたまふ、をりしもほととぎす鳴きて渡る。催しきこえ顔なれば、御車おし返させて、例の惟光入れたまふ。

をち返りえぞ忍ばれぬほととぎすほの語らひし宿の垣根に

寝殿とおぼしき屋の西のつまに人々ゐたり。さきざきも聞きし声なれば、声づくり気色とりて御消息聞こゆ。若やかなるけしきどもしておぼめくなるべし。

ほととぎす言問ふ声はそれなれどあなおぼつかな五月雨の空

ことさらたどると見れば、「よしよし、植ゑし垣根も」とて出づるを、人知れぬ心にはねたうもあはれにも思ひけり。

（花散里②一五四〜一五五）

当該場面では、傍線部にあるようにほととぎすの鳴き声に誘われて、かつて関係を持った女に光源氏が歌をおくる様子が描かれている。しかし、女は「あなおぼつかな」と、「ことさらたどる」反応で、光源氏を招き入れようとはしない。その後、本文二では、麗景殿女御姉妹のもとを訪れた光源氏を追いかけてきたかのようにほととぎすが鳴く。移動してくるのはほととぎすであるが、先述の三谷論でも指摘されている通り、女を指示する際に用いられるのは「垣根」の語である。

【本文二】　麗景殿女御と語らう光源氏のもとにほととぎすの声が聞こえる

ほととぎす、ありつる垣根のにや、同じ声にうち鳴く。慕ひ来にけるよ、と思さるるほども艶なりかし。「いかに知りてか」など忍びやかにうち誦じたまふ。

橘の香をなつかしみほととぎす花散る里をたづねてぞとふ

……（中略）……

人目なく荒れたる宿は橘の花こそ軒のつまとなりけれ

（花散里②一五六〜一五七）

【本文三】　移り行く世、その一例としての中川の女

仮にも見たまふかぎりは、おし並べての際にはあらず、さまざまにつけて、言ふかひなしと思さるるはなければにや、憎げなく、我も人も情けをかはしつつ過ぐしたまふなりけり。それをあいなしと思ふ人は、とにかくに変るもことわりの世の性と思ひなしたまふ。ありつる垣根も、さやうにてありさま変りにたるあたりなりけり。

（花散里②一五七～一五八）

本文一で光源氏が詠みかけた歌は、ほととぎすを切り口として、「ほの語らひし宿の垣根に」と続く。ここには前節でも挙げた、次の和歌a・bなどが響いている。また、本文二の傍線部「いかに知りてか」は和歌bの明確な引用である。

（和歌a） 古今和歌六帖・ほととぎす・大伴大納言・四四一七

橘のはなちるさとのほととぎすかたらひしつつ鳴く日しぞおほき

（和歌b） 兼輔集・二八

いにしへの事かたらへばほとゝぎすいかにしりてかふるこゑのする

「ほととぎす」をきっかけに和歌的な連想から「いにしへ」が物語内に前景化されるとともに、花散里巻においてはその情景の中に「垣根」が据えられている。自由に移動する「ほととぎす」が光源氏の心情に働きかけ、懐旧の情を強く印象づける一方で、その契機となる中川の女は一貫して「垣根」としてあらわされている。「垣根」は三谷も指摘する通り、男が女のもとに通う際の物理的な障壁であり、中川の女の拒絶によって光源氏は「垣根を越えられない男」として位置づけられる。

また、従来問題になってきたのは、本文一内の惟光の引歌とおぼしき発言、「植ゑし垣根も」がどのような和歌を示しているのか、である。この問題については古注釈以来、次の出典未詳歌が挙げられている。ただし、『源氏釈』（冷泉家時雨亭文庫本）では当該箇所に対し「たつぬへし」と書かれていることもふまえると、これらの和歌を惟光が引いていると断じることにはなお慎重であるべきだろう。[1]

（和歌ｃ）『奥入』（書陵部本）[2]

かこはねと蓬のまかき夏くれはうへしかきねもしけりあひにけり

（和歌ｄ）『光源氏物語抄』[3]

花散し庭の木の葉もしけりあひてうへしかきねもみこそわかれね

和歌ｃ・ｄのいずれも、惟光の意図するところは第五句にあり、他の草葉の存在によって「うへしかきね」が覆われている状態が詠まれている。なお、和歌ｃと類似する現存の和歌には「かこはねどよもぎのまがきなつくればあばらのやどをおもかくしつつ」（好忠集・毎月集・一五八・六月はじめ）がある。蓬が荒廃した邸に茂るものであるというイメージをふまえた歌であるが、この歌でも邸を「隠す」ものとして「よもぎのまがき」が詠まれている点が和歌ｃと共通している。惟光の発言がどのような和歌を用いたものであるにせよ、当該場面におけるこのことばは、女の返歌の「あなおぼつかな」に沿うような歌で、かつ光源氏の贈歌から「垣根」の語を取っていると考えられ、和歌ｃ・ｄのように「垣根（およびその向こうの宿）が見えず、そのため訪問先を間違えたかもしれない」という内容であると解釈するのが妥当であろう。このとき、光源氏は前述したように「垣根を越える」主体としてやりとりの中に存在し、それが中川の女によって拒絶されたことになる。

花散里巻における「垣根」にはある程度の注目がされてきたものの、あくまでそれは中川の女の表象としてであり、光源氏にかかわる表現としては捉えられてこなかった。しかし、これまでみてきたような関係性をもとに改めて当該箇所を和歌的文脈で読み解くと、和歌における「垣根」あるいはそれに類することばには、男女の逢瀬を中心に、垣根を越えて誰かと逢う、あるいは別れるという詠まれ方があり、その詠歌主体は「垣根を越える男」であることが意識され、花散里巻の表現とも重なってくることが分かる。

（和歌ｅ）古今和歌六帖・まがき・一三五一（万葉集・巻一〇・春相聞・一八九九にもあり（第四句「いもがかきま」））

春さればうのはなくたしわがこえしいもがかきほはあれゆかんかも

（和歌ｆ）拾遺集・恋四・柿本人麿・九二四（万葉集・巻一一・寄物陳思・二六六三にもあり）

ちはやぶる神のいがきもこえぬべし今はわが身のをしけくもなし

とくに和歌ｅについては、「垣根が荒れる」、つまり変化することが描写され、和歌ｃ・ｄの発想とも通じるところがある。[4]このように垣根を踏み越えて女性のもとに通おうとする歌をふまえたとき、光源氏も花散里巻以前では主として「垣根を越える男」として描写されてきたことがみえてくる。次節ではそれらの用例を検討した上で、花散里巻以降では光源氏と「垣根」のかかわりが変化していることを指摘する。

三　光源氏と「垣根」にかかわる表現

花散里巻以前にあらわれる「垣根」に類する語には、恋の文脈で「越えるべき障壁」として象徴的に描かれる場面が散見される。

【本文四】　光源氏、夕顔の家を目にとめる

むつかしげなる大路のさまを見わたしたまへるに、この家のかたはらに、檜垣といふもの新しうして、上は半蔀四五間ばかり上げわたして、簾などもいと白う涼しげなるに、をかしき額つきの透影あまた見えてのぞく。……（中略）……「をちかた人にもの申す」と独りごちたまふを、御随身ついゐて、「かの白く咲けるをなむ、夕顔と

申しはべる。花の名は人めきて、かうあやしき垣根になん咲きはべりける」と申す。（夕顔①一三五～一三六）

【本文五】　**光源氏、六条御息所と夕顔の女を比較する**

うちとけぬ御ありさまなどの気色ことなるに、ありつる垣根思ほし出でらるべくもあらずかし。（夕顔①一四二）

【本文六】　**光源氏、紫の君を垣間見る**

日もいと長きにつれづれなれば、夕暮のいたう霞みたるにまぎれて、かの小柴垣のもとに立ち出でたまふ。

（若紫①二〇五）

【本文七】　**頭中将、光源氏のあとをつけて常陸宮邸を垣間見する**

寝殿の方に、人のけはひ聞くやうもやと思して、やをら立ちのきたまふ。透垣のただすこし折れ残りたる隠れの方に立ち寄りたまふに、もとより立てる男ありけり。誰ならむ、心かけたるすき者ありけりと思して、蔭につきてたち隠れたまへば、頭中将なりけり。（末摘花①二七一）

【本文八】　**光源氏、野宮を訪れ六条御息所と対面する**

ものはかなげなる小柴垣を大垣にて、板屋どもあたりあたりいとかりそめなり。……（中略）……「変らぬ色をしるべにてこそ、斎垣も越えはべりにけれ。さも心憂く」と聞こえたまへば、

神垣はしるしの杉もなきものをいかにまがへて折れるさかきぞ

（賢木②八五～八七）

光源氏が垣根の外側にいる場合（本文四・五・六）、すでに垣根を越えて内側にいる場合（本文七）、前節で挙げた和歌fを引きながら、垣根を越えたいと訴える場合（本文八）と、立っている場所に多少の差はあるが、いずれも垣根は恋人関係にある・なろうとしている女との間にある障壁として描かれている。

とくに注目すべきは、本文四を経た場面の本文五である。花散里巻にもみられた「ありつる垣根」という表現があ

り、夕顔が「垣根」としてあらわされていることが分かる。葛西恵理〔二〇一二〕は花散里と夕顔の内面をあらわす表現に共通点が多いことを指摘し、六条院移住の際に花散里が夕顔の「身代わり」の女性であった可能性を指摘しているが、『源氏物語』で本文二・三・五の三例しかみられない「ありつる垣根」という表現を共有していることも両者の強い結びつきをうかがわせるのではないか。本文二・三は中川の女を示す表現だが、実は花散里巻で中川の女をあらわした「ありつる垣根」という表現を六条院完成の際に花散里が背負っていると考えられる箇所がある。

【本文九】　六条院完成、夏の町の様子

北の東は、涼しげなる泉ありて、夏の蔭によれり。前近き前栽、呉竹、下風涼しかるべく、木高き森のやうなる木ども木深くおもしろく、山里めきて、卯花の垣根ことさらにしわたして、昔おぼゆる花橘、撫子、薔薇、くたになどやうの花のくさぐさを植ゑて、春秋の木草、その中にうちまぜたり。東面は、分けて馬場殿つくり、埒結ひて、五月の御遊び所にて、水のほとりに菖蒲植ゑしげらせて、むかひに御厩して、世になき上馬どもをととのへ立てさせたまへり。（少女③七九）

（和歌g）　古今集・夏歌・よみ人しらず・一三九

さつきまつ花橘のかをかげば昔の人の袖のかぞする

本文九の「昔おぼゆる花橘」は、本文二における光源氏の詠歌をはじめ、花散里巻全体に響いているとされる和歌gを想起させる表現であるが、その直前に「卯花の垣根」を「ことさらに」巡らせているという描写がある。花散里巻を明確に示唆している橘とセットであらわれる「垣根」ということばから、花散里巻の「ありつる垣根」を想起することに無理はないだろう。その上、「卯花」の垣根と描写されていることをふまえるなら、先に挙げた和歌eも本文九の文脈の中に想起されるのではないか。

（和歌e（再掲））

春さればうのはなくたしわがこえしいもがかきほはあれゆかんかも

本文九の当該箇所は、「垣根を越える」存在であったかつての光源氏の姿を想起させつつ、そのようにはいられなくなった時期である花散里巻の雰囲気を、「橘」「垣根」という鍵語によって浮かび上がらせているのである。このように本文九と花散里巻における「垣根」のつながりを明らかにしたところで、ひるがえって花散里巻の「垣根」についても新たな角度から読み解くことができるのだが、それは次節におくることとして、引き続き光源氏と「垣根」にかかわる表現を検討しておきたい。

本文九でもう一点注目されるのは、光源氏が垣根を「植える」側になっているということである。これまで述べてきた通り、花散里巻以前の光源氏と「垣根」にかかわる表現の多くは、垣根を「越える」主体としての描写であった。実は花散里巻を転換点として、光源氏は垣根を植えたり、築いたり、あるいは修繕したりと、垣根をつくる側に変化している。

【本文一〇】　光源氏、須磨から指示して花散里邸の修繕をする

（花散里）荒れまさる軒のしのぶをながめつつしげくも露のかかる袖かな

とあるを、げに葎よりほかの後見もなきさまにておはすらんと思しやりて、長雨に築地所どころ崩れてなむと聞きたまへば、京の家司のもとに仰せつかはして、近き国々の御庄の者など催させて仕うまつるべきよしのたまはす。　　（須磨②一九六）

【本文一一】　源氏、末摘花邸の垣を修繕する

この宮には、こまやかに思しよりて、睦ましき人々に仰せ言たまひ、下部どもなど遣はして、蓬払はせ、めぐり

の見苦しきに板垣といふものうち堅め繕はせたまふ。（蓬生②三五三）[5]

光源氏は、花散里のようにかつてかかわりを持った女性の中で身寄りのない人たちのために二条東院を改築しようと思うようになる（澪標②二八四）。この構想は松風巻で実現し、花散里は二条東院に移り住む。このような行動の背景にある心理として、塚原明弘［二〇一七］は、本文一〇の花散里の詠歌にある「しのぶ」から「葎」を連想し、荒廃した邸が「世のすき者」の標的になることを懸念する想いがあったとし、それゆえに築地の修繕を指示したのだとする。光源氏は「すき者」から自らのかかわった女性を「守る」立場に変化していることがこの指摘からも看取される。

そして二条東院の改築にとどまらず、光源氏は「ここかしこにておぼつかなき山里人などをも集へ住ませんの御心」（少女③七六）から、六条院の造営に着手する。その完成の際に花散里の住む夏の町の「卯花の垣根」の描写があることは、光源氏が花散里巻で垣根を越えられず、以降、垣根を築く者になったことと関連づけて読み解くことができるだろう。

ここまで、花散里以前の巻における光源氏と「垣根」に関する表現について、主として恋の文脈で用いられ、光源氏は「垣根を越える」主体として描写されてきたこと、それ以降の巻では「垣根をつくる」主体に変化していることを論じてきたが、あくまで「主として」あらわれるのがこの文脈であることには注意しておきたい。第一部第四・五章で論じたように、『源氏物語』には「垣根」を軸とした文脈としてもう一つ、大きな流れがみられる。それは次のような和歌を背景に持つ「なでしこ」の咲く垣根の文脈である。

（和歌ｈ）　古今集・恋四・よみ人しらず・六九五

あなこひし今も見てしか山がつのかきほにさける山となでしこ

（和歌ⅰ）　後撰集・夏・題しらず・よみ人しらず・一九九

わがやどのかきねにうゑしなでしこは花にさかなんよそへつつ見む

古注釈以来、「なでしこ」との強いかかわりが指摘されてきた玉鬘のみならず、「垣根」を軸に『源氏物語』を読み解くと、「なでしこ」と「垣根」は「子」と「母」になぞらえられていることが多く、さらに和歌ⅰを手掛かりにすると「垣根を植え、領有する」存在として「父」がこの連想の中に据えられる。「垣根」と「母」をなぞらえる例には夕顔、藤壺、葵の上と、花散里巻以前に登場するものも多い。これは『源氏物語』の持つ重層的な文脈ゆえであり、「垣根」である「母」のもとに咲いた「子（なでしこ）」を「父」として愛おしむ男、という文脈を展開しつつも、自身との間に「子」をなしていないその他の多くの女性との間を中心として、「垣根を越える」男としての光源氏、という文脈が展開されているのである。[6]そして、幾重にもなる『源氏物語』の文脈の中で、花散里巻をきっかけに「垣根を越える」主体としての光源氏、という文脈は堰き止められ、以降はみられなくなる。代わって主にあらわれるようになる「垣根をつくる」行動は、裏を返せば侵入者を阻むことを意味する。明石姫君の養育や、はからずも引き取ることになった玉鬘をめぐる貴公子たちの求婚と、六条院完成後のいわゆる第一部終盤の光源氏は、垣根の内側で姫君たちを侵入者から守る立場になっており、[7]やはり花散里巻で「垣根を越える」ことを拒絶される中川の女の場面が転換点になっていると捉えてよいだろう。

このように花散里巻が転換点となって、光源氏と「垣根」にまつわる表現に変化がみられることを明らかにした上で、次節では改めて花散里巻を和歌的連想から読み解いてみたい。これまでその詳細、つまり「何の垣根なのか」が判然としなかった[8]中川の宿の「垣根」を、本文九の記述から想起される和歌ｅの「卯の花」のイメージを介して読むことで、中川の女と麗景殿女御姉妹の対照性、そして花散里巻の底に響く「憂き」想いがよりあざやかに浮かび上がってくるのである。

四 花散里巻における「橘」「ほととぎす」「垣根」と「卯の花」

中川の女は光源氏を拒絶する「ありさま変りにたる」存在として描かれ、昔語りを受け入れる麗景殿女御姉妹と比較される対象として描かれる。物語の「場」となる二箇所をつなぐのはほととぎすであるが、片桐洋一［一九九九d］によれば、ほととぎすは「藤の花」のほか、「花橘」「卯の花」に鳴くものとして詠まれるという[9]。前節で論じたように和歌eの「うのはなくたしわがこえしいもがかきほ」を中川の女の宿の情景に組み込んで読んでみると、まずは、第五句「あれゆかんかも」が、惟光の引歌とおぼしき発言「植ゑし垣根も」の意図する、「他の草や葉が茂って見分けがつかない」の意、「ありさま変りにたる」と重なる。これは光源氏にとって「昔」との断絶、あるいは「昔」から拒絶される経験を象徴的に示していると捉えられるだろう。この対となる存在として「昔の御物語」をする麗景殿女御、「なつかしく語らひたまふ」西面の花散里の女君が登場する。和歌eを背景に巻の前半を読むと、ほととぎすが卯の花から橘へと移動して鳴いていると捉えられるのであるが、ここで卯の花も花橘もともに白い花であることに注目してみたい。つまり、この二箇所にある花に、色という共通点を持たせることで、さらに両者のちがいが強く意識されるのではないだろうか。

【本文二（一部再掲）】

ほととぎす、ありつる垣根のにや、同じ声にうち鳴く。慕ひ来にけるよ、と思さるるほども艶なりかし。「いかに知りてか」など忍びやかにうち誦じたまふ。

橘の香をなつかしみほととぎす花散る里をたづねてぞとふ

本文二にあるように「同じ声に」鳴くという表現が、いっそう中川の垣根の拒絶を強く想起させ、直前に「昔のことかき連ね思されて」泣いていた光源氏は、改めて麗景殿女御が桐壺院在世の「昔」を共有できる貴重な存在であることを意識している。そして光源氏が詠んだ歌は従来指摘されてきたように、前掲の和歌gと、次の和歌jが発想の背景にある。

（和歌j）　万葉集・巻八・夏雑歌・大宰帥大伴卿・一四七三

たちばなの　はなちるさとの　ほととぎす　かたこひしつつ　なくひしぞおほき

これらの和歌により、「昔」「なく」といったイメージが光源氏の和歌の中にも想起されるのであるが、ここで光源氏が中川の女に詠み掛けた歌と麗景殿女御に詠み掛けた歌を比べてみたい。いずれも、「場所」を示す表現が下の句にあり、つくりの上でも対となっていることが読み取れるのではないだろうか。中川の女には「をち返りえぞ忍ばれぬほととぎすほの語らひし宿の垣根に」と詠み掛けており、麗景殿女御には「ほととぎす花散る里を訪ねてぞとふ」と、いずれもほととぎすを主体として、ある「場所」に昔のことを思い出して立ち寄った、という歌の構成になっている。それぞれを卯の花の垣根、花橘の散る里、と具体化すると、景色としてはいずれも白い花の咲き、散る様子が浮かび上がってくるのではないだろうか。

また、和歌において「卯の花」を垣根に咲く花として詠むことは『万葉集』にすでに例があり、佐田公子［二〇一四］も指摘するように、勅撰集でいうと後撰集以降に多くとられるようになるのだが、その白さに注目した詠まれ方が多くみられる一方で、「う」の音からの連想で「憂し」を詠みこむ例も多いことが分かる。この点においても、光源氏が「拒絶」を経験する中川の女との場面の中に、「卯の花の垣根」を据えて読むことが有意義であるといえるのではないだろうか。

［参考］「卯の花」と「垣根」の取り合わせ——後撰集・夏・一五一～一五六・よみ人しらず

ものいひかはし侍りける人のつれなく侍りければ、その家のかきねの卯花ををりていひいれて侍りける

① うらめしき君がかきねの卯花はうしと見つつも猶たのむかな

返し

② うき物と思ひしりなば卯花のさけるかきねもたづねざらまし

卯花のかきねある家にて

③ 時わかずふれる雪かと見るまでにかきねもたわにさける卯花

ともだちのとぶらひまでこぬことをうらみつかはすとて

④ 白妙ににほふかきねの卯花のうくもきてとふ人のなきかな

⑤ 時わかず月か雪かとみるまでにかきねのままにさける卯花

⑥ 鳴きわびぬいづちかゆかん郭公猶卯花の影はばなれじ

ところで今井久代［二〇一四］は、麗景殿女御あるいは花散里の登場する場面は当初、常に自然描写があったことを指摘している。そしてその叙情的な自然につられて、ふだんは忘れがちな三の君への思いが光源氏の心に浮かび上がり、恋の語らいへと展開するのだとする。さらに三の君が光源氏の気まぐれな訪れを待ちえた要因には、彼女が他に頼る者を持たず困窮していたことがあるとし、待ち続けられずに「確かなもの」を求めた中川の女と対比する。[10]

中川の宿の垣根を「卯の花の垣根」として読み解いてみたとき、今井の指摘した、自然描写により作中人物および読者の心に作用して形成される磁場[11]は花散里巻全体にわたるものとして意識されよう。

巻の冒頭に光源氏の心情として示される「わづらはしう思し乱るる」「世の中なべて厭はしう」といった表現は「憂し」とつながり、その想いを抱えた光源氏は「昔」訪れた中川の「(卯の花の)垣根」を通りかかる。「ほととぎす」の声にそそのかされるように懐旧の情をもって女に歌を詠み掛けるものの拒絶され、かつて(卯の花を踏み)越えた「垣根」を通り過ぎるほかない。その後、当初の目的であった麗景殿女御と対面し、「花橘」の散る里で「憂き」世からひと時離れ、「昔の御物語」をしていると、(卯の花の)垣根で鳴いていた「ほととぎす」が「同じ声」で鳴く。先ほどの(卯の花の)垣根での「憂き」出来事と対比しながら、(同じく白い花をつける)花橘の散る里で「昔」語りを共にすることを受け入れてくれる麗景殿女御、そして花散里の存在を得がたい存在として、光源氏はしみじみと「なつかしく」感じるのである。

これまで読み解かれてきた和歌的な背景を持つ自然描写に、括弧に入れる形で「卯(憂)」を挿入してみると、歌ことばとしての緊密な連関はもとより、花散里巻で語られる懐旧の情が「今の世に対するままならない「憂き」想い」に由来することがより鮮明に意識されてくる。なお、平林優子［二〇一四］は『源氏物語』第一部にしぼって「憂し」について詳細に分析し、このことばは「深く思い悩む傾向のある女君に多用される」もので、とくに光源氏との恋愛関係においてあらわれること、そして花散里も、直接その単語が用いられることはほとんどないものの、「うし」型の女君であることを指摘しており、花散里巻が「憂き」雰囲気を全体にまとうこととも整合性がある。

また、具体的な「憂さ」の表象として「垣根」を越えられない光源氏が和歌的な連想により描写されることについては、「垣根を越える男」としての物語の「打ち止め」として位置づけられる。そして光源氏が権力を回復した後の巻において、歌ことばとしての「垣根」は、花散里巻以前にも複層的に流れていた「なでしこ」の文脈を強く意識させるようになり[12]、女性たちを「領有する」権勢家としての光源氏の物語へと展開してゆくのである。

五　おわりに

本章は、花散里巻における「垣根」の表現に注目し、和歌的文脈の中に据えなおすことで、「垣根を越える」主体としての光源氏という和歌的な背景を持ったイメージを読み取り、その物語が中川の女の拒絶により打ち止められることを明らかにした。一方で、花散里巻が光源氏と「垣根」の文脈の転換点になっていることについて、花散里以前と以降の巻における「垣根」の用例を挙げつつ論じ、花散里巻以降の光源氏は「垣根をつくる」存在に変化していることを述べた。また、少女巻の記述を手掛かりに、従来花散里巻をつらぬく和歌的な鍵語として指摘されてきた「橘」と「ほととぎす」に加え、「卯の花」の垣根のイメージを持ち込むことにより、夏の景物としてのこれらのモチーフが、これまでの解釈よりさらに一体感をもって巻を和歌的連想で結びつけていると解釈した。そして、ともに白い花であるという類似性も指摘しつつ、花橘と卯の花を介して中川の女と麗景殿女御姉妹の相対性があざやかに描き出されていることを読み解いた。さらに、「卯の花」が喚起する「憂さ」が花散里巻に作用することで、はじめに検討した光源氏の「垣根を越える」主体としての物語の「挫折」を強く印象づけつつ、その後の巻における「垣根をつくる」光源氏への変化が「垣根」の語によって複層的な文脈として読み解かれることを明らかにした。

もちろん、花散里巻以降も、たとえば明石巻などで新たな女性との恋の物語は引き続き語られており、光源氏が恋物語の主人公としての位置づけを完全に失ったとは決していえない。また、花散里巻以前の若紫巻にも、「忍びて通ひたまふ所」を通りかかり、歌を詠み掛けるも「立ちとまり霧のまがきの過ぎうくは草のとざしにしもせじ」[13]（若紫①二四六～二四七）と返され、拒絶される場面も描かれており、光源氏が必ずしも垣根を越えることに成功してきたとはいえないことは付記しておかねばならない。

これらの個別に検討すべき課題もあるものの、本章は歌ことばを通して『源氏物語』の重層的な文脈の一端を明らかにすることを試みたものであり、「流れ」として捉えるならば、花散里巻以前の光源氏はやはり「垣根を越える」主体として位置づけられるだろう。そして、中川の女の「垣根」を越えられなかったことは、光源氏の中で「とにかくに変るもことわりの世の性」と、「世の中」のことに敷衍して意識されている。桐壺院在世のころのようにはいられなくなった「憂き」雰囲気が歌ことばの連想によって意識されるなかで、「垣根」という歌ことばが形成していた文脈のうちの流れの一つが堰き止められ、他の文脈が強く意識されるようになる。このように幾重にもかさなって流れる『源氏物語』の文脈の一断面を詳らかにすることを通して、『源氏物語』の中に、まだ和歌的連想によって新たな層を見出しうることを明らかにしてきた。

注

(1)『源氏釈』(冷泉家時雨亭文庫本)には「あれおほつかなさみたれのそらことさらにたとるとみれはよし〳〵こえしきねも（引用者注：原文ママ）とていつるとあるところ　たつぬへし」とある。「きね」は「かきね」の誤脱と考えられるが、「植ゑし」ではなく「こえし」とある点は注目される。当該箇所を「こえしかきね」とする『源氏物語』の本文は見当たらず、現存する他の『源氏釈』においても、本文引用がある前田家本と都立図書館本は「うへしかきね」と記されており、この本文が広く流布していたとは考えにくい。ただし、「垣根を越え（て逢っ）た」と読みたくなる文脈であった可能性は考えられるだろうか。

(2)『奥入』の大橋家本では当該箇所が一丁分欠脱している。なお『源氏釈』吉川家本、都立図書館本には当該歌の記載がある。

（3）『光源氏物語抄』の当該箇所は、和歌cを先に挙げ、「伊行　奥」とした上で、和歌dを挙げる。こちらについても「奥」と記されているが、確認した範囲で『奥入』にはこの和歌は見当たらない。なお、『源氏釈』吉川家本には当該歌の記載がある。

（4）なお、片桐洋一［一九九九a］によれば「うのはなくたし」は本来、五月雨の形容ではなく、和歌eのように「人が卯の花を駄目にしてしまう、卯の花をいためてしまう」の意で用いられていたという。

（5）なお、光源氏と再会する前の窮状の描写には「葎は西東の御門を閉じ籠めたるぞ頼もしけれど、崩れがちなるめぐりの垣を馬、牛などの踏みならしたる道にて」（蓬生②三三九）と、垣根に関する描写もある。

（6）表現の形でいえば、本文一の惟光の発言「植ゑし垣根も」は「かきねにうゑし」という句をもつ和歌iを想起させる。中川の女と光源氏の間に子がいたとは想定しにくく、この和歌を背景に読むことには無理があるが、一方で葛西恵理［二〇一二］の指摘するような夕顔と花散里の表現レベルでの類似をふまえるならば、この箇所にも夕顔を想起するようなことばが用いられていることには目配りしておいてもよいだろう。

（7）娘ではないが、紫の上に関しては夕霧にすら姿を見せないように厳重に遠ざけているという記述もみられ（野分③二六五など）、光源氏が自らの領有する六条院の内側で、外側からの侵入を阻む存在になっていることが繰り返し表現されている。

（8）植栽に関する研究としては、飛田範夫［一九九九］の詳細な分析がある。それによれば、ウツギ（卯の花）の生垣は『万葉集』の時代からあり、平安時代にも記述がみられるという。これは徒長した枝を切り取った程度の自然樹形に近いものが一般的であったのだが、一方で平安時代には、落葉樹を、枝を短く切り落としてほとんど葉をつけない状態で列植した生垣もあったと述べられている。

（9）「ほととぎす」と「卯の花」の取り合わせとしては「ほととぎす　なくをのうへの　うのはなの　うきことあれや　きみがきまさぬ」（万葉集・巻八・夏雑歌・小治田朝臣広耳歌一首・一五〇一）、「郭公かよふかきねの卯の花のうきことあれや君がきまさぬ」（拾遺集・雑春・題しらず・人まろ）などが挙げられる。

（10）光源氏の花散里に対する軽視を指摘した論として、外山敦子［二〇〇六］は、花散里が「さ乱れの女」として位置づけられると指摘し、「花散里は、女として顧みられることのない自分の宿命を早々に自得したことで、光源氏の目指す理想的世界の構築に寄与する存在になり得た」ものの、「光源氏への贈歌に「恋に思い乱れる」心が刻み込まれている点は終始一貫している」と述べる。また、花散里と光源氏の間で、もっぱら女の側から歌を詠み掛けていることについて、花散里の危機感や執着心を読み取るだけでは不十分で、光源氏の側から歌を「詠み掛けない」ことを根拠に、光源氏の女性関係の相対的な軽重があらわされているとする高木和子［二〇〇九］の指摘も重要である。

(11)　当該の場面についてではないが、今井久代［二〇〇九］は、『源氏物語』における自然描写が作中人物の心情をどのように掬い取っているのかを詳細に検討している。

(12)　このように読み解いたとき、本文九で引用した、六条院夏の町の描写の中に「なでしこ」があらわれることも示唆的である。

(13)　「霧のまがき」は宇治十帖にとくに用例が多く、別途検討すべき問題が含まれていると考えられる。

第七章　幻巻の「植ゑし人なき春」
――山吹と「不在」の女君たち――

一　はじめに

『源氏物語』正編の最終巻にあたる幻巻では、紫の上を喪った光源氏の悲しみに暮れる一年間の様子が季節のめぐりとともに描かれ、その表現の和歌的性格をふまえて月次屏風にかさねて巻全体を捉える論が多く提出されてきた。[1]幻巻は物語の中で大きな事件が起きることも人間関係が大きく変化することもなく、一貫して光源氏の紫の上への想いが繰り返し語られ、その背景に据えられる景色だけが変わっていくこともまた、月次屏風としての性格を強く印象づける要因となっているだろう。このように幻巻が和歌的性格をまとっていることは従来指摘されてきた解釈であり、筆者も首肯するところである。一方で、巻の中で完結する月次屏風の世界に注目するあまり、『源氏物語』の幾層にもなる和歌的文脈の、他の層が見落とされてきたようにも思われる。

幻巻は光源氏の生前最後の姿を描く巻であり、阿部秋生［一九八九］などをはじめとして光源氏の人生の述懐であるとも捉えられてきた。そして勝亦志織［二〇〇六］が指摘する通り、過去を共有する人物とのやりとりが巻の中で点描されることによって、紫の上の不在がいっそう強く意識される構造となっていることも注目すべき点であろう。[2]

本章ではこのような「不在」を想起させる文脈について、「植ゑし人なき春」を軸に和歌的文脈から読み解いてみたい。幻巻においては、紫の上が住んでいた場所の御前に心を尽くして草花を植えていたことが執拗に語られ、その「垣根」を眺めながら光源氏が紫の上の不在を嘆く記述が繰り返される。[3] これらの記述について、まずは和歌的発想から「恋人が植えた草花を形見として眺める」歌が幻巻の春・夏の場面の背景にあることを論じてゆく。一方で『源氏物語』における「垣根を植える」ことをめぐる和歌的文脈と、なでしこ・山吹の花に注目することで、幻巻にはもう一人不在の女君、玉鬘を想起させる文脈があることを指摘してゆく。具体的には、六条院に住んでいた主要な女君の一人でありながら幻巻に一切登場しない玉鬘の不在を意識することで、かつて真木柱巻で光源氏が玉鬘の不在を嘆いた場面に幻巻の一場面が重ねられることを明らかにする。この解釈を通して、光源氏が「答えを求めても返事のない」孤独な状況に置かれていることが幻巻の植栽の描写を発端として理解されることをふまえた上で、紫の上をさまざまな花を「植ゑし人」として描写することは、「子」を残さず、「花」として生涯咲き続けて去った彼女の不在を意識させる効果があることを論じてゆく。その上で、垣根の内側に自ら囚われ、彼女の死を悼み続けていた光源氏が、仏名会の日にそこから出てゆく幻巻末尾の描写の意味についても明らかにすることで、幻巻が「花」を通して描き出す和歌的文脈を紐解いてゆく。

二　花々を「植ゑし」紫の上

光源氏は六条院造営に際し、「御方々の御願ひの心ばへを造らせたまへり」（少女③七八）と、それぞれの女性の嗜好を反映して庭をつくったことが語られている。「南の東」にあたる紫の上と光源氏が住む春の町は、紫の上の好きな春に花を咲かせる木を多く植えつつ、前栽には秋も美しく見えるように草花が配置されていた。

【本文一】　六条院、春の町の景色

南の東は山高く、春の花の木、数を尽くして植ゑ、池のさまおもしろくすぐれて、御前近き前栽、五葉、紅梅、桜、藤、山吹、岩躑躅などやうの春のもてあそびをわざとは植ゑで、秋の前栽をばむらむらほのかにまぜたり。

（少女③七八～七九）

また、紫の上が「わが御私の殿と思す」（若菜上④九三）場所であり、最期の時を過ごした二条院については、匂宮に「大人になりたまひなば、ここに住みたまひて、この対の前なる紅梅と桜とは、花のをりをりに心とどめてもて遊びたまへ。さるべからむをりは、仏にも奉りたまへ」（御法④五〇三）と言い遺しており、いずれも部屋の中から見える景色について、紫の上の想いが強く遺っていると考えられる。幻巻では、この紫の上の遺愛の景色が繰り返し故人の遺志として語られている。

【本文二】　対の御前の紅梅を世話する匂宮と、紫の上を追慕する光源氏

（引用者注：匂宮が）「母ののたまひしかば」とて、対の御前の紅梅とりわきて後見ありきたまふを、いとあはれと見たてまつりたまふ。二月になれば、花の木どもの盛りになるも、まだしきも、梢をかしう霞みわたれるに、か

の御形見の紅梅に鶯のはなやかに鳴き出でたれば、立ち出て御覧ず。
　植ゑて見し花のあるじもなき宿に知らず顔にて来ゐる鶯
と、うそぶき歩かせたまふ。　　　　　　　　　　　　（幻④五二八）

【本文三】　御前の春、変わらず美しい景色をつくりだす

　春深くなりゆくままに、御前のありさまいにしへに変らぬを、……（中略）……山吹などの心地よげに咲き乱れたるも、うちつけに露けくのみ見なされたまふ。
　外の花は、一重散りて、八重咲く花桜盛り過ぎて、樺桜は開け、藤はおくれて色づきなどこそはすめるを、そのおそくとき花の心をよく分きて、いろいろを尽くし植ゑおきたまひしかば、時を忘れずにほひ満ちたるに、若宮、「まろが桜は咲きにけり。いかで久しく散らさじ。木のめぐりに帳を立てて、帷子を上げずは、風もえ吹き寄らじ」と、……　　　　　　　　　　　　（幻④五二九）

本文二・三の傍線部にあるように、御前の美しさは紫の上が指示して保っていたものであり、点線部にあるような匂宮に言い遺した紅梅・桜の描写も加わり、紫の上の不在が一層強く意識される場面である。それはやがて、この景色が荒廃する未来も予感させる。

【本文四】　光源氏、一人御前の庭を眺める

　隅の間の高欄におしかかりて、御前の庭をも、御簾の内をも見わたしてながめたまふ。……（中略）……さびしくもの心細げにしめやかなれば、
　今はとてあらしやはてん亡き人の心とどめし春の垣根を
人やりならず悲しう思さる。　　　　　　　　　　　　（幻④五三〇）

このように、紫の上が「御前の庭」の管理者であったことを示す記述はほかにもある。

【本文五】　光源氏、女三の宮のもとを訪れる

閼伽の花の夕映えしていとおもしろく見ゆれば、「春に心寄せたりし人なくて、花の色もすさまじくのみ見なさるるを、仏の御飾りにてこそ見るべかりけれ」とのたまひて、「対の前の山吹こそなほ世に見えぬ花のさまなれ。房の大きさなどよ。品高くなどはおきてざりける花にやあらん、はなやかににぎはしき方はいとおもしろきものになんありける。植ゑし人なき春とも知らず顔にて常よりもにほひ重ねたるこそあはれにはべれ」とのたまふ。御答へに、「谷には春も」と何心もなく聞こえたまふを、言しもあれ、心憂くもと思さるるにつけても、……

（幻④五三一～五三二）

【本文六】　五月雨のころ、夕霧と語らう光源氏

にはかに立ち出づるむら雲のけしきいとあやにくにて、おどろおどろしう降り来る雨に添ひて、さと吹く風に灯籠も吹きまどはして、空暗き心地するに、「窓をうつ声」など、めづらしからぬ古言をうち誦じたまへるも、をりからにや、妹が垣根におとなはせまほしき御声なり。

（幻④五三九）

このように、幻巻の前半には、紫の上が自身の住む場所の御前に美しい花々を植え、管理していたことが執拗に語られ、光源氏はその景色を見る事を通して紫の上の不在を強く意識していることが描かれる。このように、恋人あるいは親しい人が「植ゑし」草花を見ることを通して故人を思慕するという発想は、和歌的性格を強く持つ幻巻の特性を考えると、『万葉集』以来定型となっていた和歌的な発想が背景にあると考えられる。

（和歌ａ）　万葉集・巻三・挽歌・家持・四六四

又家持見砌上瞿麦花作歌一首

あきさらば　みつつしのへと　いもがうゑし　やどのなでしこ　さきにけるかも

（和歌b）万葉集・巻一〇・秋雑歌・二一一九(4)

こひしくは　かたみにせよと　わがせこが　うゑしあきはぎ　はなさきにけり

（和歌c）古今集・哀傷・みはるのありすけ・八五三

藤原のとしもとの朝臣の右近中将にてすみ侍りけるざうしの身まかりてのち人もすまずなりにけるを、秋の夜ふけてものよりまうできけるついでに見いれければ、もとありしせんざいもいとしげくあれたりけるを見て、はやくそこに侍りければむかしを思ひやりてよみける

きみがうゑしひとむらすすき虫のねのしげきのべともなりにけるかな

（和歌d）古今和歌六帖・第四・かなしび・二四九〇

見るごとにそでぞひちぬるなきはるのかたみに見よとうゑしはなかは

（和歌e）古今和歌六帖・第六・ふぢ・あか人・四二三七(5)

こひしくはかたみにもせんわがせこがうゑしふぢなみ花咲きにけり

和歌cを除いた四例はいずれも、故人の遺志により「うゑ」られた「形見」としての花を鑑賞することを通して故人の死を悼むもので、本文一～六でみてきた光源氏の想いと重なる。一方和歌cは管理者を喪った前栽が荒れ果てていることを嘆く歌であり、本文四で光源氏の詠「今はとてあらしやはてん」にあらわれている懸念の背景として読むことができるだろう。

このように、『源氏物語』幻巻の春・夏の場面において執拗に繰り返される紫の上の「植ゑし」草花に対する想いを和歌的な発想をもとに類型的に読み解いたところで、『源氏物語』において草花を「植える」という行動にみられる和歌的な文脈について言及してみたい。これまでの章で論じてきたように、『源氏物語』において「植える」行為

と一繋がりで捉えられる「なでしこ」と「垣根」について検討してみると、「垣根」を母になぞらえ、「なでしこ」を子になぞらえる例が多く描かれ、垣根を「植える」存在として父が位置づけられるのであるが、この文脈において紫の上は光源氏の最愛の「なでしこ」として位置づけられ、幻巻に至るまでその象徴的な描写がみられた。

【本文七】　光源氏、一人でなでしこを眺める

蜩の声はなやかなるに、御前の撫子の夕映えを独りのみ見たまふは、げにぞかひなかりける。

　つれづれとわが泣きくらす夏の日をかごとがましき虫の声かな

（幻④五四二）

本文七で「独りのみ」と語られているのは、当然紫の上の不在を意識した表現であり、先に述べたような文脈においてこの記述を捉えたとき、この和歌が想起される。

（和歌ｆ）　古今集・秋歌上・寛平御時きさいの宮の歌合のうた・素性法師・二四四(6)

我のみやあはれとおもはむきりぎりすなくゆふかげのやまとなでしこ

（和歌ｇ）　古今和歌六帖・まがき・一三四八

夕暮のまがきにさけるなでしこの花みる時ぞ人はこひしき

いずれも「ゆふかげ」「夕暮」といった表現もみられ、本文七の「夕映え」と時間帯としては似たようなイメージを与える歌であることが読み取れるのではないか。(7)このように、「なでしこ」「垣根」「植える人」という和歌的文脈の中に紫の上は「なでしこ」として据えられるのであるが、これまでみてきたように幻巻においては紫の上という女性が「植える」主体として印象づけられている。この問題について論じる前に、次節ではまず、いま確認した文脈の残り二者、「垣根」と「なでしこ」について、改めて考えてみたい。

三　移植された「なでしこ」――紫の上と玉鬘――

紫の上は津島昭宏［二〇〇六］が指摘するように、光源氏が「子」から「恋人」へとその愛情のありようを移行させてゆく対象であるのだが、心の内でどのように思っているにせよ、紫の上を二条院に引き取った当初は彼女の「親」のようにふるまっており、紫の上もそのように認識しているという記述がみられる。このときに興味深いのは、「母」の不在と、その代わりとしての振舞いを光源氏が意図的にしていることである。

【本文八】　紫の上を慰める光源氏

君は男君のおはせずなどしてさうざうしき夕暮などばかりぞ、尼君を恋ひきこえたまひて、うち泣きなどしたまへど、宮をばことに思ひ出できこえたまはず。もとより見ならひきこえたまはでならひたまへれば、今はただこの後の親をいみじう睦びまつはしきこえたまふ。ものよりおはすれば、まづ出でむかひて、あはれにうち語らひ、御懐に入りゐて、いささかうとく恥づかしとも思ひたらず。（若紫①二六一）

【本文九】　光源氏の留守を寂しがる紫の上

二三日内裏にさぶらひ大殿にもおはするをりは、いといたく屈しなどしたまへば、心苦しうて、母なき子持たらむ心地して、歩きも静心なくおぼえたまふ。（紅葉賀①三一七～三一八）

【本文一〇】　須磨からの文を見た紫の上、悲嘆に暮れる

出で入りたまひし方、寄りゐたまひし真木柱などを見たまふにも胸のみふたがりて、ものをとかう思ひめぐらし、世にしほじみぬる齢の人だにあり、まして馴れ睦びきこえ、父母にもなりて生ほし立てならはしたまへれば、恋

しう思ひきこえたまへることわりなり。（須磨②一九〇）

紫の上は幼くして母と死別しており、実際に「母なき子」ではあるのだが、注目しておきたいのは、若紫巻において紫の上の実父（本文八「宮」）は存命であり、紫の上を北の方と暮らす邸に引き取ろうと検討している段階であったということである。それを光源氏が連れ去ってしまったのであり、「なでしこ」の文脈に置き換えるならば、光源氏は紫の上の実父の「なでしこ」を自分の邸にいわば「移植」した状態である。容易に「移植」を可能にしたのは、なでしこを守る「垣根」たる「母」の不在が原因であろう。

大津直子［二〇一五］が指摘するように、平安時代において子が娘である場合、母は娘の性を管理し、結婚を承認する役割を果たす存在であった。また『源氏物語』においては広瀬唯二［一九八八］が、青年の光源氏がかかわる女君の多くは母親の存在が描かれず、この設定により女君たちと光源氏の結びつきを自然にすることができたと指摘している。さらに広瀬は、本文九のように母のない子であると意識したとき、光源氏自身が自ずと母親的な性格をも帯びてしまうのではないかと論じる。筆者もこの見解に首肯するものであるが、それを「光源氏像の理想性の一つ」「母親不在の女君たちの潜在的欲求を満たすべき存在としての理想性」と位置づけることについては異なる見解を示したい。

和歌的文脈において母がなぞらえられる「垣根」とは、外から男が侵入することを阻み、なでしこを守る障壁としての役割を持つものである。ところが、母親が不在、つまり「垣根」がない女性の場合、外からやってきた光源氏は何ら阻まれることなく侵入でき、紫の上の場合には「なでしこ」を自分のもとに「移植」してしまう[8]。このときに「母」としての役割を光源氏が担うのは、純粋になでしこを傷つけないためではなく、己の手中で慈しむため、つまり自分の想いを守るために他の男の侵入を管理するためという意味での「垣根（母）」の役割だったのではないか。

このようにみたときに、『源氏物語』において「なでしこ」になぞらえられ、母の不在ゆえに光源氏のもとに「移植」されるもう一人の女性が想起される。夕顔を母とし、内大臣を実父とする玉鬘である。実は玉鬘に対しては、光源氏が自分の「母」としての役割を明言している場面がある。

【本文一一】光源氏、玉鬘に結婚問題について語り掛ける

かうざまのこと（引用者注：結婚について）は、親などにも、さはやかに、わが思ふさまとて、語り出でがたきことなれど、さばかりの御齢にもあらず、今はなどか何ごとをも、御心に分いたまはざらむ。まろを、昔ざまになづらへて、母君と思ひないたまへ。御心に飽かざらむことは心苦しく」など、いとまめやかにて聞こえたまへば、……（胡蝶③一八一）

求婚者への対応に悩む玉鬘に対し、親にも相談しにくい問題ではあるが、自分の考えを持って「母」としての自分に伝えなさいと諭している。光源氏は娘の結婚を管理する「母」の役割を明確に意識しそれを自任している。一方でその直後に、玉鬘への恋情を断ち切りがたいことをほのめかしてもいる。(9)

【本文一二】光源氏、玉鬘に歌を詠み掛ける

「ませのうちに根深くうゑし竹の子のおのが世々にや生ひわかるべき

思へば恨めしかべいことぞかし」と、御簾をひき上げて聞こえたまへば、……（胡蝶③一八二）

「世々」には竹の節に掛けて男女の仲をあらわす「世」の意味が込められており、「母」を名乗る光源氏自身が最も油断ならない侵入者であるという、滑稽な印象を与えもする一連の表現として読み取れよう。「ませのうちに根深くうゑし」という表現からは、自分が築いた垣根の内に「子」としての玉鬘を「移植」したことが象徴的に詠まれており、「垣根（母）」を持たない玉鬘が光源氏に囲い込まれていることが分かる。紫の上同様、その行動の背景には恋人としての関係を結ぶことも視野に入れた光源氏の想いがあり、それゆえに自分の手元に「移植」し、自らが「垣根」となることで、容易にその願いを実現できるようにしているのではないだろうか。つまり、玉鬘が囲い込まれた「垣根」は、彼女を守ってくれるものではないのである。[10]

紫の上と玉鬘の、出自に起因する共通の表現——「なでしこ」の移植と、光源氏の「垣根（母）」の役割自任——を確認したところで、幻巻の植栽にかかわる表現に立ち戻ってみたい。実は、二人の女性は「なでしこ」によって表象されるほかに、幻巻で印象的に登場する「山吹」としても表象されているのである。次節では紫の上と玉鬘における山吹にまつわる表現をおさえ、幻巻で「不在」であることを意識される女性として、玉鬘が加えられることを明らかにしてゆく。

四　山吹と紫の上・玉鬘

紫の上と玉鬘のいずれにも「山吹」にかかわる表現があることについては、すでに麻生裕貴［二〇一二］に指摘がある。麻生は、光源氏が紫の上をはじめて垣間見たときに、紫の上が着ていた衣が山吹の地であったことに注目し、幻巻において山吹を見ることを端緒として紫の上に想いを馳せる場面（本章における本文三・五）があることを指摘しつつ、玉鬘を山吹と結びつける背景には、「紫の上のように自らの妻として玉鬘を育てたいという意識」があり、衣配りで山吹の衣を玉鬘に与えてしまったことで、玉鬘への恋情をかきたてられてしまったのではないかと論じている。前節の「なでしこ」の文脈と同様の象徴的役割が「山吹」にみられるという指摘であり、玉鬘の側に重きをおいた分析として首肯すべき論である。では、紫の上を軸に山吹の表象を読み解いたときに、幻巻の山吹はどのように捉えられるのだろうか。

衣の色としての山吹ではなく、花の山吹が描かれている箇所は『源氏物語』内ではかなり限られており、そのいずれもが紫の上か玉鬘にまつわる表現である。すでに本文一で挙げたように「御前近き前栽、五葉、紅梅、桜、藤、山吹、岩躑躅などやうの春のもてあそび」と、紫の上の願いにより六条院春の町に植えられていることから、胡蝶巻で催された船楽の様子を描写する際にも描かれる。一方、玉鬘は野分巻でその姿を垣間見た夕霧からこのように評される。

【本文一三】　夕霧、垣間見た女性たちのことを回想する

昨日見し御けはひには、け劣りたれど、見るに笑まるるさまは、立ちも並びぬべく見ゆる。八重山吹の咲き乱れたる盛りに露かかれる夕映えぞ、ふと思ひ出でらるる。（野分③二八〇）

麻生が言及するように、玉鬘を山吹になぞらえる表現は、すでに玉鬘巻の衣配りで描かれているため、物語の時系列から考えるとこの喩は初出ではないのであるが、本文一三に用いられている語と、幻巻で紫の上への思慕の端緒となる山吹の描写（本文三・五）で、「山吹」のまわりにあらわれる語が共通していることに注目してみたい。

【本文三（一部再掲）】

山吹などの心地よげに咲き乱れたるも、うちつけに露けくのみ見なされたまふ。

【本文五（一部再掲）】

閼伽の花の夕映えしていとおもしろく見ゆれば、「春に心寄せたりし人なくて、花の色もすさまじくのみ見なさるるを、仏の御飾りにてこそ見るべかりけれ」とのたまひて、「対の前の山吹こそなほ世に見えぬ花のさまなれ。……」

本文三の「露けく」は光源氏の涙を意味し、本文五の「夕映え」が焦点化するのは女三の宮の暮らす部屋に置かれた仏前の花である。いずれも本文一三とは異なり、山吹を形容する表現ではないが、連続する場面で山吹の周辺に似たような表現が配されていることを検討してみたとき、「夕映え」についてはもう一例、山吹と結びつく表現が指摘できる。

【本文一四】　光源氏、玉鬘の不在を嘆く

三月になりて、六条殿の御前の藤、山吹のおもしろき夕映えを見たまふにつけても、まづ見るかひありてゐたまへりし御さまのみ思し出でらるれば、春の御前をうち棄てて、こなたに渡りて御覧ず。呉竹の籬に、わざとなう咲きかかりたるにほひ、いとおもしろし。「色に衣を」などのたまひて、

「思はずに井手のなか道へだつともいはでぞ恋ふる山吹の花

顔に見えつつ」などのたまふも、聞く人なし。

（真木柱③三九三〜三九四）

玉鬘が鬚黒邸へ去ってしまった後、春の御前に咲く山吹を見て、光源氏は玉鬘が暮らしていた夏の町の西の対に赴く。そこには山吹の花が「呉竹の籬」に咲きかかっていることが描写されるが、実は山吹の花がこの場所に咲いていることは、これ以前には描かれておらず、むしろなでしこ尽くしの前栽であったことが述べられている。(11)

【本文一五】　玉鬘の御前の庭

御前に、乱れがはしき前栽なども植ゑさせたまはず、撫子の色をととのへたる、唐の、大和の、籬いとなつかしく結ひなして、咲き乱れたる夕映えいみじく見ゆ。みな立ち寄りて心のままにも折り取らぬを飽かず思ひつつやすらふ。

（常夏③二一八）

紫の上が管理する春の町にはさまざまな花が植えられていたことが述べられているのと対照的に、玉鬘の御前はなで

しこに特化していることが強調される。つまり本文一四は、西の対の御前に植えられた花としては唐突に「山吹」が登場する場面であるが、本文一三の夕霧の所感などを承けての叙述として読者に受け止められ、これまでその不自然さは指摘されてこなかった。それだけ「山吹」が玉鬘の象徴として定着していたと考えてよいだろう。

また、本文一五にもあらわれる「夕映え」と玉鬘の結びつきについては清水好子［一九六八］がすでに指摘している。夕映えは「濃艶な風情を添える光」であり、その光と山吹が結びつくことで「一層派手であでやか」なイメージを与えるとされている。

このように特徴的に玉鬘と結びつく「山吹」と「夕映え」、それに加えて「露」というモチーフが畳みかけるようにあらわれる幻巻の「山吹」にまつわる記述は、紫の上よりむしろ、玉鬘を想起させるようなことばであることは間違いないだろう。ところが、玉鬘は幻巻にも、紫の上が亡くなった御法巻にもまったく登場しないのである。六条院の各区画に部屋を与えられていたことがある女性たちは皆、紫の上の死後に光源氏とやりとりをしているにもかかわらず、玉鬘だけが物語内に「不在」であることは、同じく不在の紫の上と重ね合わせて捉えられるのではないだろうか。山吹の描写を端緒に紫の上の不在が嘆かれつつ、もう一つの文脈では玉鬘が想起されるというように、その不在を意識する文脈が同時に流れているのである。そこで、次節では山吹の歌ことばとしての意味をおさえた上で、二人の女君の不在をどのように読み解くことができるのか、和歌的文脈を背景においたときに本文一四の真木柱巻が幻巻の山吹にどのように映りこんでみえるのかを論じてゆく。

五　「くちなし」の花としての山吹

歌ことばとしての山吹は、長嶋さち子〔二〇一四〕がまとめているように、水辺に咲き、散りやすい花であることをふまえて「移ろふ」「映ろふ」を掛けて詠まれたり、花の色の連想から「くちなし」と掛けて返事のない恋人を表現したりする詠まれ方が多い。『源氏物語』真木柱巻においても、「くちなし」のイメージを反映した場面がみられる。

【本文一四（一部再掲）】

「色に衣を」などのたまひて、

「思はずに井手のなか道へだつともいはでぞ恋ふる山吹の花

顔に見えつつ」などのたまふも、聞く人なし。

傍線部の「色に衣を」は、『源氏釈』以来、出典未詳歌をふくめさまざまな和歌が挙げられているが、「おもふともこふともいはじくちなしのいろにころもをそめてこそきめ」（古今和歌六帖・第五・くちなし・三五〇八）や、光源氏の詠歌とのつながりから「くちなしの色にこころをそめしよりいはでこころにものをこそ思へ」（古今和歌六帖・第五・くちなし・三五一〇）を挙げるものが多くおおよそ一定の方向で捉えられているといってよい。いずれにせよ、光源氏のことばは山吹の色からくちなしを連想し、「口なし」と自分の恋情を抑え込もうとする苦しみを表現したものである。ここで、彼の「いはでぞ恋ふる」想いは「聞く人なし」と結ばれていることに注目したい。光源氏の和歌引用と詠歌はいずれも自分が「口なし」であるという表現であったが、この「聞く人なし」も、「口なし」の連想上に据えて読むことができるのではないだろうか。つまり、返事をする人がいない、という意味である。

（和歌ｈ）　古今集・雑躰・題しらず・素性法師・一〇一二

山吹の花色衣ぬしやたれとへどこたへずくちなしにして

和歌ｈは「くちなし」だから答えない、と詠んでおり、相手（衣）の存在を前提として答えが返ってこない状況である。「聞く人なし」と結ばれる当該場面とは異なるようにもみえるが、玉鬘を象徴する山吹の花が眼前にあることを踏まえるならば、山吹を見ながら歌いかけても返事がない、というように解釈できるだろう。つまり、「人」は不在で、その「人」を想起させる「山吹」が眼前にあるという意味で、和歌ｈのような発想も本文一四の背景にあると考えられるのではないか。

また、第二節で挙げた和歌ａ～ｅのように、花を通して不在の人を思慕する詠み方は、山吹の花にもいくつかみられる。

（和歌ｉ）　古今集・春下・題しらず・よみ人しらず・一二三

山ぶきはあやなさきそ花見むとうゑけむ君がこよひこなくに

（和歌ｊ）　古今和歌六帖・第六・山ぶき・三六一〇

ひとりのみみつつぞしのぶ山ぶきの花のさかりにあふ人もなし

和歌ｈに加え、これらの和歌のような発想を背景にして本文一四の場面を捉えてみると、眼前にある山吹の花を端緒として、光源氏の孤独と、愛しい女性の不在への嘆きが描写されている場面として読み解くことができるだろう。

そして、幻巻において山吹が描写される場面では、第四節で指摘したように、野分巻における玉鬘を表象することばとの類似性がみられる。このことと正編における紫の上の死後、玉鬘が物語内に「不在」であることもあわせると、幻巻の描写の中に真木柱巻（本文一四）の光源氏の嘆きが重ねて映し出されてみえてくるのではないか。幻巻における山吹が喚起するのは「ひとりのみみつつぞしのぶ」孤独と、「聞く人なし」と、語らいたい相手の不在を意識させる「口なし」のイメージなのである。

ところで、山吹の描写が幻巻であらわれる本文五において、光源氏は女三の宮に話しかけており、このイメージの重なりは一見成り立たないようにもみえる。しかし、光源氏のことばに対し女三の宮は「谷には春も」と和歌kを引用して返答し、会話がそこで閉ざされてしまう。光源氏は女三の宮の思慮に欠ける発言によって紫の上の「心ざま、もてなし、言の葉」を思い出し不在を強く意識しており、眼前にいる女三の宮の「口」を介して、「口なし」の紫の上に想いを馳せるという、またも現前するものを端緒に不在を意識する構造が読み取れるのではないだろうか。

（和歌k）　古今集・雑下・清原深養父・九六七

時なりける人のにはかに時なくなりてなげくを見て、みづからのなげきもなくよろこびもなきことを思ひてよめる

ひかりなき谷には春もよそなればさきてとくちる物思ひもなし

このように、真木柱巻で一度展開された、「なでしこ」であり「山吹」である玉鬘を失ったことへの嘆きが、幻巻に至って、同じく「なでしこ」であり「山吹」とも結びつく紫の上の不在を描くために、玉鬘の不在と真木柱巻の場面を想起させつつ、そのときの想いが「山吹」を介して幻巻の当該場面の中に映し出されていると読み解いてみた。ここでもう一度、当初の問題に戻りたい。それは、紫の上が山吹をはじめとした花々を「植ゑし」人であった、ということである。先述したように、『源氏物語』の和歌的文脈において草花を植え、「宿」を領有するのは「父」であった。紫の上と玉鬘は光源氏によって「移植」された「なでしこ」であったのだが、玉鬘は結果として鬚黒の侵入を許し、光源氏のもとから連れ去られてしまい、光源氏が不在を嘆く場面へと繋がってゆく。[13]一方の紫の上は最後まで光

源氏の垣根の内側に存在した女君であるが、自ら花を「植える」存在でもある。次節では紫の上のその行動を「親めく」行動と照らし合わせながら考え、幻巻での執拗な「(花を)植ゑし人」の繰り返しをどのように解釈すべきか考えてゆく。

六　「花」としての紫の上

紫の上には実子はいないものの、明石姫君を養母として育て、孫の匂宮を可愛がっている。また、六条御息所から光源氏が後見を頼まれた当初、秋好中宮の世話を積極的にするなど、「親」としての役割を担う場面が散見される。それにもかかわらず、「なでしこ」と「垣」の文脈において、紫の上はついに「母」たる「垣根」になぞらえられることはなかった。第一部第四章で指摘したように、紫の上は光源氏の作った垣根の内側に咲く「なでしこ」であったことがその要因であると考えられるのだが、紫の上自身はその垣根の内側で「親」として振舞おうとしていたことが分かる記述がある。

【本文一六】　女三の宮に接する紫の上

(引用者注：女三の宮が)いと幼げに見えたまへば心やすくて、おとなおとなしく親めきたるさまに、昔の御筋をも尋ねきこえたまふ。(若菜上④九〇〜九一)

【本文一七】　明石の女御出産、若宮を抱く紫の上

対の上も渡りたまへり。白き御装束したまひて、人の親めきて若宮をつと抱きゐたまへるさまいとをかし。みづからかかること知りたまはず、人の上にても見ならひたまはねば、いとめづらかにうつくしと思ひきこへたまへ

り。むつかしげにおはするほどを、絶えず抱きとりたまへば、まことの祖母君は、ただまかせたてまつりて、御湯殿のあつかひなどを仕うまつりたまふ。（若菜上④一〇八）

このように光源氏の「子」や被後見人に対し、紫の上は「親めき」て接するのであるが、「親めく」という表現は『源氏物語』全体で一一例ほどにとどまり、光源氏に対して用いられる場合、玉鬘にかかわってあらわれる例も含めておおよそは「（別の想いをおさえて）親らしさを演出する」意味を持っている。[14] その他の例の大半も、「本当は親ではないのに」というニュアンスを前提として強く持った「親らしく振舞う」の意味だと考えられる。紫の上は光源氏が世話をする役割を担っている「子」や被後見人に対し、「親めき」て振舞っており、明石姫君については大津直子［二〇一五］などが指摘するように、宮廷社会における「明確な区別」を課す役割として、「母」の立場を担っている。しかし、もう一つの役割である「娘の性の管理者であり守護者」としての役割は任されておらず、入内の決定などは光源氏の意志によって進められている。秋好中宮についても同様に、入内の話は光源氏と藤壺の間で進められている。このような「母」の役割を十全には果たし得ない紫の上のありようが、「親めく」という表現につながっているのではないだろうか。

光源氏の「子」たちに「親めき」て接した紫の上が亡くなった後、幻巻において紫の上が花を「植ゑし」人であったことが執拗に繰り返されることをこの文脈に据えてみると、紫の上は「垣根」そのものとしての「母」にはなれず、[15] 光源氏が「母」として紫の上のために築いた垣根に花を植えていた存在であったと位置づけられる。その花は、「なでしこ」をはじめとして、紫の上そのものを象徴するものだと読み解いてみたい。これまで論じてきたことをまとめながら、以下その発想について述べてみる。

既に引用した御法巻の匂宮への発言「この対の前なる紅梅と桜とは、花のをりをりに心とどめてもて遊びたまへ」

にもみられるように、紫の上の発言により、御前に咲く花は彼女の形見となっている。そして第二節で論じたように、「(花を) 植ゑし人」のことを現前する花を介して思慕するという和歌の類型的な発想を背景に、光源氏にとっての最愛の「花」である紫の上が想起される。その上で、第五節で論じた、「現前する花の存在によってかえって「人」の不在が強く意識される」くちなしの文脈によって、玉鬘につづき紫の上という「なでしこ」を二度失った光源氏の、紫の上の「不在」に対する嘆きが物語世界に映し出され、光源氏の孤独を、それ以前の物語をも想起させる和歌的な文脈の中で描き出していると捉えられるのではないだろうか。

なお、幻巻において花を「植ゑし人」として描写される紫の上は、光源氏を中心とした遺された人々の視点によるものであることは注意しておかねばならない。紫の上が自分の亡き後に、花を介して自らを想起させることを意図していたのではなく、遺された人々が花を見ることで故人を思慕するのである。このことは、光源氏の一年間の過ごし方が、彼自身の意志によるものであることとも繋がるだろう。

光源氏は自らが築き、紫の上が花々を「植ゑし」「垣根」の内側に自ら囚われ、一年間をその内側の景色を眺めながら過ごしてゆく。紫の上が幻巻において唐突に「植ゑし人」として描写されるのは、光源氏の垣根の内の女君であった紫の上を偲ぶ上で、花々が彼女を想起する端緒となるためであり、現前する花と不在の「植ゑし人」を繰り返し印象づけるためであったと捉えられるのではないだろうか。

季節がめぐり一年後、御仏名会の日に人前に姿を現した光源氏の行動は、紫の上そのものであった垣根の花々の内側から、自ら外に出ることを意味する。それは紫の上を悼む日々に区切りをつけ、俗世を背き仏道に入ることを予想させるのである。

七　おわりに

本章では、幻巻において紫の上が花を「植ゑし人」として繰り返し描写されることに注目し、和歌的文脈からその意味を読み解いてきた。まず、花などが故人の「形見」となり、故人を偲ぶ端緒となることは、和歌的な発想でも定型となっていることを指摘した上で、幻巻において光源氏が紫の上を思慕するときに現前する花のうち、なでしこと山吹を取り上げながらその象徴的意味を論じた。いずれも紫の上のほかに玉鬘が想起される花であり、二人が光源氏の囲った垣根の内側に「移植」された「なでしこ」であったことをふまえた上で、「なでしこ」としての玉鬘が連れ去られ、山吹によってその不在が嘆かれる真木柱巻について、歌ことばがあらわす意味を解釈した。その上で、語の類似を手掛かりとしながら、幻巻における山吹の描写には、紫の上と同じくかつて「なでしこ」であった女性で、「不在」の玉鬘も想起されることを明らかにし、真木柱巻における光源氏の嘆きが幻巻に映しだされ、重ねられることを指摘した。このように和歌的な発想をもとに幻巻を読み解いたときに、紫の上が「植ゑし人」として描写されることの意味は、先に挙げた「形見」として花を機能させることにあったと考えられるが、その背景には母としての「垣根」にはなれなかった紫の上の、垣根の内の「花」でありつづけた生涯が象徴的に示されていると考えた。そして、幻巻における光源氏の一年間の「引きこもり」は、紫の上が「植ゑし」花々を眺めながら、彼女を追慕する、自ら垣根の内に囚われる過ごし方であると位置づけ、一年後にその垣根の外に出ることが、紫の上をはじめとする俗世の「花」を背き、仏道に入ることを象徴的にあらわしていると捉えた。

従来指摘されてきたように幻巻は月次屏風のような世界観を持ち、和歌的雰囲気の強い巻である。このような巻が

『源氏物語』正編の最後に置かれることにより、さまざまなモチーフをきっかけとして連想的に物語内の過去が想起されることはすでに指摘されている通りであるが、その文脈の一つとして「人」の「不在」を意識させる「現前する花」を持ち出して、物語内過去の想起とともに解釈を試みるということが本章で論じてきたことである。その際に、「垣根」というモチーフが鍵となる場面に描写されていることもふまえ、『源氏物語』の「垣根」と和歌的な文脈の再検討も行ってみた。

紫の上は生前、出家を望むが光源氏の許しを得られず、その望みを叶えられないまま死去している。このことからも、紫の上が光源氏の囲った「垣根」の内側にありつづけたことが理解されるのであるが、野分巻で夕霧が紫の上の姿を垣間見るように、外から見てその垣根が必ずしも十全に機能していたともいえない面がある。この「垣根の崩れ」に関してはまた別の観点から追究してみたい課題である。

注

（1）小町谷照彦［一九六五］をはじめとして、幻巻の夏から冬にかけての叙述は月次の屏風歌のように季節ごとに切り出した「山積された歌のスクラップ」であることが指摘されており、小嶋菜温子［二〇〇五］は「和歌を軸として断片的な場面を繋ぐ」巻であると位置づけている。また、先述の小町谷論や、鈴木宏子［二〇一二ｅ］が指摘するように、その叙述の厚みは一定ではなく、夏以降は春に比べて「より短い断章」としてあらわれ、それゆえに読者が月次屏風を想起するつくりになっていると捉えられてきた。一方で瓦井裕子［二〇一五］は、幻巻で描かれる事物と月次屏風の題材・歌ことばを照応させ、この巻が紫の上への「哀悼のための月次屏風を物語の中に実現しようとした」ものであると解釈した。

（2）勝亦は、幻巻における物語内過去の想起と、他の登場人物との記憶の共有はやがて限界を迎え、光源氏は一人で紫の上の記憶と向かい合うようになると述べる。そして紫の上の文を焼却することでその記憶に向き合った悲しみに「決着をつけ」たとし、幻巻は光源氏が紫の上を忘れ、出家に向かうための巻であったと位置づける。

（3）幻巻の「場所」を二条院とするか、六条院とするかについては、それ以前の巻との照応をふまえて古注釈以来さまざまな議論が展開されてきた。本章では場所がいずれであるにせよ紫の上がこだわって「植ゑし」植栽を契機として喚起されるイメージを論点とするためこの問題についてはひとまず措くこととするが、待井新一［一九六二］やそれを支持する上野辰義［二〇一四］が言及するように、「朧化手法」に基づいてあいまいに記述されている可能性があると考える。

（4）拾遺集・恋三・八三七では赤人詠として第三・四句を「わがやどにうゑし秋はぎ」とする本文がある。

（5）万葉集・巻八・夏雑歌・一四七一では、赤人詠として第三・四句を「わがやどにうゑしふぢなみ」とする本文がある。注4の歌との文言の重なり、諸歌集における異同の一致からもこの二首の和歌の関連性が想定されるが、本章の問題とするところとは関連がないため、ひとまず措くこととする。

（6）『光源氏物語抄』以来、引歌として指摘されている。

（7）なお、清水好子［一九六八］も指摘する通り、「夕映え」ということばは『源氏物語』以前にはほとんど和歌には詠まれず、『後拾遺集』以降になって歌題として定着したものであるが、『源氏物語』の「夕映え」は和歌的文脈の中で描かれることが多いことにも言及しておきたい。

（8）若紫巻の冒頭では紫の上の祖母にあたる尼君が存命であり、かろうじて「垣根」として機能し、光源氏の侵入を阻んでいることが描写される。光源氏の「移植」は、尼君が亡くなってすぐに起きた出来事である。

（9）日向一雅［二〇〇三］は、玉鬘物語を継子譚に据えたとき、光源氏は、頼りにならない父親、継子を苦しめる敵役、継母の役割を一手に兼ねたような多義的な性格を持っているとし、さらに継子を救う男君の位置づけを獲得しそうになったときにそれを放棄していることを指摘する。

（10）熊谷義隆［二〇〇七］は、野分巻における垣間見によって、夕霧が光源氏と玉鬘の関係性に疑念を持ったことが光源氏に作用し、自制につながったとする。

（11）呉竹については、「御前近き呉竹の、いと若やかに生ひたちて」（胡蝶③一八二）とあり、既出の植栽である。

（12）幻巻においては、明石中宮が匂宮を光源氏のために残して内裏に戻る描写があり、明石御方とは対話し、花散里とは文のやりとりがある。秋好中宮は幻巻には登場しないものの、紫の上の死を悼む弔文を光源氏におくる場面が御法巻後半に描かれている。また、女三の宮については後述する通り、紫の上の不在を強く意識させるような会話が幻巻に描かれる。

（13）玉鬘の周りに侍る女房たちの頼りなさが鬚黒の侵入を招来することについては、陣野英則［二〇〇九］、山口一樹［二〇一九］などの指摘がある。母のいない玉鬘にとって女房たちは「垣根」の代わりとなるはずの存在でもあるのだが、光源氏がその女房たちを精査していないことが「母」としての役割の不完全さを示していると考えられ、首肯すべき論である。

（14）日向一雅［二〇〇三］は玉鬘と光源氏に関する用例について、「当初から「親」の立場に徹しきれなかった。あるいは徹する意志がなかったのではないかと思われる」とする。

（15）たとえば、夕顔はその死後、光源氏と玉鬘によって「もとの垣根」「山がつの垣ほ」等と、「垣根」になぞらえられており、「母」を象徴する語として「垣根」が機能していることが分かる。

第八章　「雲居の雁もわがごとや」考
――「出典未詳歌」の捉え方の一例として――

一　はじめに

『源氏物語』少女巻では、幼い頃の夕霧と、その幼馴染で後に結婚相手となる雲居雁が、幼い頃から想い合っていたにもかかわらず、雲居雁の父である内大臣によって引き離される様子が描かれる。その後、藤裏葉巻に至ってようやく、夕霧は内大臣の許しを得て、晴れて雲居雁と結婚することになる。幼い頃からの恋を実らせるこの二人の物語は、大井田晴彦〔二〇〇三〕〔二〇〇六〕、藤原克己〔二〇〇六〕などにおいて、『伊勢物語』二三段との関連も指摘されている。

ところで、「雲居雁」という呼称は『源氏物語』内にはあらわれない。後世の読者がそのように呼ぶようになったのは、夕霧と雲居雁が引き離され、悲しみに暮れる中で雲居雁が口ずさんだ「雲居の雁もわがごとや」ということばが根拠である。このことばは『源氏釈』以来、出典未詳の和歌「霧ふかく雲井のかりもわかことやはれせすものはかなしかるらん」を引いていると指摘されており、ほぼすべての注釈書で踏襲されている。他の歌を挙げる論としては古瀬雅義［二〇〇七］があり、『古今集』の「憂きことを思ひつらねてかりがねの鳴きこそ渡れ秋の夜な夜な」（秋上・雁のなけるを聞きてよめる・躬恒・二一三）を挙げる。古瀬は当該場面を「音」の観点から詳細に分析しており、この和歌を重ねることで、「『これからこのようにつらいことが続くのだろうか』という雲居雁の切ない思いと漠然とした不安が、表現の対比の構成からも実感されるように、本文が展開している」ことが分かるとする。この指摘には筆者も賛同するものであるが、雁が鳴くということと、「泣く」が重ねて詠まれる和歌は多く、さらに雲居雁の発言におけるもう一つの語「雲居」が詠み込まれていないことについて言及がない点から、この場面の引歌として他を圧倒するだけの根拠を持つとは言いがたい。この歌は、多くある「想起しうる和歌」のひとつ、という程度にとどめておくのがよいだろう。

さて、これまでの注釈書で踏襲されてきた、出典未詳歌についての検討に戻りたい。「雲井のかりもわかことや」の文言は雲居雁の発言と完全に重なっており、内容の上でも、悲しみに暮れる雲居雁の心情を表現し得ているといってよい。筆者も、出典未詳歌が『源氏物語』成立当時に存在し、実際にこの和歌が引用された可能性を完全に否定するものではない。しかし、「雲居の雁」というまとまりでの表現は『源氏物語』以前の和歌にはほぼ用例がみられず[1]、この「きりふかく」の歌が仮に存在していたとしても、珍しい形であったと考えられる。一方で、『源氏物語』の中には、古注釈において「引歌あるべし」等と記述され、引歌があるようだと考えられながらも、出典未詳歌をふくめて具体的な和歌が一切挙げられていないにもかかわらず、リズムとしては和歌の調子をもつ場面が複数あることも事実であり[2]、特定の和歌を一首ないしは複数、引用されたものとして求めようとする以外の捉え方があってもよいように思われるのである。

たとえば、須磨巻で、王命婦が「咲きてとく散るはうけれどゆく春は花の都を立ちかへりみよ　時しあらば」（須磨②一八三）と和歌につづけて書きつけたことば「時しあらば」は、『花鳥余情』が「歌の詞あるへし　いまた見いたし侍らす」と注して以来、その出典を探ろうとする研究が重ねられてきたが[3]、いまだに結論が出ていない。そもそも

『源氏物語』以前に「時しあらば」という文言を持つ和歌は現在確認できず、類似の形として五音の「時あらば」という形を含めても、一三〇〇年代以降の和歌[4]でしか確認できない。

この例において、「時しあらば」が何をもとにしているのか、あるいは和歌の一部のようにみえるだけで、実際は和歌とは関係がないことばなのか、注釈史でも明白にはされていないその結論を出すに十分な論拠は筆者も持っていない。ただ、このように『源氏物語』内には、引歌のような形をとりながら、それが引歌であるかどうかも定かではない箇所が存在することは、ひとまず事実として確認できるといってよいだろう。

本章では、第一部第三章で「色こきはなと見しかども」について論じた際と同様の方法によって、雲居雁のことばを捉えなおしてゆく。つまり、従来指摘されてきた出典未詳歌を実際に引いていた可能性を認めつつも、範列的なテクストとしてこの物語を読んでいったときに、別の和歌も雲居雁のことばから想起しうることを論じる。そして、その和歌を想起することで、夕霧と雲居雁の「幼な恋」が、当事者たちにとっては周囲の大人が思っている以上に真剣なものであると雲居雁自身が主張していることばとして機能すること、そして藤裏葉巻で二人の結婚が認められる場面においても、その和歌によってたちあらわれる「かり」という鍵語が深くかかわっていると捉える読み方を述べてゆく。

次節では、まず、従来指摘されてきた出典未詳歌と注釈史を概観した上で、「雲居の雁もわがごとや」という表現が和歌史ではどのように位置づけられるかを検証する。

二　「雲居の雁もわがごとや」の出典について

雲居雁が、夕霧と引き離された悲しみの中で「雲居の雁もわがごとや」と述べるとき、彼女が引いているのは、

『源氏釈』以来、次の和歌であるとされている。

【資料一】『源氏釈』（尊経閣文庫本）[5]

霧ふかく雲井のかりもわかことやはれせすものはかなしかるらん

以降、現代に至るまでこの和歌が指摘され続け、主たる注釈書では他の歌は挙げられていないといってよい。これは、先述した通り、この和歌が表現においても内容においても、当該場面に沿うものであるからだろう。なお、『源氏物語』の当該箇所に目立った異同はなく、「雲居の雁もわがごとや」というフレーズは諸本に共通してみられる本文である。ところが、「雲居の雁」という形が和歌に詠まれるのは、『和泉式部日記』の敦道親王の歌を除けば、『源氏物語』以降の用例しか現在では確認できない。

そこで、ひとまず「雲居」と「雁」とに分けて考えてみることとする。この二語を一首の和歌に詠み込む例は『源氏物語』以前にも多数存在し、典型的な詠み方であったといえるだろう。佐藤恒雄［二〇一四］によると、和歌において「雲居」は、雲のあるところ、という意味のほか、そこからの連想で「遥かに遠く離れた場所」、さらに、手の届かないところ、具体的には宮中などをあらわすことばとして詠まれる。一方、「雁」は用例が多く、村尾誠一［二〇一四］の述べる通り、春秋どちらでも詠まれる鳥であるが、その鳴き声が恋の嘆きと重ねられ、恋歌として詠まれることも多い。

【資料二】「雲居」と「雁」を詠み込んだ歌

① 人を思ふ心はかりにあらねどもくもゐにのみもなきわたるかな　（古今集・恋二・ふかやぶ・五八五）

② 久かたの雲井はかりにあひしより空に心はなりにし物を　（躬恒集（正保版本）・あひての恋・一二）

③ なきかへるかりにもあらぬたまつさをくもゐにのみそまちわたりける　（元良親王集・又、つかはす[6]・一三九）

④　はる霞たちてくもゐになりゆくはかりの心のかはるなるべし
（後撰集・春中・京極のみやすん所におくり侍りける・七五）

この他にも「雲居」と「雁」を詠み込んだ歌は多くあるが、例にあげたものから分かるように、恋の和歌でこの二語が詠まれるときには、「何らかの事情で遠く離れている相手を想う」という内容で用いられ、さらに①②の和歌のように、「かりそめ」の意味の「仮」と掛けて詠まれる例もみられる。

「雲居の雁」は、ことば通りに捉えるならば「雲の中にいる雁」あるいは「遠く離れたところにいる雁」といった意味である。『源氏物語』の当該場面において、雲居雁は「雲居の雁もわがごとや」と「独りごち」ている。つまり、「雁」に自分をなぞらえているのであるが、この「わがごとや」という文言は、『源氏物語』以前に約一五例を確認することができ、ある程度定型の表現として定着していたと考えられる。さらに、「〜もわがごとや」という形になっているものも複数みられる。

【資料三】「〜もわがごとや」を詠み込んだ和歌

⑤　花さかぬむめのたちえもわかことやとしのこなたにはるを待らん
（清正集・としかへりてものいはんと、たのめたるをんなに、しはすに・七六）

⑥　七夕のをにぬく玉もわかことやよはにをきゐて心かすらん
（実方朝臣集（群書類従本）・中宮の宰相君、七月七日に・一四八）

⑦　秋ののをわくらむむしも我がごとやしげきさはりにねをばなくらん
（大和物語・五三段・坂上とほみち）

⑧　いにしへに有りけむ人もわがごとやみわのひばらにかざし折りけん
（拾遺集・雑上・詠葉・人まろ・四九一）

このように、「〜もわがごとや」型の歌は、上の句で自分と重ねる対象が詠まれ、下の句でどのように重なっているのかが説明される構造をなしている。『源氏釈』が挙げる「雲居の雁もわがごとや」の歌もこの形であり、定型の表現といえそうである。また、資料三で挙げた歌はいずれも、点線を付したように「ん」「らん」「けん」と、推量の助動詞で閉じられている。「雲井のかりもわかことや」の歌の末尾も、「かなしかるらん」と、同様の形を取っており、和歌全体のつくりとしてもこのような詠み方は定型であったと考えられる。

このように定型の表現であることを鑑みて、『源氏物語』にあらわれる「雲居の雁もわがごとや」についても、「雲居」「雁」「〜もわがごとや」それぞれの語の持つ和歌的文脈がまじりあって想起されるイメージをもって雲居雁のことばを読み解いてみたい。「雲居の雁」があらわすのは、「人を思ふ心」と「かりにあらねども」と、強く恋にかかわる表現を打ち出す、資料二に①として挙げた、古今集の歌に詠まれた「雁」を指していると解釈できないだろうか。

本節では、従来、出典未詳歌が指摘されてきた雲居雁のことばについて、和歌史における用例を概観し、「雲居の雁」という表現が『源氏物語』以前にほぼみられないこと、「雲居」と「雁」を詠みこむ和歌が恋歌であるとき、遠く離れた相手を想う内容が詠まれ、「かり」は「かりそめ」の意も持ちうること、さらに「〜もわがごとや」という表現、末尾を推量で閉じる形はある程度定型化していたといってよいことを確認してきた。いずれも出典未詳歌の引用を否定する根拠にはならないものの、雲居雁のことばを別の角度から解釈する可能性を拓くことはできたのではないか。次節では、『源氏物語』少女巻の当該場面を読み解いたうえで、どのような解釈ができるかを述べてゆく。

三　少女巻における「雲居の雁もわがごとや」

雲居雁は少女巻で、内大臣の娘としてはじめて『源氏物語』に登場し、夕霧と幼い頃から親しくしていたことが語られる。そして、夕霧は「幼心地に思ふことなきにしもあらねば」（少女③三三）と、雲居雁を想っていることが書かれる。一方の雲居雁は、「何心なく幼くおはすれど」（同右）という一文にはじまり、その幼さがことさらに強調される。この幼さの強調と雲居雁の人物造型については、中西紀子［二〇〇三］、平林優子［二〇〇五］などに指摘がある。平林は、夕霧との仲が露見した際の雲居雁の幼さについて、「内大臣から内大臣家の娘として失格の烙印を押されないためにも、世間の人々から上流貴族の娘としてあるまじき行いを強く非難されないためにも、「無邪気で何も知らない存在」でいることが要請されるのではないだろうか」と考察する。また、河添房江［二〇〇〇］は、「何心もなし」ということばで表現されるのは、幼さという欠点ばかりでなく、高貴性や無垢な性格のもつ一種の魅力のようなものを象徴しているのではないかと指摘している。

そもそも、夕霧と雲居雁の恋物語は、野村精一［一九七八］が述べるように「源氏の政権安定劇の、一つの変奏曲」と位置づけられるものであり、二人の周囲の大人、具体的には内大臣の思惑によって引き離されもし、実りもするという意味で、内大臣が物語の展開の鍵をにぎっているといえる。そして、語り手によって何度も繰り返される「何心なし」「幼し」という雲居雁の姿は、内大臣や周囲の女房達といった「大人」による評価として捉えられるだろう。その雲居雁がはじめてことばを発するのが、「雲居の雁もわがごとや」なのである。

【本文二】　夕霧と雲居雁、仲を裂かれ嘆く

いとど文なども通はんことのかたきなめりと思ふにいとなげかし。物まゐりなどしたまへど、さらにまゐらで、寝たまひぬるやうなれど、心もそらにて、人しづまるほどに、中障子を引けど、例はことに鎖し固めなどもせぬを、つと鎖して、人の音もせず。いと心細くおぼえて、障子に寄りかかりてゐたまへるに、女君も目を覚まして、風の音の竹に待ちとられてうちそよめくに、雁の鳴きわたる声のほのかに聞こゆるに、幼き心地にも、とかく思

し乱るるにや、「雲居雁もわがごとや」と独りごちたまふけはひ若うらうたげなり。いみじう心もとなければ、「これ開けさせたまへ。小侍従やさぶらふ」とのたまへど、音もせず。御乳母子なりけり。独り言を聞きたまひけるも恥づかしうて、あいなく御顔も引き入れたまへど、あはれは知らぬにしもあらぬぞ憎きや。乳母たちなど近く臥してうちみじろくも苦しければ、かたみに音もせず。

　さ夜中に友呼びわたる雁がねにうたて吹き添ふ荻のうは風

身にもしみけるかなと思ひつづけて、宮の御前にかへりて嘆きがちなるも、御目覚めてや聞かせたまふらんとつつましく、みじろき臥したまへり。（少女③四八～四九）

夕霧が雲居雁の独り言を聞いて詠んだ和歌に「思ひつづけ」た傍線部の文言は、次の和歌の一部である。

【資料四】　古今和歌六帖・あきの風・とものり・四二三

⑨　吹きくれば身にもしみける秋風を色なき物と思ひけるかな

点線部で描かれる情景については、小町谷照彦［一九九三］や古瀬雅義［二〇〇七］による詳細な分析があり、『白氏文集』の影響や、和歌的連想による表現が多数織り込まれていることが明らかになっている。そういった歌ことばを背景とする情景に導かれ、雲居雁のことばが出てくるのであるが、ここで注目したいのは、そのことばの直前にある「幼き心地にも、とかく思し乱るるにや」である。これはふたたび語り手の評言で、「幼し」が強調される一方で、「思し乱るる」とあり、夕霧との仲を引き裂かれたことをつらく思っているのだろうか、と推測されている一言である。「雲居の雁もわがごとや」は、この流れに置かれたことばであり、雲居雁の夕霧に対する恋の文脈の中にあらわれることばと捉えてよいだろう。そこで、「雲居」「雁」を詠み込んだ歌のうち、資料二で①と示した和歌を再び取り上げたい。

（和歌ａ）　古今集・恋二・ふかやぶ・五八五（①の再掲）

人を思ふ心はかりにあらねどもくもゐにのみもなきわたるかな

雲居雁は、「雁の鳴きわたる声のほのかに」聞こえてきたのをきっかけにことばを発している。「ほのかに」とあることから、雁ははるか遠い雲の中、「雲居」にいたのだと考えてよいだろう。そして和歌ａは、雁が雲居で鳴いているという情景を描写しつつ、「恋しい相手を想う私の心はかりそめのものではないのに」と、恋が実らず、「はるか遠く離れたところ」で「泣く」ことしかできない状況を嘆く歌である。

これまで指摘されてきた出典未詳歌は、文言としては『源氏物語』本文にもっとも合う形を持っており、詠まれている内容も「嘆き」の心情であるため、特に難はない。しかし、「恋」の文脈でこの場面を読むには、「はれせずものはかなしかるらん」と、単純に「憂き世」に対する悲しみを述べているようにも取れるため、少々物足りなさがあるともいえる。一方で和歌ａの歌は、その点で雲居雁の心情と置かれた状況をよくあらわしていると評価できるのではないだろうか。この歌を雲居雁のことば「雲居雁もわがごとや」が含意すると取るならば、「「雲居の雁」（を詠んだあの歌の中の人物の心情）は私のようであろうか」という意味になる。つまり、雲居雁は「私の思いはかりそめのものではないのに」と、恋心を主張していることになり、その恋しく思う相手とは遠く隔てられている状況にあることもあらわしうるのである。

夕霧と雲居雁は、当該場面では物理的に隔てられており、近い場所にはいるのだが、まさに「手が届かない」状況に置かれている。そもそも、この二人の恋が内大臣に知られる以前から、内大臣は「睦ましき人なれど、男子にはうちとくまじきものなり」（少女③三二）と諭し、「け遠く」引き離した。夕霧が内大臣のもとを訪れる際にも、用心して「姫君はあなたに渡したてまつりたまひつ。しひてけ遠くもてなしたまひ、御琴の音ばかりをも聞かせたてまつらじと、今はこよなく隔てたまふ」（少女③三八）と、夕霧と雲居雁の間を隔てようとしている様子が繰り返し描かれており、夕霧はそれに対し焦燥感をおぼえてもいた。二人の仲が露見し、ふだんは錠などささない中障子まで鎖し固められてしまう状況に陥ってようやく、雲居雁もまた、夕霧との仲を裂かれたことを嘆くのである。

このことばを障子の向う側で聞いた夕霧は、「けはひ若うらうたげなり」と感じる。そして、障子を開けるよう、小侍従に懇願するのであるが、望みは叶わない。まわりの人間によって進行が妨げられる恋であることがふたたび意識されるが、この夕霧のことばに対して雲居雁は、自分の独り言を聞かれたことを「恥づかし」と感じ、「あいなく御顔も引き入れ」る。この動作について河添房江［二〇〇〇］は「少女の含羞の行為への批評」であるとする。さらに、つづく「あはれは知らぬにしもあらぬぞ憎きや」については、雲居雁の恋心を冷やかす語り手の草子地と捉え、彼女が一途に無邪気な子どもというわけではないことをあらわすとする。このように、当該場面は、夕霧の視点だけではなく、語り手の超越的な視点も交錯していることを河添は指摘し、そういった草子地の多用により、無垢の恋の、輝きと強度を捉えていると述べる。そしてそれこそが内大臣の頑なな意地を翻意させ、二人の恋を実らせた原動力であると位置づけており、重要な指摘である。「何心もなし」と、幼さをことさらに強調される雲居雁ではあるが、恋心の「あはれ」を知らないわけではない、という点に着目すると、雲居雁が和歌ａの「人を思ふ心はかりにあらねども」の和歌を想起し、自らの真剣な恋心に重ねたと捉えることができる。その言動の一方で、「あいなく御顔も引き入れ」という少女らしい、幼いふるまいもみられ、語り手はそのアンバランスなありようを「冷やかす」ことばとして「憎し」と述べるのではないか。

このように、従来指摘されてきた出典未詳歌以外に、この場面の雲居雁の発言の背景に読み取ることができる和歌として捉えうる和歌があることを述べてきたが、この和歌を当該場面の文脈に組み込むことで、浮かび上がってくることばが「かりそめ」の意の「かり」である。「幼な恋」ということばで捉えられてきた二人の恋は、周囲の人物によって「かりそめ」の恋と捉えられている面がある。次節では、そのような描写を確認した上で、二人の恋が実る藤裏葉巻の描写との関連性を指摘してゆく。

四　「かりそめ」の恋の否定 —— 周囲の人物との対比 ——

前節で取り上げたように、少女巻における「雲居の雁もわがごとや」という文言は、和歌aの「人を思ふ心はかりにあらねども」という古今集歌によって、雲居雁の強い恋心の主張がみられ、手の届かないところに隔てられたことを嘆く想いが述べられた表現として捉えうるものであった。これを踏まえると、さらに、「かりにあらねども」という和歌の文言からは、対比的に「かりそめの恋」が想起される。夕霧と雲居雁の「幼な恋」は、先に述べた通り、光源氏と内大臣の政治的な立場による対立によって妨げられるという性質を持っているのだが、内大臣がそのように妨げてよいと考えるのは、あくまでこの恋が幼い子どもの恋だからであり、「かりそめ」の、成長すれば過去の恋として、過去にとどめおかれる可能性のあるものとして捉えられているからなのである。

【本文二】　内大臣、夕霧と雲居雁の今後について考える

殿は、「今のほどに内裏に参りはべりて、夕つ方迎へに参りはべらん」とて出でたまひぬ。言ふかひなきことを、なだらかに言ひなして、さてもやあらましと思せど、なほいと心やましければ、人の御ほどのすこしものものしくなりなんに、かたはならず見なして、そのほど心ざしの深さ浅さのおもむきをも見定めて、ゆるすとも、ことさらなるやうにもてなしてこそあらめ、制し諫むとも、一所にては、幼き心のままに、見苦しうこそあらめ、

宮もよもあながちに制しのたまふことあらじ、と思せば、女御の御つれづれにことつけて、ここにもかしこにもおいらかに言ひなして、渡したまふなりけり。　（少女③五三〜五四）

【本文三】　大宮、二人が結ばれない未来について考える

男君の御乳母、宰相の君出で来て、「同じきみとこそ頼みきこえさせつれ、口惜しくかく渡らせたまふこと。殿は他ざまに思しなることおはしますとも、さやうに思しなびかせたまふな」など、ささめき聞こゆれば、いよいよ恥づかしと思して、ものものたまはず。「いで、むつかしきことな聞こえられそ。人の御宿世宿世のいと定めがたく」とのたまふ。「いでや、ものげなしと侮りきこえさせたまふにはべるめりかし。さりとも、げに、わが君や人に劣りきこえさせたまふと聞こしめしあはせよ」と、なま心やましきままにいふ。　（少女③五五）

内大臣は、夕霧が成長した後も雲居雁への想いが深ければ、正式な縁談として進めようと考えている。大宮は、夕霧のことを忘れないでほしいと雲居雁に懇願する乳母に対し、人の宿世は定めがたいものだと諭している。大宮もまた、夕霧と雲居雁が今回引き離されることによって、二人がこの先、離れて生きてゆく未来を想定しているのである。

このように、最も身近な大人によって二人の幼な恋は引き裂かれ、実ることなく終わる可能性まで想定されている。そのような状況下で「心はかりにあらねども」ということばを雲居雁が自らの発言に込めたのならば、そこには周りが自分たちの恋を幼さゆえの「かりそめ」の恋と捉えていることに対して、反発する思いが込められていることが看取されるのではないだろうか。雲居雁の発言によって、幼な恋の主人公二人と、周りの大人たちとの、この恋に対する考えを捉えなおすと、未来のことまで考えてはいるが、その恋が「かりそめ」で、実らないと想定する大人たちと、幼さゆえに今の気持ちにしたがって行動するのみであるが、「かりそめ」ではないと思いの強さを主張する子どもという、対照的なありようが浮かび上がってくるのである。

この幼な恋の結末は周知の通り、藤裏葉巻で内大臣からの働きかけで、正式な縁組として実ることとなる。それ以前にも、夕霧と雲居雁の話は折に触れ描かれるのであるが、二人が歌を交わすのは次の梅枝巻の一場面である。

【本文四】　夕霧に縁談あり、内大臣と雲居雁それぞれに思い悩む

御文は、思ひあまりたまふをりをり、あはれに心深きさまに聞こえたまふ。「誰がまことをか」と思ひながら、世馴れたる人こそ、あながちに人の心をも疑ふなれ、あはれと見たまふふし多かり。「中務宮なん、大殿にも御気色たまはりて、さもやと思しかはしたなる」と人の聞こえければ、大臣はひき返し御胸ふたがるべし。忍びて、「さることをこそ聞きしか。情けなき人の御心にもありけるかな。大臣の、口入れたまひしに執念かりきとて、ひき違へたまふなるべし。心弱くなびきても人笑へならましこと」など涙を浮けてのたまへば、姫君、いと恥づかしきにも、そこはかとなく涙のこぼるれば、はしたなくて背きたまへる、らうたげさ限りなし。……（中略）……御文あり、さすがにぞ見たまふ。

（夕霧）つれなさはうき世のつねになりゆくを忘れぬ人や人にことなる

とあり。けしきばかりもかすめぬつれなさよと思ひつづけたまふはうけれど、

（雲居雁）かぎりとて忘れがたきを忘るるもこや世になびく心なるらむ

とあるを、あやしとうち置かれず、かたぶきつつ見ゐたまへり。

（梅枝③四二六〜四二七）

ここで引用されている点線部「誰がまことをか」は次の和歌である。

（和歌b）　古今集・恋四・よみ人しらず・七一三

いつはりと思ふものから今さらにたがまことをかわれはたのまむ

夕霧に縁談があったことを知り、内大臣は「情けなき人の御心」と、夕霧の雲居雁に対する想いが浅かったのだと批

判する。夕霧自身にはその縁談を受ける気持ちはないのだが、それを知る由もない雲居雁もまた、思い乱れている。そこに、いつものように夕霧から文が届き、「忘れぬ人」と自分のことを評し、縁談のことに何も触れられていないことを雲居雁はつらく感じ、「忘れがたきを忘るるもこや世になびく心なるらむ」と、強く恨む歌を返すのである。「かりにはあらねども」と思っていた恋の相手が、自分ではない人と縁組を進めているのではないか、と、その心変わりを「世になびく」と表現している点が注目される。雲居雁にとって夕霧が心変わりすることは、世間の人のようになることであり、自分のことを決して「忘れ」ないと誓っていたのに裏切られたという想いでいるのである。少女巻の発言を「かりにあらねども」の和歌を踏まえて読んでみると、雲居雁が「(世の中の男女の仲はどうあれ自分の恋は)かりそめではない」と考えていたこと、そしてそう思っていたからこそ、「世になびく」ように自分との恋を「かりそめ」のものに終わらせようとしている(と、雲居雁には伝わってしまった)夕霧に対する恨みがつのっているのだと捉えられるだろう。

しかし、夕霧はその縁談を受けることなく、藤裏葉巻でようやく二人は結ばれる。内大臣は息子の柏木に、夕霧を案内するよう告げる。雲居雁のもとに夕霧を案内する柏木のことばにも、「かりそめ」ということばが響いていると考えられる。

【本文五】　柏木、雲居雁のもとに夕霧を案内する

中将、「花の蔭の旅寝よ。いかにぞや、苦しき導にぞはべるや」と言へば、「松に契れるはあだなる花かは。ゆゆしや」と責めたまふ。中将は心の中に、ねたのわざやと思ふところあれど、人ざまの思ふさまにめでたきに、かうもありはてなむと心寄せわたることなればうしろやすく導きつ。

男君は、夢かとおぼえたまふにも、わが身いとどいつかしうぞおぼえたまひけんかし。女は、いと恥づかしと思ひしみてものしたまふも、ねびまされる御ありさま、いとど飽かぬところなくめやすし。

（藤裏葉③四四〇～四四一）

柏木の会話文中の傍線部「花の蔭の旅寝」は、旅先での仮の宿りの意であり、まさに「かりそめ」の恋をあらわす。夕霧と妹との関係が「かりそめ」のものになってしまったら「苦しき導」である、と冗談めかしながら、夕霧に妹をないがしろにすることのないよう伝えているのである。それに対し夕霧は、「松に契れるはあだなる花かは」と、自分の気持ちが「松」のように変わらないもの、つまり「かりそめ」などではないと反論している。

二人のやりとりは無論、親しさゆえの軽口なのであるが、長年の恋がついに実る段になって「かりそめ」の語が意識されることは注目すべき点であろう。少女巻と藤裏葉巻に緊密な対応関係がみられることは大井田晴彦［二〇〇三］が指摘している。そのように対応関係をもつ二つの巻は、夕霧と雲居雁の恋の始発と結実の二巻でもある。それならば、二人が引き裂かれた場面にあらわれる「雲居の雁もわがごとや」と、時を経て再会がかなう藤裏葉の当該場面のことばにも、対応関係を読み取ることは不自然ではないだろう。内大臣から案内役を託された柏木は、ある意味で内大臣の代弁者である。「旅寝」ということばで「かりそめ」を想起させる柏木は、少女巻で二人を引き離した、内大臣をはじめとする大人たちの発言とも結びつく。それに反論するのは、少女巻では雲居雁であったのだが、藤裏葉巻では夕霧である。これは、本文四で挙げたように、夕霧の縁談の話などを伝え聞いて、雲居雁が夕霧に不信感を持つに至ったからである。雲居雁は「何心なき」幼い少女ではなくなっている。夕霧が久々に目にした雲居雁の様子は、「ねびまされる」と表現され、その成長が印象づけられる。とはいえ、続く場面で歌を詠みつつ夕霧を恨む雲居雁は「いと児めきたり」（藤裏葉③四四一）とあるので、この場面まで含めての「幼な恋」なのだともいえよう。雲居雁の「雲居の雁もわがごとや」という発言の背景に、和歌ａの古今集歌「人を思ふ心はかりにあらねども」を想起して読み進めるとき、「幼な恋」のある種の決着がつくこの場面で、雲居雁のことばに対応するように、夕霧が「松に契れる」と述べることで、この物語が閉じられていたのである。

五 おわりに

本章では、『源氏物語』少女巻における雲居雁の独り言「雲居の雁もわがごとや」について、従来指摘されてきた出典未詳歌が引用されている可能性は否定しないものの、範列的な『源氏物語』の読みとして、『古今集』の恋歌「人を思ふ心はかりにあらねどもくもゐにのみもなきわたるかな」を想起しうる可能性を指摘し、そのように読んだ場合、雲居雁の発言には、従来読み取られてきた程度をはるかに超える、強い「恋」への想いが表現されること、新しく「かりそめ」という鍵語が立ちあらわれることを述べた。その上で、「かりそめ」という鍵語をもとに二人の幼な恋を読み解いた時、内大臣をはじめとする周囲の大人が、二人の恋を幼さゆえに忘れていく可能性のあるもの、「かりそめ」のものとして捉えていることを指摘した。さらに、この恋物語の決着がつく場面にあたる、夕霧と雲居雁が結ばれる場面では、内大臣の代弁者としての柏木と夕霧の間で、「かりそめ」を鍵にした会話がなされており、雲居雁の「心はかりにあらねども」に照応する形で、恋物語が閉じられてゆくのだと論じてきた。

出典未詳歌は、形の上で『源氏物語』本文と合っており、その点で本章で指摘してきた和歌より「引歌」として認めやすいことは筆者も首肯するところである。しかし、そのように形が合っていること、内容としても場面にある程度沿っていることから、『源氏釈』以来、まったくといってよいほど他の和歌との関連が考察されてこなかったことも事実である。また、出典未詳歌からは、本章後半で論じたような、「かりそめ」の恋とその否定という物語は浮かび上がってこない。このように、『源氏物語』のテクストと形の上でよく合う引歌の指摘には、その歌が出典未詳であるか否かにかかわらず、ときに『源氏物語』の読みを一方向に限定してしまっている可能性もあることを意識し、改めて『源氏物語』のテクストと向き合ってゆくことが求められるのではないだろうか。

雲居雁の発言が出典未詳歌の一部であると信じて疑われてこなかったもう一つの理由として、このことばが七音・五音と、和歌の体裁をとっているように思われることも挙げられよう。本章冒頭で紹介した通り、『源氏物語』には、本章で論じたように出典未詳歌が挙げられている例のほか、和歌の体裁にみえるにもかかわらず、古注釈以来、適切な和歌がみつけられていない例がいくつかある。あくまで可能性の一つではあるが、本章で論じた「雲居の雁もわがごとや」をはじめ、そうしたフレーズが、作中歌同様、『源氏物語』ではじめて創作された、「引歌もどき」である可能性も示唆しておきたい。そしてそのような事例には、本章で論じたような、有名な古歌を結びつけて読むことの可能な例、あるいは第一部第三章で論じたように、古歌の一部を変えて引いていると考えられる例など、多様な和歌の利用が見出され、『源氏物語』の新たな読みを可能にしてゆくのではないだろうか。

注

（1）もちろん、「雲居」と「雁」の取り合わせで詠まれた和歌は多くみられる。ただし、この形で詠まれているのは、同時代の『和泉式部日記』に敦道親王の和歌として「まどろまで雲井のかりのねをきくはこころづからのわざにぞありける」と詠まれているものがある程度である。

（2）和歌の一部のような、五音や七音のことばが引かれ、それまでの文から浮いているような箇所は、筆者の確認では『源氏物語』全体の中で六箇所みられる。

（3）なお、『花鳥余情』に先行する『河海抄』では、「時しあらば」という項目のみが立てられ、そのあとが空白になっている。

（4）「さきまさるふるえの萩の色みても時しあらばと身を頼むかな」（文保三年御百首・秋二十首・実任・一八三七）など。文保三年は一三一九年。

（5）『源氏釈』諸本によって異同がみられる。冷泉家時雨亭文庫本は初句を「きりはれぬ」とし、傍書で「ふかきイ」と示す。また、第三句「はれ」にも傍書で「つき」と示す。しかし、いずれの本文も「雲井のかり」「わかことや」の文言を持つ点は揺らがない。

（6）一三八番歌の詞書には「ある女、御ふみつかはすに、かくれて侍らすといはすれは、宮」とある。

第二部　後世における『源氏物語』受容
——歌ことば表現の改変を中心に——

第一章　『狭衣物語』における「見えぬ山路」
――『源氏物語』における「山路」とのかかわり――

一　はじめに

「よのうきめ見えぬ山ぢへいらむにはおもふ人こそほだしなりけれ」（古今集・雑下・おなじもじなきうた・物部良名・九五五）は、『源氏物語』で八回引用され[1]、『源氏物語』の引歌の中でも比較的多く引用される和歌である。また、平安後期の物語においても、好んで引用されたとみられ、『浜松中納言物語』『夜の寝覚』『狭衣物語』の三作品であわせて約二〇例の引用がみられる[2]。この引用の中で、多く用いられる形が第二句の「見えぬ山路」を含む形であり、『狭衣物語』では六例みられる。

「よのうきめ」の歌は本来、「山路」に入ろうにも、「おもふ人」の存在が「ほだし」となっている、と、出家して俗世から離れることを困難にする他者の存在に焦点化した歌である。後述する通り、『源氏物語』でこの歌が引かれるときには、「ほだし」の不在を想起させる点でいずれも一致しているといってよい。一方で、後期物語になると、

「ほだし」の要素については捨象され、「見えぬ山路」への憧憬を語るためにこの歌が用いられるようになるのであるが、『狭衣物語』においては、この傾向に沿いつつも、『源氏物語』同様、「ほだし」を想起させるような用例もみられる。本章ではまず、この点について各物語の用例を確認した上で、『源氏物語』と『狭衣物語』における「見えぬ山路」型の引用について、その共通性を論じてゆく。

一方で、『源氏物語』における「山路」あるいは「山道」という語は、「よのうきめ」の和歌を引いているとおぼしき例よりも、特に宇治十帖において地理的に離れ、歩むにも危険な場として描写されている例の方が数としては多い。これらの用例はこれまで、とくに和歌とかかわると指摘されてこなかった箇所も多いが、本章ではこれらの用例に歌ことばとしての「山路」を重ねる読み方を提示したい。その上で、『狭衣物語』における「見えぬ山路」には、「よのうきめ」の歌のみならず、『源氏物語』での「山路」のイメージの蓄積も含まれている可能性を論じてゆく。

二　『源氏物語』における「見えぬ山路」型の引用

『源氏物語』における「よのうきめ」の歌の引用箇所は八箇所であるが、そのうち「見えぬ山路」の形で引かれるものは三例である。(3)

【本文一】　大弐の北の方、末摘花にともに西国へくだるよう説得する

大弐の北の方、さればよ、まさにかくたづきなく人わろき御ありさまを、数まへたまふ人はありなむや、仏、聖も罪軽きをこそ導きよくしたまふなれ、かかる御ありさまにて、たけく世を思し、宮、上などのおはせし時のままにならひたまへる御心おごりのいとほしきこと、といとどをこがましげに思ひて、「なほ思ほしたちね。世のうき時は見えぬ山路をこそは尋ぬなれ。田舎などはむつかしきものと思しやるらめど、ひたぶるに人わろげにはよもてなしきこえじ」などいと言よく言へば、むげに屈じにたる女ばら、「さもなびきたまはなむ。たけきこともあるまじき御身を、いかに思してかく立てたる御心ならむ」ともどきつぶやく。
（蓬生②三三五）

【本文二】　二条東院の寂しい様子

かくののしる馬車の音をも、物隔てて聞きたまふ御方々は、蓮の中の世界にまだ開けざらむ心地もかくやと心やましげなり。まして東の院に離れたまへる御方々は、年月にそへて、つれづれの数のみまされど、世のうき目見えぬ山路に思ひなずらへて、つれなき人の御心をば、何とかは見たてまつりとがめん。
（初音③一五二〜一五三）

【本文三】　中将、妹尼に恨み言を言う

「過ぎにし方の思ひ出でらるるにも、なかなか心づくしに、今はじめてあはれと思すべき人、はた、難げなれば、見えぬ山路にも、え思ひなすまじうなん」と、恨めしげにて出でたまひなむとするに、尼君、「など、あたら夜を御覧じさしつる」とてゐざり出でたまへり。
（手習⑥三一七〜三一八）

本文一は、光源氏が須磨に行ってしまい生活が困窮している末摘花に対し、共に西国に下るよう説得する大弐の北の方のことばで、「辛い状況の時は、『見えぬ山路』を訪ねるのがよい」の意である。本文二は二条東院に住む空蟬や末摘花の心中を述べたもので、光源氏があまり訪れず、「つれづれの数のみまさ」るが、この空間を「世のうき目見えぬ山路」になぞらえて耐えているという意である。本文三は、浮舟の反応がつれないと、中将が妹尼に対し恨んでいる場面であるが、そのつれなさゆえに「見えぬ山路」の歌のように、「おもふ人」がほだしになることもない、と嘆いている発言である。

本文一と二はいずれも、「見えぬ山路」を、「よのうきめ見えぬ」所として捉えており、鈴木宏子［二〇一二b］もそのように論じている。筆者もその捉え方を否定するものではないが、一方で、「見えぬ山路」に当事者が入りたいと願っているかというと、そうではない点にも注目したい。大弐の北の方が末摘花を西国に連れて行こうとしたのは、末摘花の庇護者たる光源氏が不在となったからで、末摘花自身は光源氏を待っていたいと思っている。これは、「よのうきめ」の歌に重ねるならば、「ほだし」たりうる「おもふ人」の不在を印象づける表現として解釈されるのではないだろうか。また、本文二は、「思ひなずらへて」とあることから、二条東院で寂しく時を過ごす女君たちが、俗世から隔絶された空間にいるのだと、自分の境遇をあえて捉えようとしていることが読み取れる。彼女たちにとって「おもふ人」は光源氏であり、「よのうきめ」の歌を重ねることで、その訪れが間遠であること、「ほだし」たりえないことが強く意識されるといえるだろう。そして前述の通り、本文三はそもそも「ほだし」たる「おもふ人」を求める中将のことばであり、本文一から三をこのように読み解いたとき、『源氏物語』における「見えぬ山路」型の引用は、「ほだし」の不在を嘆く用法で一貫している。

『源氏物語』で「よのうきめ」を引く残り五例のうち四例までが「ほだし」の語を引くものであり、出家しようにも「おもふ人」がいるので難しい、という意で用いられていることを踏まえても、『源氏物語』における「よのうきめ」の歌は、「ほだし」を強く意識させる歌として機能していると位置づけてよいだろう。そして、「見えぬ山路」型で引く時には、「ほだし」の「不在」が、形の上でも、物語内容の上でも意識されることにも注目したい。一方、「ほだし」の語を引くのは、賢木巻における光源氏や、若菜上巻における朱雀院など、いずれも「ほだし」があることによって悩んでいるという用例である。

このように、『源氏物語』における「よのうきめ」の歌の引用は、いずれも「ほだし」と強くかかわりつつ、その引用の形の違いにより、「ほだし」の有無が意識されることが読み取れた。後期物語においても、「ほだし」の語を引く場合は、『源氏物語』と同様、「ほだし」となる人物がいるゆえの苦しみを述べる用いられ方がなされるのだが、

「見えぬ山路」の形で引用される場合には、異なる傾向が看取される。次節では、後期物語における「見えぬ山路」の用例について確認してゆく。

三　後期物語における「見えぬ山路」

平安後期の主要な物語、『夜の寝覚』『浜松中納言物語』『狭衣物語』の三作品において、「見えぬ山路」の形で「よのうきめ」の歌が物語内に引用されている例は一一例ある。(4) そのうち、『夜の寝覚』と『浜松中納言物語』の引用は、「見えぬ山路」に分け入りたい、と願う文脈であらわれ、下の句が捨象されている。

【資料一】　夜の寝覚における「見えぬ山路」

① あながちに、見えぬ山を尋ね入りてはべる本意なく、事の隠れなくなりなば、いまさらに、いみじかるべきを。（巻二・一三五）

② 御乳母は、この主の尼君の女、人の棲になりて迎へられてありけるが、その男、子を産ませて、程なく、人の婿になりにければ、ありにくく、はしたなくおぼえて、世の憂きめ見えぬ山路と思ひ入りて、つれづれとながむるを、……（巻二・一五〇）

③「かのこと今日明日のほどにも。世の憂きめ見えぬ山路をなむ尋ね出でたる」（巻二・一九五～一九六）

【資料二】　浜松中納言物語における「見えぬ山路」

① いかならむ見えぬ山路もがなと、泣く泣く十七八ばかりなるむすめの、いとをかしげなるを身に添へて、かの中将の乳母のかげに隠れて過ぐるを、……（巻四・三一〇）

②　いとわびしきままに、いかならむ見えぬ山路にも行き隠れにしがな、とのみおぼゆるを、そのままに、うとみ聞こゆべきかたはなければ、……　（巻五・四四八）

このように、『夜の寝覚』『浜松中納言物語』における「見えぬ山路」の引用は、資料二の『浜松中納言物語』がとくに顕著であるが、「もがな」「にしがな」など、願望をあらわす語とともに用いられることまであるような、「そこに行きたい」という、当事者の明確な意思が読み取れる用いられ方である。これは、もとの「よのうきめ」の歌の下の句を捨象した用い方であるといえ、『夜の寝覚』『浜松中納言物語』における「見えぬ山路」は、「よのうきめ見えぬ道」、現在の状況を辛いと思っている人物にとって、憧憬の対象となる「道」であるといえる。これは、歌ことばとして「見えぬ山路」が「世の中の辛いことが聞こえてこない場所」として独立した意味を持っていったことの証左であり、久下晴康［一九七四］に詳しい。

しかし、『狭衣物語』における「見えぬ山路」は、そのような意味も含みつつ、『源氏物語』と同様に、「ほだし」の不在を強く想起させる引用が散見されると考えられるのである。

【本文四】　飛鳥井の女君、出家したいと願う

「いかなりとも、（引用者注：狭衣の態度が）頼むべきありさまならばこそあらめ、さらずとも、見えぬ山路のみこそよからめ」と言ふものから、げに、かくさへなりにけるを、つゆ知らせで止みなんと、いみじうおぼゆれど、かけても、まいて、言ひ出づべきならねば、（引用者注：東国へ乳母とともに発つまでの）日を数へつつ泣き嘆くより外のことなし。　（巻一①一一六）

【本文五】　狭衣、女二の宮と契りつつまどう

我は世の常に思ひさだめて、よそのものと見なしたてまつりてはやまじ、（引用者注：源氏の宮が）東宮などに参りたまひては、在処さだめでこそ、山のあなたへも入らめ、かばかり（引用者注：女二の宮の）心苦しきありさまを見たてまつりそめては、我が心ながらも、見えぬ山路へもとはおぼえずもやならんとすらん、この御心にも人知れず思し嘆かんさまなど思すに、あぢきなくも涙さへ落ちぬべくて、心強う思しのがるれど、後瀬の山も知りがたく、うつくしき御ありさまの近まさりに、いかが思しなりたまひにけん。（巻二①一七四〜一七五）

【本文六】　女三の宮降嫁の話に狭衣困惑

心の中をだに夢ばかりけぢかくて、言ひ知らせたてまつらでやみぬべきことの悲しさは、いづれの世にか胸の隙ありて、さやうに世の常のありさまをして聞こえたてまつらん、さし放たれたるあたりだにあらず、袖のそよめくばかりにて、心よりほかに、我も人もさぞかしと見え聞こえたてまつらんよ、これやさは、見えぬ山路のしるべなるらんと思ひたまふ。（巻二①二六五）

【本文七】　狭衣、源氏の宮に想いを訴える

「今はかくだに聞こえさせじと、念じはべれど、もの思ふ魂あくがるるとは、まことにこそは。現し心もなき心地して、いまさらに思し疎まれぬるにこそ」とて、「いでや、いまはとてもかくても同じさまにて世にはべるべきにもあらねば、見えぬ山路ももろともにやとさへこそ、思ひはべりぬれ」とさへのたまふ。（巻二①二八〇）

【本文八】　源氏の宮の潔斎がはじまり、狭衣出家の思いを強くする

宮司参りて、御祓つかうまつりて、榊青やかに挿しつれば、いとわづらはしうなるを見るも、心まどひのみしてうち休むこともおぼえず。やがて見えぬ山路にも隠れなまほしきに、「大将の、御宿直所さぶらはれんこそよからめ」など殿ののたまふを聞くも、かかる心の中をば知りたまはで、あるべきものと思したるこそあはれなれ。（巻二①二八五〜二八六）

【本文九】　女二の宮のもとに忍んでいった翌朝、狭衣、宮に文をおくる

つとめて、いと疾く、嵯峨院に人奉りたまふ。「なかなかなりし心惑ひの後、やがてと出で立ちはべりつる、見えぬ山路も、なほ、明朝は、語らひはべりし人に、言ひ置くべき事も、いとど数添ふわざに」などやうに、こまかにて、

命だに尽きせず物を思ふかな別れしほどに絶えも果てなで

とあるを、我（引用者注：中納言典侍）は、例の広げて、人間に参らすれど、（引用者注：女二の宮は）今更に、尼の衣の褄ばかりも、手馴らしたまはじ。（巻三②一八七）

本文四から九の六例のうち、本文四・六・七・八は伝為家筆本の本文では、引歌に相当する部分が見られない。このような本文の違いは、田中佐代子［二〇〇二］によってすでに引歌の角度から検討がなされており、伝為家筆本の属する第二類の本文がとくに独自の引歌表現を有すること、その表現には物語の解釈があらわれていることを指摘している。筆者も、この見解に賛同するものである。というのは、伝為家筆本でも引歌部分がある本文五と九は、明確に「ほだし」となる人物の存在が示されており、そのほかの用例とは異なるタイプの引用だと考えられるからである。「よのうきめ」の歌の引用に関して、その有無のどちらが適切であるかという判断は避けるが、『狭衣物語』における「見えぬ山路」の引用は大きく二種類に分けられると捉え、それぞれの解釈を示したい。

まず、本文四・六・七・八については、『源氏物語』と同様に、「ほだし」の不在が印象づけられる文脈で用いられている。本文四では、狭衣の愛情を信用できないと考える飛鳥井の女君が、狭衣を頼りにするよりは「見えぬ山路」に入る方がよいと述べており、「ほだし」たる人物がいないことを嘆いていると取れよう。また、本文六では、狭衣にとっての「おもふ人」であった源氏の宮への想いから、女二の宮との縁談を受けることはできない、これを「見え

ぬ山路」への道案内としようと狭衣が心の中で思う場面である。ここで意識されるのは、「おもふ人」でありながら「ほだし」にはなり得ない女君たちの存在であり、やはり「ほだし」の不在が印象づけられている。本文七は「見えぬ山路」へ、源氏の宮もともに連れてゆきたいと述べる狭衣のことばである。「おもふ人」でありながら、決して想いの届かない源氏の宮は、本文六でも捉えたように「ほだし」たりえず、それゆえにこそ狭衣は「見えぬ山路」に伴っていくことでしか、源氏の宮とともにいる「道」がないと考えるのではないだろうか。「ほだし」として狭衣を「世」につなぎとめる存在として源氏の宮が捉えられることはないのである。本文八は、源氏の宮がいよいよ斎院に卜定され、その潔斎がはじまり、狭衣が「心まどひ」する場面である。つらさのあまり、「見えぬ山路にも隠れなまほしき」と考えている。この箇所の引用そのものは、資料一・二で捉えた他の後期物語の用例と同じような意味ではあるが、本文七と近接して引かれている点に着目しておきたい。「ほだし」として自分を「世」に引き留めることがないならば、「見えぬ山路」に伴っていきたいとまで考えた源氏の宮が、斎院としてまったく手の届かない女性になってしまったことによって、狭衣は独りで「見えぬ山路」に隠れたいと考えるのである。このように、『狭衣物語』における「見えぬ山路」型での「よのうきめ」引用の多くは、「ほだし」を希求しながらも、それを得られない者の嘆きとしてあらわれているのだと考えられる。

一方で、第二類の本文にもみられる本文五・九の「見えぬ山路」に関しては、「見えぬ山路」へ行きたいと思いつつも、「ほだし」たる存在があるために、思いとどまらざるを得ないという文脈で用いられており、それぞれ点線部で示したように、狭衣にとっての女二の宮と若宮がその「ほだし」にあたる。このような用い方は、「よのうきめ」の歌を素直にうけた引用であるといえよう。

「見えぬ山路」の形そのものに着目した論としては、先にも触れた久下晴康［一九七四］があり、『夜の寝覚』では

「よのうきめ」の語が伴われているのに対し、『浜松中納言物語』『狭衣物語』ではそれがみられなくなることを指摘した上で、『狭衣物語』の主題と強くかかわるこの歌が、「見えぬ山路」という体言の形で定型化することで、主人公狭衣の「入山して、一般の修行者のように仏道に専心する」ことを望む心情を象徴し、イメージの持続とプロットの構成を可能にすると重要な指摘をしている。この形が繰り返されることによって、狭衣の出家への想いが印象づけられるとともに、その一方では、実際には「見えぬ山路」に入っていかない狭衣、という姿も同時に認識されるのではないだろうか。そして、その状況に「よのうきめ」の歌を重ねてみたときに、「よのうきめ見えぬ山路」に入りたいと切望する一方で、源氏の宮という「おもふ人」への想いが叶うことなく、「ほだし」を得られないことを嘆く狭衣の姿が浮かび上がってくる。ここで狭衣が嘆くのは恋において「おもふ人」を手に入れられないからだと考えると、「見えぬ山路」の表現は、狭衣の出家願望を印象づける表現であると同時に、恋の「道」にまどう狭衣の姿をも映し出す表現と捉えられるのではないだろうか。そのように捉えたとき、「山路」のイメージには、やはり『源氏物語』で蓄積された、語としてのイメージが重なってきている可能性を指摘したい。次節では、『源氏物語』における「山路」あるいは「山道」について捉えた上で、『狭衣物語』におけるこの語との共通性を論じてゆく。

四　『源氏物語』における「山路」「山道」

『源氏物語』において、「山路」あるいは「山道」という語は、「よのうきめ」の歌を引く場合も含め、一六例みられる。[5]このうち、九例が「よのうきめ」の歌とはかかわりなく、宇治の山と都の間の「山路」を指しており、『源氏物語』における「山路」「山道」の大半を占めているといってよい。「山路分け」や「荒き山路」等、その山道が険しいものであること、都と宇治を遠く隔てるものであることを述べる用例が多く、歌ことばというよりは、地理的な条件を示している語である。しかし、宇治十帖における「山路」は、この九例以外では本文三で示した、手習巻の中将の発言のみであることを考えると、この語が繰り返されることにひとまず注目することは必要であろう。次に用例の一覧を示す。

【資料三】『源氏物語』宇治十帖における「山路」「山道」

① 山路分けはべりつる人　（総角⑤二三四）
② たはやすく通ひたまはざらむ山道　（総角⑤二七三）
③ 道の程遥けくはげしき山道　（早蕨⑤三六三）
④ 荒ましき山道　（宿木⑤三九八）
⑤ 山路分け出でんほど　（宿木⑤四二一）
⑥ 荒ましき山道　（東屋⑥八六）
⑦ いとど山路思し絶えて　（浮舟⑥一五七）
⑧ 荒き山路を行き帰りし　（蜻蛉⑥二三五）
⑨ 見えぬ山路　（手習⑥三二七）→【本文三】
⑩ かかる山路分けおはせし時　（夢浮橋⑥三八三）

「見えぬ山路」の⑨を除き、すべてが宇治への道のりを示す意味で用いられており、その険しさが述べられている。

「山路」は歌ことばとしては、青木賢豪［二〇一四］が述べる通り、これまでみてきた「見えぬ山路」が示す仏道の意味以前に、「夫妻・恋人が、山路において、あるいは山路を行く相手を思う」という歌が『万葉集』以来盛んに詠まれ、「越ゆ」「行く」「来」と組み合わせて詠まれることが多い。宇治の山路（山道）を「越え」て通う薫、あるいは匂宮はこの歌ことばの世界観に合致するのである。もちろん、歌ことばとかかわらせずとも、「山路」を「越え」てゆくという記述は一般的な書きようではあるのだが、たとえば次の歌のように、「山路」を「恋の路」に重ねる歌もみられることを考え併せると、これらの用例の地盤として、和歌における「山路」のイメージがあると捉えるのは、不自然ではないのではないか。

（和歌ａ）　古今集・恋二・貫之・五九七

わが恋は知らぬ山路にあらなくにまどふ心ぞわびしかりける

「恋」は「知らぬ山路」ではないのに、「まどふ」としている当該歌は、「荒ましき山道」を「分け」て進んでゆく宇治十帖の登場人物たちと重なるといえよう。『源氏物語』における「山路」「山道」は、用例の数でいえばこちらの方がたびたび繰り返されていることになる。つまり『源氏物語』宇治十帖の「山路」には、「恋にまどう道」のイメージが重ねられていったと考えられるのではないか。[6]

『源氏物語』における「山路」は、「よのうきめ見えぬ」の歌を想起させ、俗世から隔絶された空間をあらわす用例を一方では持ちながら、このように「恋にまどう道」としての用例も印象づけられていた。一見相対する「道」のようにみえるこの二つの用法であるが、『狭衣物語』では、その両方の意味が重ねられていると考えられる。次節では、『狭衣物語』における「山路」「山道」を確認してゆく。

五　『狭衣物語』における「山路」「山道」

『狭衣物語』において、「山路」「山道」という語が用いられるのは、先に挙げた「見えぬ山路」の六例に加え、以下の三例である。

【本文一〇】　狭衣、夢枕に立った飛鳥井の女君のことを思う

一人つくづくと空を眺めたまひて、泣く泣く越ゆらん死出の山路まで思しやらるるに、ただ、かの吉野の山をも後らかさんことを、恨めしげに思ひたりしけしきなど、なつかしかりしも、ただ今向ひたるやうに思ひ出でられたまひて、

　後れじと契りしものを死出の山三瀬川にや待ちわたるらん

と思しやるも、枕浮きたまひぬべき心地したまひて、（巻三②一四二）

【本文一一】　狭衣、斎院と語らう

（斎院）言はずとも我が心にもかからずやほだしばかりは思はざりけりわざとなう、言ひ消たせたまへるは、げに髪剃も捨てぬべきさまなり。誰によりてかは、かかる心も付き初めにし、行くも留るも、何故とか思しめす、類なく思ひきこえし、見たまひにしよりこそ、かくあたらしき御身をやつさんまでは、思し初めしか、世にはなほあはれとこそ思しけれと聞きたまふに、まことに死出の山路も越えやるまじう、薬師の法は行はずとも、四十九日の中に返さまほしく思しなさるる。（巻三②一九六）

【本文一二】　狭衣、大弐乳母に軽口をたたく

大弐の乳母参りて、「昨夜も、いづくにおはしますぞと、（引用者注：堀河大殿が）問はせたまふに、知りはべらぬよし申ししかば、おろかなりと、さいなみたまひしこそ、わりなく侍りしか。なほ、歩かせたまはん所、知らせたまへ」と申せば、笑ひたまひて、「入りと入りぬる人のまどふなる山道なれば、知らせきこゆとも、尋ねたまはんこと、難うこそあらめ。同じうは、随身して歩きたまへ」など、言ひ戯れたまふけはひの、聞かまほしう

てめでたければ、（巻四②三〇九）

本文一二の傍線部は、次の和歌を踏まえた表現である。「山路」「山道」という語そのものは詠まれていないが、波線を付したように「山」が詠まれ、そこに「入る」という形になっており、「恋の山路」に類する表現といえよう。

（和歌b）古今和歌六帖・こひ・一九八〇

いかばかりこひてふやまのふかければいりといりぬるひとまどふらむ

本文一〇、一一はいずれも、「死出の山路」の形が用いられているが、本文一〇では死に別れてしまった飛鳥井の女君との再会を「死出の山路」に思うという文脈であり、本文一一は斎院の歌を承けて、「死出の山路」を越えまい、と思うという文脈である。ここで注目されるのは斎院の歌で、波線を付した「ほだしばかりは思はざりけり」という語句である。先述した通り、『狭衣物語』における「見えぬ山路」は、「おもふ人」が「ほだし」たりえないという、「ほだし」の不在を印象づける用いられ方であった。その用例は巻二に集中していたが、巻三の本文一一に至って、「我が心にもかからずや」と、斎院の側から狭衣のことを想っているということが語られるのである。そしてそれにつづけて、自分の存在を「ほだし」というほどではないだろうけれど、と詠んでいる。狭衣が「ほだし」たりえない斎院（源氏の宮）のことを「見えぬ山路」を通して嘆き続けていたことと照応する形であるといえよう。

このように、『狭衣物語』で「見えぬ山路」以外に「山路」「山道」が用いられている場合、いずれも「恋」とかかわる場面にあらわれていることが分かる。「ほだし」の不在を嘆くという「見えぬ山路」の用いられ方も、結局は「恋」にかかわってゆくことをふまえると、『狭衣物語』における「山路」「山道」は、「険しい恋の路（にふみまどう）」という意味を含んで用いられている語であると位置づけられるのではないだろうか。

『狭衣物語』における「道」については、井上新子［二〇一一］の論があり、「恋の道」の用例が、「仏の道」と対になり、「「仏の道」を志向しつつも「恋の道」に踏み迷う狭衣の姿を如実に表し」ているとする。井上は、「自身の恋の深層を第三者に向かって偽る狭衣の姿が演出されている」ことを指摘した上で、「ことばの上では否定された狭衣の恋の遍歴をかえって意識化させ、狭衣の恋の形象に複雑な陰翳を齎らしていく」のだとする。このような狭衣の在り方を論じたものとしてはほかに鈴木泰恵［二〇〇七］の論もあり、『狭衣物語』の乗物に着目しながら、狭衣が「恋の車」「法の車」どちらも乗りこなせずにいると指摘する。仏道と恋の道の取り合わせ、そしてそのいずれにも踏み込めずにいる狭衣のありようという分析は、こういった論における指摘に加え、本章で論じてきた「山路」ということばからも可能であろう。そしてそこには、和歌的な背景に加え、『源氏物語』の強い影響がみられる『狭衣物語』であるからこそ起こり得た、『源氏物語』における「見えぬ山路」あるいは「山路」「山道」のイメージの重なりを指摘しうるのではないだろうか。

ところで、「道」ということばからもう一点想起されるのは、第一部第二章で論じた朱雀院の「この道」である。朱雀院の場合は、「道」という語が示されることで、「子をおもふ道」にも仏道にも入り込めない、中途半端なありようが看取されると結論づけた。これも和歌を背景とする論であり、「道」を鍵語とした人物描写において、狭衣と朱雀院が似たような「どっちつかず」の状況を描き出されている点は興味深い。「道」が一事に専心し、何かに至るまでの過程をあらわすという機能を持つことと関連すると思われる。

六　おわりに

本章では、「よのうきめ見えぬ山ぢへいらむにはおもふ人こそほだしなりけれ」という和歌の引用を出発点とし、

『源氏物語』における「見えぬ山路」の形での引用には、「ほだし」の不在、あるいは希求する想いが読み取れることを指摘し、平安後期物語のうち、『浜松中納言物語』『夜の寝覚』では「見えぬ山路」が「よのうきめ見えぬ」場所として、憧憬の対象となっている一方で、『狭衣物語』には『源氏物語』と同様に、「ほだし」を希求する想いが読み取れることを明らかにした。さらに、『源氏物語』における「山路」「山道」の用例数は、宇治十帖に多くみられ、地理的に都から離れた場所であること、危険な道のりであることを示す用例が大半を占めることを明らかにした。その「山路」を越えてゆくのは、薫や匂宮といった、「恋の道」にまどう登場人物たちであり、このことから『源氏物語』における「山路」「山道」には、「恋の道」のイメージも「見えぬ山路」と併せて想起されうると位置づけた。

他方、『狭衣物語』においてもまた、「山路」「山道」の用例は、いずれも「恋の道」と深くかかわってあらわれていることを明らかにした。『狭衣物語』における「見えぬ山路」は、物語の主題ともかかわる狭衣の出家願望をことばの上ではあらわしつつ、同時に印象づけられるのは「おもふ人」が「ほだし」たりえず、叶わぬ恋に苦しむ狭衣の姿であること、さらに、「山路」「山道」ということばに、そもそも「恋の道」というイメージが読み取れることを述べた。結論としては、すでに指摘されているような、「仏道にも恋の道にも入り込めない狭衣」というありように沿った描写ではあるが、『狭衣物語』における「見えぬ山路」「山路」「山道」という表現が、歌ことばのイメージを背景として用いられていた『源氏物語』での用例を含んで立ちあらわれるイメージの重なりという観点から、この問題を論じてみた。

このように、『源氏物語』の後世の物語における受容を考えるときに、『源氏物語』内での歌ことば利用によって印象づけられる内容を含む形で、特定の表現が受容されてゆくという事態がありうることを示した。『源氏物語』の影響を強く受け、多くの歌ことば表現を含む中世王朝物語などについても、このような検討を通して、表現上の関係性を考えてゆくことは、受容史を考える上で有益な論題であると考えられる。

注

（1）用例数の確認は、伊井春樹［一九七七］、鈴木日出男［二〇一三］を参考にしつつ、私に確認した。なお、鈴木宏子［二〇一一b］も、詳細は述べていないが八例と認定している。

（2）用例数の確認は、堀口悟・横井孝・久下裕利［一九九一］を参考に、私に確認した。

（3）残り五例は賢木巻一例・若菜上巻二例・柏木巻一例で「ほだし」を引き、ほかに明石巻で「深き山を求めてや跡絶えなまし」と、この歌を想起させる用例がある。

（4）後期物語での「よのうきめ」引用も、ほぼ「見えぬ山路」の形か、「ほだし」を引く形に分けられる。「ほだし」を引く例は、『狭衣物語』では一例、『夜の寝覚』では二例、『浜松中納言物語』では四例みられる。なお、『夜の寝覚』には「いみじくおぼしとりて入り給ひけん山路を」という形で「よのうきめ」の歌を引く例が一例みられる。

（5）用例数は、『Japan knowledge』を参考に、私に確認を行った。なお、「よのうきめ」の歌を引く場合と、宇治十帖における「山路」「山道」以外でこの語を含む『源氏物語』の場面は三箇所で、若紫巻で光源氏が北山のことを指していう「山路の物語」、若菜下巻において柏木と女三の宮の密通を知った光源氏の心内語としての「恋の山路はえもどくまじき」、横笛巻で女三の宮が詠む和歌にあらわれる「そむく山路」である。

（6）なお、歌ことばとして「恋にまどう道」でまず意識されるのは「こひぢ」という語であるが、高柳祐子［二〇〇八］が詳細に検討しているように、「こひぢ」という歌ことばについて、「泥」と「恋路」は別の詠み方であり、「恋路」は「一条朝よりあと、後朱雀朝から後冷泉朝あたり」に登場した詠み方である。その一方で、高柳も資料四の歌を一例に挙げながら、「恋を道に喩える発想は、古くからあった」とする。

第二章　梅翁源氏における引歌
――『雛鶴源氏物語』を中心に――

一　はじめに

宝永四（一七〇七）年刊行の『若草源氏物語』（以下『若草』）にはじまる梅翁（奥村政信）の『源氏物語』俗語訳（以下「梅翁源氏」と総称）は、その四年前（元禄一六年）に上梓された都の錦の『風流源氏物語』（以下『風流』）に次いで古い『源氏物語』俗語訳である。『風流』が桐壺から帚木の雨夜の品定までを扱ったのを承け、[1]『若草』は帚木の巻末からはじめられ、全六冊で夕顔までを俗語に訳している。梅翁は、以降『雛鶴源氏物語』（若紫から末摘花まで、以下『雛鶴』）、『紅白源氏物語』（紅葉賀から花宴まで、以下『紅白』）、『俗解源氏物語』（桐壺から帚木〈『若草』で扱われる部分以前〉まで、以下『俗解』）と続けて俗語訳を手掛けた。

梅翁源氏は『風流』に比べ、『源氏物語』の本文を忠実になぞっていることが指摘されている。[2]しかし、梅翁源氏が単に『源氏物語』を一言一句俗語に置き換えたとしても、野口武彦［一九九五］の表現を借りれば「俗語であるという性質それ自体にしたがって、一種の自己運動を開始する」のであり、「使用される俗語が俗語自体の性質に引かれて、内容を変質させ」ることは免れない。野口はこの観点から、俗語訳は『源氏物語』の主題の通俗化を随伴すると捉えている。梅翁源氏全体についてはこの捉え方が妥当であろう。

その一方で、引歌表現の扱いについては、考究すべき点が残されている。そもそも引歌表現は、土方洋一［二〇〇〇b］などでも言及されている通り、ある程度和歌の知識が読者にも共有されていることが求められる表現の方法であり、引歌表現をその当時の俗語へと、単純に単語と単語のレベルで置き換えたのではその意図は伝わらない。しかし、『源氏物語』に引かれた文言のままで俗語訳の中に引歌表現を据え置いても、当時の読者に伝わるとは限らない。時代の違いに加え、積極的に和歌が詠まれていた貴族社会の中にいた読者と、和歌に必ずしも親しんでいるとはいえない庶民の読者とでは、持っている和歌の知識量に隔たりがあるからである。そういった、それまでの注釈書、あるいは連歌などで重宝された梗概書とは目的を異にする『源氏物語』俗語訳、とりわけ初期の俗語訳において、引歌がどのように扱われているのかを仔細に分析・検討してみることには意義があるだろう。なぜなら、『源氏物語』享受史において、和歌の知識に乏しい庶民が『源氏物語』の濃密なことばの世界に参画する道の開拓のあり方、その実践を端的に示す箇所といえるからである。この観点から、本章では、初期俗語訳の中でも、梅翁源氏が『源氏物語』の本文に忠実であろうとする姿勢で書かれていることに注目し、享受者の所有知識の隔たりがある中、梅翁源氏が『源氏物語』の引歌表現をどのように扱っているかを明らかにしてゆく。

結論からいえば、梅翁源氏における引歌表現の扱いには、後述する通り様々なパターンがみられるが、そこに一貫した方針を見出すことはできず、この点で、梅翁源氏における引歌の扱いは熟達しているとは言いがたい。しかし、一つの「読みもの」として形を成すことをめざす俗語訳の性質上、『源氏物語』注釈史の中で解釈が分かれてきた引歌表現について、梅翁自身が諸説から選択し、解釈を提示している箇所等もわずかながらみられる。本章では、『源氏物語』の中でも比較的引歌表現が多い若紫巻・末摘花巻を含む『雛鶴』を中心に取り上げる。

なお、本章では、本書全体で用いている「歌ことば表現」という柔軟なくくりではなく、あえて「引歌」の語を用いる。なぜなら、どこまでを「引歌」と認めるかについてはさまざまな捉え方があるが、梅翁源氏はその線引きにおいて問題となるような箇所、すなわち『源氏物語』において和歌を踏まえているのか否かが判然としない表現は俗語に置き換えている場合がほとんどだからである。したがって、本章では引歌の定義についてはひとまず措き、『源氏物語』内で和歌の一節を切り取って示すような、「引歌」であることが明白な例、たとえば宣長の定義したような、その和歌に拠らねば当該箇所を理解できない用い方を中心に扱うこととする。

二　『雛鶴』など、梅翁源氏の執筆姿勢

梅翁源氏の最初の作品にあたる『若草』の序文には「むらさき式部のほんゐにまかせ、いまの世のはやりことばにうつし下がしもの品くだれる、賤山がつのむすめにいたるまで、いろはのもじをおぼゆれば、これをよむにかたからず。」《①2オ》と、執筆姿勢が示されている。また、『雛鶴』の序文には「本文を少も不略其心を、当風の葉流詞に写し、やはらげて哥学にうとき野暮助をも、このものがたりのわけしりとなす。」《①1オ》とあり、和歌においても特段の知識を要さず読めることが明記されている。この姿勢についてレベッカ・クレメンツ［二〇一二］は「「近世小説」ともとらえうる梅翁源氏は、注釈書・概要書などのように『源氏物語』の内容や知識を把握するための鍵でもあった」と位置づけている。同氏は梅翁源氏が『湖月抄』の帚木巻序文・注釈をほぼそのまま引用していることから『俗解』

の原本が『湖月抄』であったと推定している。『雛鶴』に付された傍注や、俗語訳の中に入る注釈的文章も『湖月抄』に拠ったと考えられる箇所が多く、当時流布していた『湖月抄』を参照した可能性はきわめて高いだろう。[3]

引歌の扱いについては、『湖月抄』の注をすべて列記することはもちろんせず、引歌表現を『源氏物語』本文のまま、あるいは引用された和歌がより理解しやすくなるように当該歌を長めに引用する場合が多い。また、催馬楽や風俗歌、神楽歌については『源氏物語』本文で書かれているよりも長くその詞章を引用した上で、「はやりうた」であると紹介する文言が付されていることが多い。[4] 本章では詳しく扱わないが、引歌とは異なり、梅翁源氏においては、これらをあくまでも節をつけて歌われる歌謡として取り上げていることが分かる。一方で漢詩の引用については、作者名を示すなど、やや注釈的な書き方になっている場合が多い。桐壺巻を含む『俗解』に至っては、長恨歌に関する説明が、『源氏物語』の本文から離れて長々と記されており、享受者層の漢詩に対する知識を補おうとする姿勢を読み取ることができる。次節以降では、『雛鶴』における引歌の扱いについて、さまざまな方法がみられることをみてゆく。

三　「ふること」であると示す場合

『雛鶴』は、若紫巻と末摘花巻を俗語に訳しており、巻一から巻三までが若紫巻、巻四から巻六が末摘花巻の内容を扱う。『源氏物語』内の引歌について、『雛鶴』に何らかの形で取り入れられていたものは二一例あった。そのほとんどは『源氏物語』で引かれている箇所をそのまま踏襲するか、それよりも少し長く引用することで歌意を取りやすくしているか、のどちらかである。ただし、単純な処理であるからといって引歌の処理に注意が払われていないのかといえば、必ずしもそうとはいえず、和歌の引用であることをことさらに意識させる例も、少ないながら存在する。本節ではこのような表現を取り上げる。

先にふれた通り、催馬楽などの歌謡が『源氏物語』で引用される箇所について、梅翁源氏はその詞章をかなり長く引用する傾向がみられる。一例を挙げる。

【本文一】頭中将ら、左大臣邸から光源氏を北山まで迎えにくる。弁の君、催馬楽を歌う。

頭中将、ふところより笛とりいだして吹給へば、弁の君扇子びやうしをとりて△かつらぎ（さいばらの哥なり）の寺のまへなるや、とよらの寺のにしなるや、ゑのはゐにしら玉しづくや、ましら玉しづくやと、そのころはやりし馬かたぶしをうたふもおもしろく、《②4ウ》

【参考一】『源氏物語』の当該箇所

頭中将、懐なりける笛とり出でて吹きすましたり。弁の君、扇はかなううち鳴らして、「豊楽の寺の西なるや」とうたふ。（若紫①二二三）

本文一の傍注で「さいばらの哥なり」と説明が付された上、本文では「そのころはやりし馬かたぶし」という記述までされている。「馬かたぶし」とは「都風の節に対して、田舎風のひなびた節」[5]の意で、和歌に対して卑俗な性質をもつ催馬楽の位置づけを分かりやすく示したことばであるといえよう。当該場面は催馬楽の詞章が地の文の中で引用されるのではなく、場面中の登場人物たちによって楽器の演奏も伴いながら「歌われる」箇所である。地の文で和歌や歌謡の一節を引用し、その場面のイメージを重層化してゆくような歌の使い方とは異なり節をつけて歌う[6]、場の盛り上がった雰囲気を示すための訳であると位置づけられよう。長く詞章を引用するのは、当時の読者が催馬楽の詞章を認知していなかったためと考えられるが、詳しい考察はひとまず措く。重要な点は、この部分で催馬楽が「歌」として取り上げられ、その説明も付されているということである。

この催馬楽の例に似た引歌の扱い方として、「ふること」であると明示する例がある。次に本文を挙げ、詳述する。

【本文二】　光源氏、尼君への文に紫の君への歌を添える

例のちいさき紙に

源　いはけなき鶴の一こゑきゝしより（よべむらさきの上ものゝたまひしを聞せ給ひしより紫をつるにたとへて也）
　　あしまになづむ舟ぞゑならぬ（つるのゐんなり）（たゞならぬ也）

おなじ人にやこひわたるらんとふることまで引いだしてわざとおさなげにかき給へるは、いよ〳〵みごとにうつくしければ、御てほんにし給へと、人々もいふ。《③1ウ》

【参考二】『源氏物語』の当該箇所

例の小さくて、

「いはけなき鶴の一声聞きしより葦間になづむ舟ぞえならぬ

同じ人にや」とことさら幼く書きなしたまへるも、いみじうをかしげなれば、やがて御手本に、と人々聞こゆ。（若紫①二三八）

（和歌a）　古今集・恋四・よみ人しらず・七三二

ほり江こぐたななしを舟こぎかへりおなじ人にやこひわたりなむ

本文二は、幼い紫の君に向けた文に添えた引歌である。引かれているのは和歌aで示した古今集の歌で、梅翁源氏では「こひわたるらん」と、直接的に光源氏の意図が伝わる部分まで引用されている。[7] そのうえで、「ふることまで引いだして」と、これが古歌であることを説明している。次にもう一例挙げる。

【本文三】　光源氏、なかなか紫の君への取次がかなわず、嘆く

うちなげきたる御けしきにて、いそげどもなどこえがたきあふさかのせきと、ふることを吟じ給ふさまどうもいはれず。《③5ウ》

【参考三】　『源氏物語』の当該箇所

「なぞ恋ひざらん」とうち誦じたまへるを、（若紫①二四一～二四二）

（和歌b）　後撰集・恋三・女のもとにつかはしける・これまさの朝臣・七三一

人しれぬ身はいそげども年をへてなどこえがたき相坂の関

当該場面の引歌は『源氏物語』内でも異同のみられる箇所であり、定家本系統・河内本系統のいずれにおいても「なぞこえざらん」と「なぞこひざらん」の二種類の本文が存在する。『湖月抄』は「などこえざらん」とした上で、傍注で「ひィ」と付す。『首書源氏物語』も「こえざらん」を採用しており、梅翁が当該箇所を「いそげどもなどこえがたきあふさかのせき」としたのも、当時流布していたこれらの本文を踏襲したのだろう。一方で、異同があるとはいえ、多くの『源氏物語』本文は、和歌bの「がたき」を「ざらん」と詠み替えている。これにより、光源氏のことばは「逢えないつらさを嘆く」本来の和歌の意図から少しずれて、障害があり、なかなか叶わなくとも想いを寄せ続けずにいられない、あるいは、なんとしてもこの障害を越えて逢おうという、紫の君への強い執着心を訴えることばになる。梅翁源氏は和歌bの文言を変えず、『源氏物語』とはやや異なる内容を伝える本文を選択したことになるが、本文三の引歌表現の直前、波線部「うちなげきたる御けしき」の文言が加えられていることから、梅翁がそれを意識していたのではないかと推定される。当該箇所は、『源氏物語』に該当する箇所がなく、さらに『湖月抄』にもそのような注記はないため、梅翁の解釈が挿入された箇所であるといえ、注目される。梅翁源氏においては、光源氏は

「こえがたきあふさかのせき」への「なげき」を述べているのである。

もちろん、「なぞこえざらん」「なぞこひざらん」も、結局は紫の君を引き取る許可をなかなか得られない「なげき」につながる表現であり、当該場面の読みが大きく変わることはない。しかし、それゆえにこそ、梅翁は古歌を読み替えて引くという、当時の読者には分かりにくい表現方法を、もとの和歌の形に戻し、説明を加えたとも考えられる。そもそも、『源氏物語』本文で古歌の一部を詠み替える例はままあるが[8]、このような引用は、和歌に詳しいとはいえない当時の読者には難解な箇所になりうる。そこで、梅翁源氏はもとの和歌をそのまま引き、一読して意味を取れるようにしたのではないか。

本文二・本文三は、『源氏物語』本文で引かれている部分より長く和歌を引用した上で、「ふること」であることを示していた。本文二は光源氏からの手紙の一部であり、本文三は光源氏が「吟じ給ふ」、つまり節をつけて歌っている箇所である。地の文の中で、あるいは会話の中で和歌の一節をただ引く場合に比べ、それが「ふること」であると認識して読む必要があるといえよう。本文二は、光源氏の歌に加えて「ふること」の和歌が書き添えられている。これは、光源氏の文を視覚的に捉える上で重要な情報である。また、本文三は本文一の催馬楽と同じく、それが節のある「うた」として場面の中にあらわれることが把握できる。梅翁源氏において「ふること」であることがあえて示されるのは、その部分が和歌であると意識して読むことで、場面をより具体的にイメージできる場合だと考えられる。

四　出典未詳歌が引用される場合

次に、『源氏物語』内で引歌と思われる表現がみられるものの、その出典が定まっていない箇所について、梅翁源氏が『湖月抄』を利用しつつ整理している様子をみてゆく。

【本文四】　葵の上と光源氏、久しぶりに顔を合わせ会話する

たま〳〵は世の中の夫婦のやうなるあいさつをもし給へ。おもくわづらひしをもいかゞとだにとひ給はぬは、いまにはじめぬ事ながら、神ぞうらみとの給へば、とはぬはつらき物にや有らむとの給へるさまはづかしげに、けだかううつくしき御かたちなり。光君たま〳〵あいさつし給ふとて、おもひのほかなるおほせかな。たゞかりそめのてかけもの。うきふししげき河竹のながれの身にも実は実。引手あまたの其中にかたさまならで神かけて、ほかのつとめは身にしまず、おもひよするにどうよくな。とはせ給はぬうらめしや。そのかたさまのひたすらに、なづませ給ふ上らうに、心がはりをさせまして、とはぬはつらき物ぞとも、おもひしらせまいらせたや、などゝいふは世の中のならはしなり。夫婦の中のあいさつに、とひとはれぬのせんさくは、よそがましきことなるぞや。つね〴〵われをば性悪と見かぎり給ふ御しなぐ〳〵、見なをし給ふをりもやと、さま〴〵心見侍れども、日にましうとみ給ふぞや、よしそれとてもよの中ぞ、命だにあらばおもひなをり給ふをりもあらんとて、御床のうちへいり給ふに、女君は其まゝとこへもいりたまはず。

《②8ウ～9オ》

【参考四】　『源氏物語』の当該箇所

「時々は世の常なる御気色を見ばや。たへがたうわづらひはべりしをも、いかがとだに問ひたまはぬこそ、めづらしからぬことなれど、なほ恨めしう」と聞こえたまふ。からうじて、「問はぬはつらきものにやあらん」と後目に見おこせたまへるまみ、いと恥づかしげに、気高ううつくしげなる御容貌なり。「まれまれはあさましの御言や。『問はぬ』などいふ際は異にこそはべるなれ。心憂くものたまひなすかな。世とともにはしたなき御もてなしを、もし思しなほるをりもやと、とざまかうざまにこころみきこゆるほど、いとど思しうとむなめりかし。

よしや。命だにとて、夜の御座に入りたまひぬ。女君、ふとも入りたまはず、（若紫①二三六～二三七）

（和歌c）『源氏釈』

君をいかて思はん人にわすらせてとはぬはつらき物としらせん

（和歌d）『奥入』

いのちたに心にかなふ物ならはなにかは人をうらみしもせむ

本文四の場面は『源氏物語』の当該箇所にくらべ、字数を割いている。梅翁源氏全般にいえることだが、女性の在り方について言及する箇所は『源氏物語』本文から離れ、「あるべき姿」を長々と述べる場合が多い。これは『雛鶴』跋文に「世界のよめの手ほんにも成べし。まゝごとをやめてよく見よとて。かのちいさきむすめにとらせ侍りぬ」《⑥13ウ》とある執筆姿勢とかかわるものであろう。(9) この場面もそのひとつで、「うきふししげき河竹の」など、『源氏物語』にまったく書かれていない表現が突然あらわれるなど、梅翁が注力していることが読み取れるが、その中には出典未詳歌の引用が二箇所含まれる。

葵の上が述べる「とはぬはつらき物にや有らむ」は、『源氏釈』が挙げる和歌cを引いたものと考えられている。『湖月抄』は『奥入』説として和歌cと「忘ねといひしにかなふ君なれどとはぬはつらき物にぞ有ける」を挙げ、師説（箕形如庵説）として「源の煩ひ侍りしをもいかがとはせ給はぬとうらみ給ふ故、葵も又かやうにのたまひて源の葵をとひ給はぬをつらく思ふ事を思やり給へと也」と示す。参考四に傍線を付した通り、『源氏物語』でこの和歌を踏まえているのは二箇所であるが、梅翁源氏では枠で囲った通り、「とはぬはつらき」をふまえた表現が三箇所にみられ、うち二箇所は和歌cの引用であることをはっきり示す書き方、残りの一箇所は先述した師説の「とはせ給はぬとうらみ給ふ」の表現を借りていると考えられる。このように同じ部分をくり返し示されると、引歌であることを強調しているように読めるが、一方で、引用されない「君をいかて思はん人にわすらせて」の部分には全く触れられないことにも注意しておきたい。和歌に対する知識が乏しければ、この部分は葵の上のことばをきっかけとして、単に「問はぬはつらき」ということばを軸に光源氏と葵の上が互いを責めている場面として問題なく読むことが可能である。

もう一箇所の出典未詳歌「いのちたに」も、『奥入』以来の説として和歌dの引用が示されているが、当該箇所について梅翁源氏はこの説を採らない。『湖月抄』は、和歌dに加えて『孟津抄』の説として「葵の心もなほりぞせんとなり」とし、次の歌を挙げる。

（和歌e）　古今集・離別歌・よみ人しらず・三七七

きのむねさだがあづまへまかりける時に、人の家にやどりて暁いでたつとてまかり申ししければ、女のよみていだせりける

えぞしらぬ今心みよいのちあらば我やわするる人やとはぬと

和歌d・eともに場面に合っているとはいいがたく、引歌のようでいて扱いにくい箇所である。これに対し、梅翁源氏は「命だにあらばおもひなをり給ふをりもあらん」と、『湖月抄』に引かれた『孟津抄』の説をうまく俗語訳の中に取り込み、光源氏のことばとして描いている。先の「とはぬはつらき」と同様に、引歌と捉えずとも読むことが可能なように訳されており、それぞれのことばが意図するところも明確である。

同様の例は、末摘花巻にもみられる。

【本文五】　光源氏、末摘花のことを思い出して歌を書きつける

此のふみをひろげて手にもちながら、そのはしにかきつけ給ふを、命婦見ぬふりにて見れば

源
　なつかしき色とはなしになにゝこの（のちすへの心にてよみ給へり。このうたよりひめきみをすへつむ花といへり）
　すゑつむ花をそでにふれけん（巻のなもこの歌にてつけたり）

そのほか、色こき花と見しかどもなどゝ、はなといふ事をあまたかきちらし給ふを見るにつけて、命婦心におもひあはすれば　《⑥4ウ》

【参考五】『源氏物語』の当該箇所

この文をひろげながら、端に手習すさびたまふを、側目に見れば、

「なつかしき色ともなしに何にこのすゑつむ花を袖にふれけむ

色こきはなと見しかども」など書きけがしたまふ。花の咎めを、なほあるやうあらむと思ひあはするをりをりの月影などを、　（末摘花①三〇〇）

〈和歌ｆ〉『源氏釈』

紅を色こき花と見しかとも人のあくにはかへらさりけり

当該場面は、末摘花からの和歌に呆れて光源氏が書きつけたものである。「色こき花と見しかども」は、第一部第三章でも述べた通り、『源氏釈』以来、和歌ｆの出典未詳歌が指摘されており、『湖月抄』もその説を踏襲する。紙に書きつけた和歌と引歌という点では、前節の本文二で検討した例と同じ形式である。しかし、本文五では「ふること」を書きつけたとは書かれない。それは、当該箇所が引用したとされるのが出典未詳歌であり、さらにその和歌では場面を読み解くのに難があるからではないか[10]。本文五では、光源氏が書きつけた文言としては和歌のようにみえる文言を残しつつ、『源氏物語』本文にあった「書きけがしたまふ」を承け、「はな」にかかわることばを多く書きつけた、とその内容を補足した訳をつけている。

本文四・五では、『源氏物語』本文で出典未詳歌の引用だと指摘されてきたものの、その意図が取りにくいもの、あるいは引歌であるのかどうかも曖昧な部分について、和歌として読まずとも、その意図するところを理解できるように訳している例を取り上げた。これは他の多くの箇所が、和歌を『源氏物語』本文より長く引用することで、読者に理解しやすくしている方針と同様の配慮であろう。

五　『源氏物語』以降の和歌が取り入れられる場合

『雛鶴』には、『源氏物語』以降の和歌を取り入れている例がみられる。ただし、そのうちの一例は傍注で、光源氏の和歌について、「大内山」を説明するために付された語釈であり、引歌の指摘ではない。梅翁源氏の本文に、『源氏物語』以降の和歌が取り入れられているのは次の例である。

【本文六】　光源氏、藤壺と逢う

みじかよなれば、なにいふまもなくあけなんとするもうらめしく、こよひばかりは、よのあけやらぬ里もがな、いつそくらぶの山に、とこもとりたきこゝちし給ふぞことはりなる。
《②15オ》

【参考六】　『源氏物語』の当該箇所

何ごとをかは聞こえつくしたまはむ、くらぶの山に宿もとらまほしげなれど、あやにくなる短夜にて、あさましうなかなかなり。
（若紫①二三一）

（和歌g）　拾遺愚草・関白左大臣家百首・兼厭暁恋・一五六六

こよひたにくらふの山の宿もかな暁しらぬ夢やさめぬと

当該場面は、光源氏が藤壺と逢うところである。光源氏は「くらぶの山に宿もとらまほしげなれど」と、夜が明けず長く「暗い」時間が続いてほしいと思っている。大取一馬［二〇一四］によれば、「くらぶの山」は「暗し」の意を持たせたり、「比ぶ」と掛けて詠まれることが多い歌枕であり、参考六でもその「暗し」を想起させるために用いられているといえる。当該箇所について『湖月抄』は『細流抄』の説として「只くらき心にて夜をしたふ心なるべし」と注をつけ、次の『古今集』の歌を挙げる。

（和歌ｈ）古今集・秋上・月をよめる・在原元方・一九五

秋の夜の月のひかりしあかければくらぶの山もこえぬべらなり

さらにつづけて『湖月抄』では、「定家卿の歌にも見えたり」とした上で和歌ｇを挙げている。この『湖月抄』の注釈から、和歌ｇが『源氏物語』成立以降に詠まれたものであり、また、『源氏物語』の本文は特定の和歌を示唆していないかもしれないということを梅翁が理解することは可能だったといえる。しかし、梅翁はあえて定家の歌の形も「こよひばかりは…もがな」で取り入れ、「くらぶの山」の部分で「よのあけやらぬ」と説明を付している。「くらぶの山」を説明する上で定家の歌がこの場面の心情とぴったり合っており、読者に分かりやすく示すことができると考えたのではないか。

このように、『源氏物語』以降に詠まれた和歌が『源氏物語』の俗語訳に取り入れられるのは、後世の作品を巻き込みながら『源氏物語』が享受されていくありようの一例であるともいえる。『源氏物語』が定家の歌を引いていることは有り得ず、むしろ定家の歌が『源氏物語』に着想を得た可能性が高い。しかし、本文六の俗語訳のように、注釈書を通して『源氏物語』以降の和歌がある種の『源氏物語』の中に取り入れられてゆく様子は、『源氏物語』の享受の一様相として、ひとまず目配りしておくべきであろう。

六　『雛鶴』以外の梅翁源氏

『雛鶴』は、梅翁源氏の二作目である。一作目の『若草』は、『雛鶴』と似たような引歌の扱い方をしており、ほとんどが『源氏物語』より和歌を長く引用することで読者に意図するところを伝えようとする。一方で、引歌が割愛される場合もみられる。

【本文七】　光源氏、夕顔と某院で語らう

しらぬたびねのこゝちして、そこ〳〵にきこしめして、御とこにいらせられ、……（中略）……海士の子なればと、どこやらがおもはせぶりなるあいさつを、恨つだいつしめよせつ、さま〴〵に秘曲をつくし、たれみる人のゐんりよもなくかたらひつくし給ふ。《若草④13オ～14ウ》

【参考七】　『源氏物語』の当該箇所

まだ知らぬことなる御旅寝に、息長川と契りたまふことよりほかのことなし。……（中略）……「海人の子なれば」とて、さすがにうちとけぬさまいとあいだれたり。「よし、これもわれからなり」と恨み、かつは語らひ暮らしたまふ。（夕顔①一六一～一六二）

当該箇所は、「にほどりのおきながかはたえぬともきみにかたらむことつきめやも」（万葉集・巻二〇・四四五八）、「しらなみのよするなぎさによをすぐすあまのこなればやどもさだめず」（和漢朗詠集・遊女・海人詠・七二二）、「あまのかるもにすむ虫のわれからとねをこそなかめよをばうらみじ」（古今和歌六帖・われから・内侍のすけきよいこ・一八七五）と、引歌が立て続けに用いられる箇所であり、『湖月抄』でも右に挙げた和歌は注記されているが、梅翁源氏において「息長川」「われから」は俗語訳での説明すら付されない。このように跡形もなく引歌を消してしまう扱い方はめずらしく、本文七以外では『紅白』『俗解』をあわせても三、四例ほどにとどまる。この事実からは、可能な限り『源氏物語』に忠実であろうとする梅翁源氏の執筆姿勢を確認できるが、一方で、歌ことば一語のみで会話が成り立っている当該場面において、それを訳していないことには注目すべきであろう。梅翁がこのような扱いをした理由を断定することは避けるが、和歌全体を示したところで、『源氏物語』において登場人物たちが述べたい気持ちがはっきりとは示されないからという理由は挙げられようか。先述した通り、梅翁源氏において和歌の知識が乏しい読者にも内容を理解できるようにする、という姿勢は一貫しており、この点から「息長川」「われから」は、梅翁源氏の成立当時の読者にとってイメージしにくいことばであったこと、その関係で割愛された可能性についてはひとまず言及しておく。

このように、梅翁源氏は、本文を読むだけで引歌の部分にも理解が及ぶように書かれている場合が多い。『若草』『雛鶴』は特にその姿勢が強くみられる。しかし、『紅白』になると、傍注や割注で引歌の説明をする箇所が多く見受けられるようになる。『源氏物語』の作中和歌については、『若草』『雛鶴』でもほぼ全てに傍注が付されていたが、引歌に関しては注釈をほどこすことは『雛鶴』における催馬楽あるいは風俗歌であることの指摘三例と、末摘花に光源氏が「玉だすき苦し」と言う場面で引用されている和歌が割注で示される一例のみである。『紅白』における傍注や割注の増加により、本文と注を並行して読む箇所が増え、『源氏物語』本文の正確な理解という点では質が向上したともいえるが、一方で注釈書としての性格が増すことで、独立した読みものを志向した俗語訳の独自性がやや薄れてしまうのである。この傾向は『俗解』に至って解消されるが、それは『風流』と差別化する意識から、『源氏物語』本文に余計な要素を足すまいとした結果であると考えられる。(11)『雛鶴』以外の梅翁源氏についても詳述すべきところではあるが、本章ではひとまず、以上のように概観するにとどめる。

七　おわりに

『源氏物語』の初期俗語訳であり、さらにその直前に上梓された『風流』との差別化を意識している梅翁源氏においては、引歌の扱い方について一貫した法則性と呼びうるレベルのものは見出せなかったものの、和歌の知識が乏しくても『源氏物語』の内容を理解できるようにする、という方針は明確に看取された。それらの大半は『源氏物語』本文より長く和歌を引用することで、その意図を読者が理解しやすくしていたが、その上に「ふること」であると示す場合や、和歌の一節を用いいつつ解釈を俗語訳の中に織り込む場合、『源氏物語』以降の和歌で場面に合う歌を取り入れる場合、引歌を割愛する場合など、さまざまな扱い方がみられた。それらのあり方は、個々の場面によってもっとも伝わりやすいように、柔軟に引歌の扱いを変えているとも捉えうる。その点は、俗語訳の前例があまりない自由な状況だからこそのさまざまな試行だと肯定的に評価することもできるだろう。

現代語訳においても引歌の扱いは難しい問題のひとつである。『源氏釈』以来の歴史がある注釈書の類が、和歌そのものを挙げることで、『源氏物語』の表現と読解にかかわる情報を提供するものとするならば、俗語訳はこれと異なるアプローチで『源氏物語』の世界を読者に伝えることではじめて、独自の立ち位置を獲得できる。それは、俗語訳という新しい試みをする梅翁が『雛鶴』序文で、和歌の知識を持たずとも読めるようにしたと自ら記したことにもあらわれている。

結果として梅翁源氏における引歌表現の扱いは、『源氏物語』に引かれている和歌をそのまま取り上げつつ、何らかの形で説明を付与する例が多くなった。ある意味で注釈的ともいえるこの手法は、現代日本語で記された注釈書や、注釈書以外の現代語訳も豊富な現代と異なり、注釈書に拠りながら、表現手法としては新しいものを生み出してゆこうとする過程として捉えられるのではないか。その成否や作品の質については、先学の指摘通り、必ずしも肯定的にばかりは評価できないが、少なくとも俗語訳の黎明期につくられた梅翁源氏には、このように注釈書とは一線を画した作品を作ろうと、実際にさまざまな工夫が凝らされている。そのことは、『源氏物語』の享受史の一端として把握しておくべき事実であろう。

※『雛鶴』をはじめ、梅翁源氏の引用は、レベッカ・クレメンツ、新美哲彦編『源氏物語の近世　俗語訳・翻案・絵入本でよむ古典』（勉誠出版、二〇一九年）に拠り、底本にあたる九曜文庫本（早稲田大学図書館蔵）を適宜参照した。引用部分末尾には括弧を付し、巻数と丁数を示した。なお、ルビを省く等、私に表記を改めた箇所がある。

注

（1）のちに『風流』と同じ箇所を俗語訳した『俗解』が刊行されるが、この作品について井浦芳信［一九七二］は「『風流源氏物語』と扱う巻々が重複したので、その処置には以前の三部作にはみられなかった制約があり、創作の自由が相当失なわれたと想像され、三部作とは一線を画するとしなければならない」と位置づける。

（2）野口武彦［一九九五］、川元ひとみ［二〇〇七］、レベッカ・クレメンツ［二〇一一］、田中康二［二〇一五］などに言及がみられる。

（3）たとえば、「時ありて一たび開くなるはかたかなるものを」（若紫①二二一）という一文について、「優曇華」の説明が光源氏のことばとして取り入れられているくだりがあるが、これは『湖月抄』が載せる『河海抄』の説を踏襲したものであると思われる。

（4）また、傍注にて「さいばらの哥なり」等と説明が付される場合もある。

（5）『日本国語大辞典』（Japan knowledge 版）「馬かたぶし」の項による。

（6）ただし、当該場面にももちろん、「葛城」を引用する理由はあり、その詞章を重ねることで場面の描写は重層化している。梅翁源氏が催馬楽の引用効果まで意識して詞章を引用しているのか断定はしがたいが、少なくともこの場面では「馬かたぶし」を高貴な身分の者が「歌う」ことを強く印象づける訳し方をしているといってよいだろう。

（7）なお、『湖月抄』ではこの和歌について「ほりえこぐたななし小船漕かへり、おなじ人にや恋わたりなん」と、『古今集』諸本のうちの大半の本文と同じ形を挙げる。当時ある程度流布していたと考えられる『首書源氏物語』『絵入源氏物語』についても傍線部は『湖月抄』と同じ形であり、梅翁源氏のみが「こひわたるらん」としている点は注意しておかねばならない。

（8）もちろん、それぞれの例について、現代に残っていない和歌の本文があった可能性を考慮しなければならないが、「古歌を詠み替えて引用する」行為が『源氏物語』にみられる、ということは多数の実例からいってよいだろう。

（9）ただし、クレメンツ［二〇一一］も『若草』の同様の箇所について「いうまでもなく、この箇所は冗談半分で、一生懸命『源氏物語』について弁明する学者を真似している所とも解釈してよかろう」と述べるように、教義書としてのみ書かれているとはいえないだろう。

（10）当該箇所の引歌については、和歌fを引用していると考えると解釈しづらいと指摘されてきた。本書第一部第三章では別の和歌を想起しうる可能性を論じている。

（11）クレメンツ［二〇一一］も指摘するように、『俗解』には、調度品の描写などで近世化がみられず、『若草』にはみられるのもその傍証となろう。

第三章　田辺聖子『新源氏物語』における「闇」

――「恋の闇」としての利用――

一　はじめに

田辺聖子による『源氏物語』現代語訳である『新源氏物語』（以下、『新源氏』）は、桐壺巻から幻巻までが『週刊朝日』一九七四年十一月〜一九七八年一月に全一六九回で連載された。一九七八年から翌年にかけて、新潮社より単行本（全五冊）が刊行され、一九八〇年代には新潮文庫から全三冊で文庫版が出されている。その後、『新源氏物語　霧ふかき宇治の恋』と題し、宿木巻の途中までを『DAME』にて一九八五年十月〜一九八七年七月に連載、以降、夢浮橋巻までは書きおろしで、新潮社より一九九〇年に全二冊で刊行された。こちらもその後、新潮文庫版が刊行されている。本章では便宜上、とくに断りのない場合『霧ふかき宇治の恋』も『新源氏』と総称することにする。

『新源氏』は、『源氏物語』本文の忠実な現代語訳を目指したのではなく、さまざまな改変や創作を含んでいる。その執筆姿勢について、作者の田辺聖子［一九七八］は、『源氏物語』を注釈を見なくてもすらすら読める、そして不遜ながら原文の香気の失せない面白いよみものにして書いてみたいナと思っていました」と述べ、文体の選択については『クレーヴの奥方』みたいなのにあこがれて、いわゆるフランスの〝閨秀作家〟の文体で、優美で楽しい作品にしたいと思いました。原文の中で日本語としてきれいな言葉、好きな言葉、わかりやすい言葉はそのまま残しましたけれど、出来るかぎり新しい現代の言葉を使いました」と、方向性を定めるまでの過程を語っている。

さて、この『新源氏』に対する評価であるが、北村結花［二〇〇〇］は『源氏物語』翻訳史のビッグバン」と位置づけ、それを承けて中周子［二〇一二］は「リライト」[1]ということばを使いながら、とくに浮舟にまつわる和歌の扱いについて、『源氏物語』における「手習の君」としての浮舟の人物造型を徹底させるような工夫がなされていることを指摘し、リライトの方法について「さらに詳細な原典との比較分析を通じて究明される必要がある」と結論づけている。

また、中周子による一連の『新源氏』論（［二〇〇九］［二〇一〇］［二〇一一］［二〇一二］）をはじめとして、『新源氏』はそれまでの現代語訳にはなかった大胆な改変を評価されつつも、研究としては北村［二〇〇〇］呉羽長［二〇〇一］など、田辺の『源氏物語』に対する理解とその反映、あるいは小説家としての田辺の姿勢との関係性に結びつけてゆくものが多い。和歌に関して論じた中論文はあるものの、改変そのものを詳細に、かつ具体的に取り上げている論はほぼないといってよい。しかし、田辺自身が田辺聖子［一九八五b］において『源氏物語』に描かれていない部分を「埋める作業」をしたかったと述べているように、『新源氏』の表現について考える上では、『源氏物語』にはない工夫について考えることが必要ではないだろうか。

そこで本章では、『新源氏』で約五〇例みられる「闇」という語を切り口として、『源氏物語』からの改変を考えてみる。「闇」を取り上げるのは、後述する通り『新源氏』において「闇」をモチーフに展開される物語があることに加え、『源氏物語』の歌ことばにおいても「闇」の語は注目されてきたからである。

『源氏物語』内で最も多く引用されるのは次の藤原兼輔の歌である。

（和歌ａ）　後撰集・雑一・一一〇一

太政大臣の、左大将にてすまひのかへりあるじし侍りける日、中将にてまかりて、ことをはりてこれかれまかりあかれけるに、やむごとなき人二三人ばかりとどめて、まらうどあるじさけあまたたびののち、ゑひにのりてこどものうへなど申しけるついでに

人の親の心は闇にあらねども子を思ふ道にまどひぬるかな

この和歌における引用の「型」をめぐっては、すでに第一部第二章にて、朱雀院にまつわる利用に特徴があることを中心に論じた。その際に明らかにしたように、『源氏物語』において「闇」ということばが歌ことばとしての役割をもって用いられるとき、多くが「親が子を思うがゆえの闇」であり、「恋の闇」として機能している用例はなかった。これは、この時代にすでに『伊勢物語』にもあった在原業平の「かきくらす心のやみに迷ひにき夢うつつとは世人さだめよ」（古今集・恋三・六四六）という和歌が存在していたことから考えると不自然なまでの偏りであるが、それについては既に妹尾好信［二〇一九］などの論考があり、理由が検討されてきた。この点については割愛するが、『源氏物語』においての「闇」は「親が子を思うがゆえの闇」を主としていることをここまでで確認した。その上で、本章では『新源氏』において、とくに空蟬と藤壺、そして玉鬘にかかわる記述を『源氏物語』と照らし合わせながら確認し、「恋の闇」としてどのような表現の工夫がなされているかを明らかにし、『源氏物語』をもととして新しくつくられてゆくストーリーを、現代の『源氏物語』享受の一端として示してゆく。

二　『新源氏』における「闇」

『新源氏』の中で「闇」という語が用いられているのは四八例ある。数の上では、『源氏物語』にあらわれる「闇」の用例数とあまり変わらないのであるが[2]、『源氏物語』ではほとんど「闇」の語があらわれない空蟬巻、蛍巻、常夏巻、篝火巻、そして『新源氏』での創作部分にあたる、藤壺と光源氏の逢瀬の場面で「闇」が繰り返し用いられており、田辺の創作箇所としてこの語に着目してみたい。章末の表にまとめた通り、『源氏物語』の対応箇所と比べてみても、暗さをあらわすほかのことば、あるいは夜が明けてゆくという描写に対応する形で「闇」という語を用いている例が多く、視覚的な暗さ、「闇」を分かりやすく示すためにこのことばが繰り返されていると考えられる。

また、兼輔の歌「人の親の心は闇にあらねども」が引かれる箇所を承けているものが四例（表中の番号12・18・37・44、以下括弧内の番号は後掲の表中の番号を示す）、『源氏物語』本文では引かれていないが、『新源氏』で引かれているものが一例（9）みられる。表番号18のように、『源氏物語』で「心の闇」の形であらわれるものが、『新源氏』では「子ゆえの闇」と表現されるなど、兼輔の歌を様々な形に変えて取り入れていることが分かる。兼輔の歌に限らず、「恋の闇」（14・29・47）、「五月闇」（23）など、歌ことば、あるいは和歌を背景とする表現が『新源氏』には散見される。これは作者の古典の知識に基づくものであるといえるだろう。ほかには、『源氏物語』でも用いられる「無明長夜の闇」（17）など、仏教的な闇をあらわす例も七例みられるほか、「諒闇」（10・13・21）が三例みられ、視覚的な暗がり以外の意味を持つ例も多い。

このように、さまざまな形であらわれる『新源氏』の「闇」であるが、中周子［二〇一二］によって指摘される通り、田辺が影響を受けたとされる与謝野晶子訳を参照しても、『新源氏』で「闇」が用いられる箇所で「闇」の語を与謝野訳が用いているものは五例に満たない。[3] それでは、『新源氏』で「闇」という語が繰り返されることにより、『源氏物語』はどのような新しさを持ち得たのか。次節以降、田辺によって創作された場面を中心に取り上げながら、具体的にその効果を論じてゆく。

三　空蟬の物語における「闇」――「あやめもしらぬ」恋の物語――

『新源氏』においては、空蟬が登場する物語、つまり帚木巻の後半と空蟬巻に「闇」という語が集中してあらわれる。

【本文一】　光源氏、障子の向う側の会話を聞く〈上一九〉（後掲の表内の番号　1・2・3）

酒がまわったとみえ、供の人々はみな、濡縁に臥して寝静まった。

源氏はおちついて寝ていられない。あたらせっかくの夜の独り寝かと思うと目が冴えてくる。北の障子の向うに人の気配がするので心ひかれてそっと起き、立ち聞きしていた。あたりは、あやめも分かぬ闇である。

「お姉さま……どこなの？」

と、さっきの男の子の声が、仄かにきこえる。

「ここよ……お客さまはもうおやすみ？」

という澄んだ女の声は、少年によく似ているので、これが例の女人か、と源氏はうなずいた。少年はひそひそと、

「ええ、廂の間で。うわさどおり、光るばかりのお美しい方でした」

「そう……昼間だったら、そっと拝見するんだったけれど……」

と、女は、夜着をかぶったのか、くぐもった声でいう。

「ああ暗い。じゃ、ぼくはここでねます」

少年はそういい、灯をかきたてたりしているらしく、ぽっと明るくなる。

「中将はどこへいったの？」

女は、女房の名をあげてきき、すると彼方の闇で寝ているらしい女が、

「お湯を使いにまいりました。すぐ参りますと申していました」

とねむそうに答えていた。

深沈と、あたりは静まり、濃い闇ばかりが邸うちにたれこめている。

この場面のあと、空蟬巻で光源氏がふたたび空蟬のもとを訪れる際にも「闇にまぎれて」（4）「闇の中へ」（5）と、まわりが闇に包まれているという描写が繰り返される。それに対し、本文一と対応する『源氏物語』の場面には「闇」という語があらわれない。

【参考一】『源氏物語』の当該場面

酔ひすすみて、みな人々簀子に臥しつつ、静まりぬ。

君は、とけても寝られたまはず、いたづら臥しと思さるるに御目さめて、この北の障子のあなたに人のけはひするを、こなたやかく言ふ人の隠れたる方ならむ、あはれや、と御心とどめて、やをら起きて立ち聞きたまへば、ありつる子の声にて、「ものけたまはる。いづくにおはしますぞ」とかれたる声のをかしきにて言へば、「ここにぞ臥したる。客人は寝たまひぬるか。いかに近からむと思ひつるを、されどけ遠かりけり」と言ふ。寝たりける

声のしどけなき、いとよく似通ひたれば、姉妹と聞きたまひつ。「廂にぞ大殿籠りぬる。音に聞きつる御ありさまを見たてまつりつる、げにこそめでたかりけれ」とみそかに言ふ。「昼ならましかば、のぞきて見たてまつりてまし」とねぶたげに言ひて顔ひき入れつる声す。ねたう、心とどめても問ひ聞けかし、とあぢきなく思す。「まろはここに寝はべらむ。あな苦し」とて、灯かかげなどすべし。女君は、ただこの障子口筋違ひたるほどにぞ臥したるべき。「中将の君はいづくにぞ。人げ遠き心地してもの恐ろし」と言ふなれば、長押の下に人々臥して答へすなり。「下に湯におりて、ただ今参らむとはべり」と言ふ。

（帚木①九七～九八）

『新源氏』で「闇」の語が用いられているのは、この場面が夜の闇の中で展開されているからであり、『源氏物語』内でその語がないとはいえ、描写される内容が変わることはない。ただし、この場面が五月であることを踏まえると、『新源氏』の文中にみえる「あやめも分かぬ」という表現は、『古今集』の次の歌を想起させるのではないか。

（和歌b）　古今集・恋一・題しらず・よみ人しらず・四六九

郭公なくやさ月のあやめぐさあやめもしらぬこひもするかな

『新源氏』は帚木巻からはじめられる。この理由について田辺聖子［一九八五ａ］は、「現代小説として読むために、冒頭はやくも颯爽たる恋の狩人として、源氏を登場させたかったのである」とする。つまり、『新源氏』で最初に描かれる恋のエピソードは、空蟬との物語なのである。多くの恋を描く小説の幕開きとして、「あやめも分かぬ闇」を描きだすことで、恋の道に踏みまどう光源氏をはじめとする登場人物たちの物語であることが示されるのではないか。

光源氏について、同エッセイの中で田辺は「源氏を恋の狩人、と私は書いたが、しかしそれは粋人ということではない。源氏は生涯、悟ることはなく、恋の諸訳を知ることなく、無明の煩悩地獄をさまよう。昏きより昏きうちに生を終えてしまう」とも述べている。田辺の描く光源氏の人物像に、和歌ｂの「あやめもしらぬこひ」は添うものだといえるだろう。

空蟬の物語は、暗がりの中で恋の物語が展開され、最終的にその「闇」ゆえに、空蟬に逃げられ、軒端荻と契ることになる。『新源氏』における「闇」の集中的な利用は、まずは視覚的な「闇」をくり返し描くことで、この物語の重要な要素を示しているといえる。一方で、「あやめも分かぬ」という表現をそこに加えることにより、印象づけられている「闇」にさらに「道理の分からない」「分別のつかない」という意味を想起させ、田辺の描く光源氏像を小説の冒頭で示しているのではないか。さらに、和歌の知識をある程度持つ読者にとっては『古今集』の和歌bが想起され、『源氏物語』にはなかった和歌とのつながりをも生み出すことで、文章に奥行きを与えてもいるといえる。

このように、「闇」という語を『新源氏』冒頭で繰り返し用いたことには一定の表現効果があったと考えられる。本節で検討したのは、『源氏物語』にも描かれている場面を田辺がリライトしたものであるが、それでは、創作された場面において、「闇」の語が繰り返されることにはどのような効果があるのか。次節では藤壺に関する物語について、「闇」の語の繰り返しをみてゆく。

四　藤壺の物語における「闇」――「恋の闇」――

『新源氏』では、光源氏と藤壺の一回目の逢瀬が創作され、『源氏物語』若紫巻で描かれる二回目の逢瀬も大幅に加筆されている。これは先にも述べた、田辺の「書き埋め」の意欲によるものである。

「闇」の語は、この一回目の逢瀬と、須磨巻でその際のことを想起している命婦、そして光源氏の心の内として繰り返しあらわれる。いずれも『新源氏』の創作場面であり、『源氏物語』にはない。

【本文二】　光源氏、藤壺のもとに忍んでゆく〈上五一〉(6)

藤壺の宮は、宮中から三條邸へ里帰りしていらした。源氏が顔をかくし、闇に姿を消して忍んでいったとき、宮は、ほとんど恐怖にちかいような色を泛べていらした。

【本文三】　命婦、藤壺と光源氏の逢瀬の時を思い出す〈上三九六〉(14)

それにつけても、命婦は、禁じられた愛に身を灼き、心を焦がした昔の源氏の、あの日、あの夜のありさま、恋の闇に心まどわれたかつての藤壺の宮のお苦しみを思い返さずにはいられなかった。あの恋さえなければ、源氏も宮も、なんの物思いもない世をお送りになったろうものを、と思うと、その責任の一半は、自分にもあるように思われて、命婦は切なく、悔やまれる。

【本文四】　光源氏、須磨にて藤壺との逢瀬を思い出す〈上四一九〉(15・16・17)

ものみな凍るばかりの暁闇――源氏はひとり眼ざめて、わが運命、わが罪業をひそかに思い返し、戦慄することがある。

まるで闇の力ともいうべき、自分でも制御できなかった物狂おしい邪恋。つきうごかされ、押し流されてしまった、迷い多い自分。

そうして深い罪の陥穽に落ちた。

ひとときの春。

つかのまの花ざかり。

源氏は若さと美と権力を手にして驕った。自分をとり巻き拉してゆく女や、情事や、恋のかけひきを愉しんだ。歓楽の宴は長夜つづくものと思っていた。しかし女たちの愛執は彼をめぐって渦巻き……黒髪は縺れに縺れ、心は嫉妬の黒煙りに巻かれ、女たちはあるいは命をおとし、あるいは世を捨て、あるいは遠く別れていった。そのうえ最愛の可憐な人さえ、手放さなければならない。すべて無明長夜の闇にさまよい、わが身の卑小さを知らず驕りたかぶった源氏の罪である。

そしてその上に、更に大きな罪が重石のように全人生を圧していて、青年を苦しめる。

視覚的な闇（6・15）のみならず、恋の闇（14・16）、無明長夜の闇（17）と、さまざまな「闇」があらわれる。同時に、「罪」ということばも繰り返される。これは、田辺の意図的な描写であると考えられる。『源氏物語』若紫巻で描かれる光源氏と藤壺の逢瀬について、田辺は次のように語っている（引用は田辺［一九八五b］による）。

くらぶ山は歌枕であるが、ここでは源氏の歌の、〈こうしてお逢いしてもまたお目にかかることはむつかしい。ああいっそ、この身は夢のうちに消えたい〉という切ない嘆きと呼応し、暗い煩悩の闇を聯想させ、据りのよい言葉が選択されている。藤壺と源氏の恋には未来がなく、あるのは罪過のおののきだけである。あたりを掩う夜の闇と罪の色は相似している。

まさしく、「くらぶの山」は象徴的な、畏怖さるべき語なのである。

しかし、現代の読者にとっては、もう少し「くらぶの山」の闇と、主人公たちの心の闇について饒舌な説明があってもよいのではなかろうか。

そしてまた、私は、口語訳を考えたときに取り上げた方法なのだが、歌を会話に引きうつすということをやってみた。物語の中で唱和される歌は、感情の昂揚、増幅の表現と思われるので、それを会話に引きうつすことも許されるのではないかと思われる。厳密な口語訳の場合は、それは妥当ではないだろうが、一切、頭註や脚註、系図を用いない「私訳」なら、むしろその方がスムーズに滑脱に原意を伝えるかもしれない。

それこれをひっくるめ、私は、藤壺と源氏の第一回めの逢瀬と二度めのそれを、原典の二倍くらいに書きこんだ。

田辺が言及する「くらぶの山」の場面は、『源氏物語』若紫巻の次の場面のことを指す。

【参考二】『源氏物語』における光源氏と藤壺の逢瀬

何ごとをかは聞こえつくしたまはむ、くらぶの山に宿もとらまほしげなれど、あやにくなる短夜にて、あさましうなかなかなり。

見てもまたあふよまれなる夢の中にやがてまぎるるわが身ともがな

とむせかへりたまふさまも、さすがにいじみければ、

世がたりに人や伝へんたぐひなくうき身を醒めぬ夢になしても

思し乱れたるさまも、いとことわりにかたじけなし。命婦の君ぞ、御直衣などはかき集めもて来たる。

（若紫①二三一〜二三二）

「くらぶ山」は、和歌では「暗し」の意を持たせて詠む場合が多い歌枕であり、たしかに『源氏物語』成立当時の読者であれば、そのことばから自然と「闇」の情景を思い浮かべることもあろう。しかし、『新源氏』の読者にそれを求めることは難しい[4]。そこで、田辺のいう「饒舌な説明」として、先に挙げたようなさまざまな「闇」が描かれているのではないか。さらに、田辺は「夜の闇と罪の色」を重ねることで、精神的な「闇」もこの場面に描き出しているのである。

先に参考二として挙げた『源氏物語』の場面について田辺聖子［一九八五b］は「このくだりは、『伊勢物語』六十九段の、伊勢の斎宮が「むかし男」のもとをおとずれる段を意識しているといわれるが、『伊勢』の象徴性をそのま

ま踏襲している」と述べる。ここで言及されている章段に用いられている和歌が、つぎの和歌ｃである。

（和歌ｃ）　古今集・恋三

　業平朝臣の伊勢のくににまかりたりける時、斎宮なりける人にいとみそかにあひて又のあしたに人やるすべなくて思ひをりけるあひだに、女のもとよりおこせたりける　　よみ人しらず

きみやこし我や行きけむおもほえず夢かうつつかねてかさめてか　（六四五）

　返し　　なりひらの朝臣

かきくらす心のやみに迷ひにき夢うつつとは世人さだめよ　（六四六）

『源氏物語』の中でこの業平の和歌は直接引用されることはないが、『新源氏』では恋ゆえの闇という表現が散見される。「あやめも分かぬ」にはじまり、「恋の闇」に踏みまどう光源氏と、和歌を背景とする「暗さ」「闇」が描かれており、それが「罪」とつながる。そして「無明長夜の闇」という表現とつながってゆくのだと考えられる。

　このように、「くらぶ山」をきっかけとしながら「闇」の持つ意味に広がりを持たせて描かれていたのが藤壺と光源氏の物語であった。次節では、こういった描写を経た後の、玉鬘に関する物語における「闇」についてみてゆく。

五　玉鬘の物語における「闇」――「光」に対するものとしての「闇」――

　鬚黒大将が玉鬘のもとに忍び入る場面は、『新源氏』において創作されている箇所の一つである。藤壺と光源氏の逢瀬と同様、田辺はこの箇所も、原作の脱落箇所として、書き埋めたかったと言及している。また、田辺聖子［一九八五ｃ］において、篝火巻に対する言及もみられる。

「篝火」の巻はごく短いが、捨てがたい情景が一つ、芯になっていて、読者はへんにこの巻の印象が強い。……（中略）……

初週、夕月はすでに入って、「すこし雲隠るるけしき」、源氏は「いと涼しげなる遣水のほとり」に風情ある枝ぶりを張った檀の木の下に、篝火をたかせる。

その明りは仄かに室内にも及ぶ。……（中略）……

しかし「篝火」はごく短い文がことごとく陰影を帯びて活きており、遠い庭に爆ぜる火の粉は、さながら源氏の心のうちなる煩悩そのものである。風に吹かれ燃えつき、くすぶる火は更に風に煽られて、消えんとしてまた燃え爆ぜる。

（26・27）。

田辺が篝火巻に感じ取った「陰影」は、そのまま『新源氏』の描写にも反映されていると考えられる。この陰影の印象は、巻名にもなっている「篝火」という語それ自体が、仄かな明かりとその周辺の「闇」を想起させるものであることも一因であろう。それに関連して、やはり玉鬘が主たる登場人物として描かれる蛍巻も、「闇」という語を用いることで、蛍の光と、それが消えた後の闇という陰影が描出されていると考えられる。以下、蛍巻と篝火巻、また、関連する真木柱巻の記述を挙げる。なお、常夏巻にも後掲の表にまとめた通り、「闇」の語が二回用いられている

【本文五】　兵部卿宮、玉鬘に恨み言を言う〈中三三九〉(23)

五月は、結婚のためには忌み月だと世間ではいう。

兵部卿の宮は、怨みごとをいってこられた。

「もう少しお側ちかく寄ることをお許し下さい。お慕い参らせる心の片はしでも、申しあげとうございます。そ

うすれば、五月闇のようなこの心の暗さも、少しは晴れましょうに」

【本文六】　兵部卿宮、六条院を訪れる〈中三四一〉(24)

夕闇すぎ、空はおぼつかない雲合いであった。兵部卿の宮はしんみりした御けはいで、あでやかな男ぶりでいらっしゃる。

【本文七】　光源氏、玉鬘のもとに蛍を放つ〈中三四二〜三四三〉(25)

宮は、姫君の近づいたのを見て、ぽっとお心をときめかされたところへ、青い光が明滅し、一瞬あたりが浮き上がってみえた。そのとき、蛍のあかりでちらとみえた姫君の美しさ、けだかさ。

蛍はやがて女房たちが紛らせて追い払い、再びあたりは薄闇に沈んだが、宮はもう夢みる人のように、うつつ心もなくなってしまわれた。

【本文八】　篝火を見ながら光源氏、玉鬘に話しかける〈中三八五〉(28)

「篝火が消えている」

源氏は、男たちに命じて明るく焚かせる。

涼しげな遣水のほとり、枝をひろげた檀の木の下に、それは明るく焚かれた。

部屋から遠ざけてあるので、明りは、ほのかに及ぶ。玉鬘は、源氏が手を執ると、いまは慣れて、引きこめたり、しない。されるままになって羞じらっている。

源氏は立ち去りかねて、ためいきをつくばかりである。

「あの篝火をごらん。私の恋のようだ。いつまでも、消えようとして消えない」

玉鬘は、源氏の言葉に、あるかなきかに、こたえる。

「篝火なら、いつかは消えますわ。燃えつきて……。

お手をお離し下さいまし。

人が、見ていますわ。暗闇から……」

【本文九】　玉鬘、自分の運命を嘆く――光源氏との会話〈中四五四〜四五六〉（29・30）

しかし、玉鬘は、本当をいうと、宮よりも源氏への思慕が強くなっていた。源氏に思いをかけられた心苦しさは、いまはかえって甘美な思い出になり、玉鬘の心を、わけもないあこがれへ駆り立てた。あの、女ごころを蕩ろかすような甘い言葉に酩酊して、あやめもわかぬ恋の闇路にふみまよい、そのまま、やみくもな情熱に身を委ねてしまったほうが、むしろ女の人生・女の愛としては充実していたかもしれない……。若い玉鬘は、何かしらみたされぬ不満に涙ぐみながら、そんなことを考えるようになって、はじめて源氏を恋しく思った。……（中略）

……

玉鬘は、うつむいて、あるかなきかの声でこたえた。

「昔はわたくし、このお邸にいるのが心苦しくて早くどこかへゆきたいと願っていました。でも今は、……いつまでも、ここに、おそばに棲まわせて頂きたい気持でございますわ」

「おわかりになったようだな、やっと私の気持が。篝火の燃える暗闇の夜。それから琴を枕の添寝。おぼえていますか。私は何もしなかったでしょう。こんな愚かしい、こんなまじめな男はめったにいないものですよ」

本文六の「夕闇」（24）以外は『源氏物語』で「闇」とは描かれない。先述したように、これは『源氏物語』本文から読み取ることのできる陰影を明示したがゆえだと考えられるが、その表現には歌ことばも複数かかわっている。

本文五の「五月闇」（23）は、五月の夜の暗さをあらわす歌ことばである。『源氏物語』では「思ふことをも片はしはるけてしがな」（蛍③一九六）と書かれるのみで、「闇」という語はあらわれない。当該の場面が五月であることは明示されており、時節にあったことばが選択されたといえるだろう。しかし、それを兵部卿宮の心の「闇」として描出している点に注目したい。これまで空蟬、藤壺の物語についてみてきたように、『新源氏』における「闇」は、情景としての闇をあらわしつつも、それが恋の闇、煩悩の闇という精神的な「闇」もあらわしていた。本文五も同様の手法だといえよう。本文六・七は単純に情景としての闇ではあるが、本文五をふまえることによって、兵部卿宮の晴れない心、恋の闇の中にいる彼の心の象徴を描写していることばとしても機能していると考えられるのではないか。

一方、本文八・九はいずれも玉鬘と光源氏の間について用いられている例である。本文八（28）の『源氏物語』における記述は、「人のあやしと思ひはべらむこと」とあるのみで、「誰かが見ている」という表現はない。当該箇所の「闇」は、視覚的な、情景としての闇ではあるが、玉鬘が感じる後ろめたさゆえに「自分の見えないところから人が見ている」と思わせる、という記述である。これも精神的な闇の一種であると捉えてよいだろう。この一文が創作されていることで、篝火巻全体をおおう闇が改めて意識される。その中でひそやかに繰り広げられる光源氏と玉鬘の会話が、二人の関係性が人知れぬ恋であることをあらわしている。そしてその描写を下敷きとして、本文九の場面が描かれる。

本文九（29・30）は本文八の場面を回想する玉鬘と光源氏それぞれのことばである。「あやめもわかぬ恋の闇路」は、第二節で取り上げた和歌ｂ「あやめもしらぬこひ」とつながる表現であるといえよう。当該の場面は十一月なので、直接この和歌が取り入れられているとはいえないが、『新源氏』でそれまで用いられてきた恋の闇に関する表現の蓄積によって、この表現が選択されたのではないか。恋の闇、という点では、藤壺の物語で言及されていた、和歌ｃの業平の和歌「かきくらす」も下敷きになっていると考えてよいだろう。このように、『新源氏』における闇の表現は、『源氏物語』とは別に、「闇」の語の利用が展開されているのである。

本文九で光源氏が言及する「篝火の燃える暗闇の夜」は、本文八の場面であるが、この場面も『新源氏』独自の文脈で形成されたつながりである。『源氏物語』において、光源氏は「まめやかには、思し知ることもあらむかし。世になきしれじれしさも、またうしろやすさも、この世にたぐひなきほどを、さりともなん頼もしき」（真木柱③三五五）と述べてはいるが、具体的に篝火巻での玉鬘との会話に言及することはしない。『新源氏』は初出が連載という体裁であったため、どこから読んでも分かりやすくする必要があったがゆえの工夫であるともいえるが、少なくとも結果として、光源氏と玉鬘の、表に出ることのないひそかな恋模様が「闇」という語を軸として描かれている、と捉えることはできよう。「光」のない「闇」、をあらわすこれらの描写は、華やかに、あるいは公に描出される兵部卿宮との恋や、鬚黒大将との結婚と対照的な恋として位置づけられるのではないだろうか。

本節では、玉鬘に関する物語について、兵部卿宮に関する「闇」と、光源氏と玉鬘に関する「闇」の二つに分けて論じてきた。兵部卿宮は恋の闇にまどう彼の心情の象徴としてあらわれていた。光源氏と玉鬘も同じく恋の闇の意を持つが、それに加え、二人の関係そのものが「闇」の中にあるという描写が特徴的であった。

ところで、同じく玉鬘にかかわる常夏巻の二例については、『源氏物語』本文に「夕映え」の語があるもの（26）、「月もなきころ」とあるもの（27）と、『源氏物語』の本文を承けているにすぎないため、本節で詳細には論じなかった。しかし、このように玉鬘の恋の物語が「闇」に包まれていたことが分かると、これらの情景描写も、同じ文脈に位置づけることができるのではないか。この二例は、光源氏と玉鬘が、六条院に集う若い貴族たちを眺めながら会話をする場面であらわれている。夕闇のなかに咲くなでしこにみとれる青年貴族たちは、「なでしこ」になぞらえられる玉鬘に想いを寄せ、「恋の闇」の中にいる彼らの姿をあらわすと考えられる。また、青年貴族が帰ったあとに「濃い闇」の中で光源氏と玉鬘が会話するという情景は、本文八・九と似た描写であり、二人の恋が「闇」の中にあることを明示していると捉えられる。

このように、「闇」という語を切り口としてみた時、『源氏物語』の本文を基にしつつ、独自に『新源氏』の文脈がつくられ、創作部分を含め一つの作品としてまとめあげられていることが分かった。そして『新源氏』全体を通して、「闇」はおもに「恋の闇」につながるものとして描出されていることも明らかになった。

六　おわりに

本章は、『新源氏』における「闇」を網羅的に調査した上で、とくに「闇」の語が繰り返し用いられている人物と場面を取り上げ、詳細に論じてきた。具体的には空蟬、藤壺、玉鬘について取り上げたが、これらはいずれも、『源氏物語』においても暗がりが印象的な場面で登場する人物たちであり、この点で『新源氏』は『源氏物語』を忠実に承けているといえる。しかし、「闇」の語が用いられる箇所そのものについては、『源氏物語』本文にはその後がみられない場合や、そもそも場面自体が創作である場合が多く、恣意的に「闇」という語が選択され、繰り返されていることも分かった。その「闇」は、第一義では視覚的な闇をあらわすとしても、それが恋の闇につながってゆく場合が多く、『新源氏』における「闇」は、主として「恋の闇」として機能していると位置づけることができよう。これは、「心の闇」という定型表現までも生み出しながら、『源氏物語』の「闇」の中心に据えられていた「親が子を思う闇」とは異なる「闇」である。

もちろん、『新源氏』が「リライト」であると位置づけられるような、改変・創作を含む作品であるとはいえ、基本的には『源氏物語』全編を口語訳しており、「親が子を思う闇」も「闇」という表現を伴う形で四例みられることは第二節でも述べた通りである。しかし、「闇」を伴う形で「親が子を思う闇」が『源氏物語』中で二二例みられることを考えると、この数は少ない。また、続編において薫を特徴づける、「春の夜のやみはあやなし梅花色こそ見えねかやはかくるる」（古今集・春上・はるのよ梅花をよめる・みつね・四一）の引歌をあらわすものとしても、『新源氏』において「闇」の語はあらわれず、薫が身じろぎするだけで遠くまで香りがただようという描写がされるのみである。これは、「闇はあやなし」という形では、注釈なしには現代の読者にその意図が伝わりにくいこと、「香り」が伝えたい重要な要素であるのを明示することが理由であろうが、一方で、「闇」の語があらわれないことで、『新源氏』における「恋の闇」としての機能がより強く印象づけられる効果にもつながっているのではないか。

本章で詳述はしなかったが、夕顔と光源氏が某院に行った際に二例あらわれる「闇」（7・8）、朧月夜との逢瀬をおおう「闇」（11）、朝顔斎院との対面、あるいは彼女を想う光源氏の描写としてあらわれる「闇」（20・22）、柏木の女三の宮との恋に関連してあらわれる闇（32・33）、夕霧と落葉宮の恋に関連してあらわれる「闇」（39・40）、浮舟と薫、あるいは匂宮との恋に関連してあらわれる「闇」（45・46・47・48）というように、恋にかかわって「闇」の語があらわれる例は多い。これは、単純に恋人たちの逢瀬が夜の出来事であり、現代と異なり、夜がとても暗く、闇に沈んでいることを明示することで、情景を想像しやすくするための描写であることをまずはおさえねばならない。その一方で、視覚的な暗さに伴って、恋の闇にまどう登場人物の心情も描写されている、さらにいえば様々な人物に焦点化しながら、「恋の闇」をくり返し描き出し、『新源氏』における主題の一つとも位置づけられるような描写をしている[5]ることは、この作品の特徴として特記しておくべきであろう。

これは、それまでの現代語訳が、あらたな場面を創作する等のレベルでの改変には抑制的であったのとは異なる姿勢であり、「闇」が主としてあらわすものの違いひとつをとっても、『新源氏』が『源氏物語』を新しく描きなおしている側面もあることを明らかにした。そしてその表現の背景には、『源氏物語』成立当時、すでに巷間に流布していたと考えられる和歌があることも論じてきた。そもそも「闇」はさまざまな形で和歌に詠まれており、歌ことばとしての性質を色濃くもっている。その性質を利用することで、『源氏物語』の持つ歌ことばと密接なかかわりをもつ雰囲気を承けているのではないだろうか。

田辺は、『源氏物語』とは独自に、これらの和歌を含む象徴的な「闇」を描き込みながら、『源氏物語』を「原文の香気の失せない面白い読みもの」に仕立てようと腐心したのであろうと考えられる。『源氏物語』との距離を生みつつ、『源氏物語』を損なわない作品づくり、現代における享受のありかたの一つとして、『新源氏』を位置づけたい。

※『新源氏』本文は、新潮文庫版（『新源氏物語』一九八四年初版、『新源氏物語　霧ふかき宇治の恋』一九九三年初版）に拠り、冒頭に巻とページ数を示した。なお、一部私に表記を改めた箇所がある。

注

（1）『源氏物語』の「リライト」については立石和弘［二〇〇五］の定義があり、『源氏物語』の再構築を目的とした翻案小説」とする。立石はさらに「現代ではこれも「現代語訳」に含めることが多いが、厳密には翻案であり、原文を現代語に置き換える翻訳とは異なる」と述べており、田辺の『新源氏』の改変・創作部分への注力を考えると、筆者も『新源氏』は「リライト」とするのがふさわしいと考える。

（2）「闇」という語があらわれるのは約四〇例であるが、それに加えて第一部第二章で論じたように「この道」などの形で兼輔歌を想起させるものなど、引用されている和歌に「闇」が含まれるもの約一〇例を加えると、数の上では『新源氏』

と同程度になる。

（３）中［二〇一二］論文によると、与謝野訳では『源氏物語』の和歌は「会話になおす」「削除する」「そのまま残す」等の処置がされており、『新源氏』はどの和歌にどの処置をするかの選択が与謝野訳と似ていること、和歌がそのまま残される場合は、その多くが「書かれた」ものであるという。筆者もおおむねこれに賛同するものである。

（４）なお、『源氏物語』で「くらぶ山」が描かれる場面に対応する『新源氏』の文には、「闇」は書かれておらず、単に「この人を放したくない、この夜が明けねばよい、と青年は念じる……」〈上一一一〉と書かれている。

（５）後年、宝塚歌劇団によって『新源氏』が上演された（一九八一年初演）際、田辺が作詞したテーマ曲には「恋」の語が繰り返し用いられ、「恋の曼陀羅」という表現もみられる。舞台化にあたって、宝塚歌劇の観客層を考えて「恋」に焦点化したという側面もあるだろうが、『新源氏』の主題に拠るところもあるだろう。

【表】『新源氏』における「闇」

番号	巻・頁	巻名	新源氏本文	源氏頁	源氏物語
1	上19	帚木	あたりは、あやめも分かぬ闇である。	①97	こなたやかく言ふ人の隠れたる方ならむ**《「闇」なし》**
2	上19	帚木	女は、女房の名をあげてきき、すると彼方の闇で寝ているらしい女が	①98	長押の下に人々臥して答えすなり。**《「闇」なし》**
3	上19	帚木	深沈と、あたりは静まり、濃い闇ばかりが邸うちにたれこめている。	①98	みな静まりたるけはひなれば**《「闇」なし》**
4	上28	空蟬	闇にまぎれて、邸の内ふかく連れてはいった。	①118	**夕闇**の道たどたどしげなる紛れに、わが車にて率てたてまつる。
5	上31	空蟬	母屋の几帳の帷を引きあげて、そっと闇の中へすべり入った。	①124	母屋の帷子ひき上げて、いとやをら入りたまふとすれど、**《「闇」なし》**

6	上51	夕顔	源氏が顔をかくし、闇に姿を消して忍んでいったとき		**【創作部分】**
7	上77	夕顔	夜はまだ、そんなに更けていないのに、このおどろおどろしい闇の、	①166	まだいたう更けぬにこそは。**《「闇」なし》**
8	上80	夕顔	暗い闇は、そのまま、永劫につづく無明の煩悩であるように思われる。	①169	夜の明くるほどの久しさは、千夜を過ぐさむ心地したまふ。**《「闇」なし》**
9	上258	葵	「生き返るかもしれない……もしや……」と、親心の闇は尽きるときなく	②47	いかめしきことどもを、生きや返りたまふと**《「闇」なし》**
10	上306	賢木	年はあらたまったが、諒闇の世の中はしんとして寂しかった。	②100	年かへりぬれど、世の中いまめかしきことなく静かなり。**《「闇」なし》**
11	上311	賢木	めったにあえぬ恋人同士のしのび会いは、月の光のわずかに洩れる闇の中だった。	②105	**【創作部分（当該の場面はあり）】**
12	上344	賢木	子を思う闇、と申しますれば	②133	月のすむ雲居をかけてしたふとも**このよの闇**になほやまどはむ
13	上346	賢木	諒闇も明けた御所は花やかで	②134	年もかはりぬれば、内裏わたりはなやかに**《「闇」なし》**
14	上396	須磨	恋の闇に心まどわれたかつての藤壺の宮のお苦しみ	②183	あぢきなきことに御心をくだきたまひし昔のこと**《「闇」なし》**
15	上419	須磨	ものみな凍るばかりの暁闇	②208	**【創作部分（当該の場面はあり）】**
16	上419	須磨	まるで闇の力ともいうべき、自分でも制御できなかった物狂おしい邪恋。	②208	**【創作部分（当該の場面はあり）】**
17	上419	須磨	すべて無明長夜の闇にさまよい	②208	**【創作部分（当該の場面はあり）】**
18	上477	明石	子ゆえの闇、でございます	②269	**心の闇**はいとどまどひぬべくはべれば

19	上 506	澪標	源氏の使いがなければ、闇夜のように見栄えがしなかったろう。	② 295	この御使いなくは、**闇の夜**にてこそ暮れぬべかりけれ。
20	中 148	朝顔	夕まぎれ、宵闇の濃くなる頃おい	② 473	暗うなりたるほどなれど**《「闇」なし》**
21	中 156	朝顔	冬のはじめも、藤壺の入道の宮の諒闇で	② 479	夕つ方、神事などもとまりて**《「闇」なし》**
22	中 159	朝顔	世の無常、恋のはかなさを思い知りながら、なおまだ煩悩の闇にさまよい	② 482	**【創作部分（当該の場面はあり）】**
23	中 339	蛍	そうすれば、五月闇のようなこの心の暗さも、少しは晴れましょうに	③ 196	思ふことをも片はしはるけてしがな**《「闇」なし》**
24	中 340	蛍	夕闇すぎ、空はおぼつかない雲合いであった。	③ 198	**夕闇**過ぎて、おぼつかなき空のけしき曇らはしきに
25	中 343	蛍	蛍はやがて女房たちが紛らせて追い払い、再びあたりは薄闇に沈んだが	③ 201	ほどなく紛らわして隠しつ。**《「闇」なし》**
26	中 363	常夏	垣根もなつかしくやさしく、夕やみの中に咲きみだれていた。	③ 228	籬いとなつかしく結ひなして、咲き乱れたる夕映えいみじく見ゆ。**《「闇」なし》**
27	中 364	常夏	いつか青年たちは去り、あたりは濃い闇に包まれた。	③ 229	月もなきころなれば、**《「闇」なし》**
28	中 385	篝火	人が、みていますわ。暗闇から……	③ 258	人のあやしと思ひはべらむこと**《「闇」なし》**
29	中 454	真木柱	あやめもわかぬ恋の闇路にふみまよい		**【創作部分】**
30	中 456	真木柱	篝火の燃える暗闇の夜。		**【創作部分】**
31	下 98	若菜上	まじまじと闇の中にめざめていて	④ 68	なほただならぬ心地すれど**《「闇」なし》**
32	下 224	若菜下	衛門督は思い乱れて狂おしい闇の情熱に押し流されてしまった。		**【創作部分】**

33	下224	若菜下	夜の闇の向うには人かげもなく、物音もない。		**【創作部分】**
34	下251	若菜下	「夕闇は道たどたどし月待ちて帰れわが背子その間にも見む」の歌のことであろう。	④249	「月待ちて、とも言ふなるものを」…「その間にも」とや思すと**《引歌》**
35	下286	柏木	ひとり赴く死の闇の道の光として逝きます	④291	人やりならぬ**闇にまどはむ道**の光にもしはべらむ
36	下287	柏木	小侍従はそれを頂いて、宵闇にまぎれ、人目を忍んで柏木の邸へ行った。	④292	忍びて、宵の紛れにかしこに参りぬ。**《「闇」なし》**
37	下313	柏木	親が子を思う心の闇も当然ですが、ご夫婦の仲は格別。	④329	**親子の道の闇**をばさるものにて、
38	下368	夕霧	長夜の闇に惑うて地獄のからいめにあわれるかもしれません。	④417	**長夜の闇**にまどふは、ただかやうの罪によりなむ
39	下378	夕霧	いっそう気持ちも闇に迷う気がする。	④442	げにこそ**闇にまどへる**心地すれ。
40	下393	夕霧	宮は悲しく思われて、暗闇の中でお眼を閉じていられる。	④468	いと悲しう口惜しう思す。**《「闇」なし》**
41	下420	御法	無明の闇だ。	④509	今宵はただくれまどひたまへり。**《「闇」なし》**
42	宇上47	竹河	私は春の夜の闇の中で、ひとり迷う心地です	⑤73	人はみな花に心をうつすらむひとりぞまどふ**春の夜の闇**
43	宇上305	宿木	いつか外は闇が落ちて暗くなっても薫は帰る気配を見せない。	⑤426	やうやう暗くなりゆくまでおはするに**《「闇」なし》**
44	宇上348	宿木	親心の闇は果てしなく、帝と申し上げても人の親の心は一般の人と同じであった。	⑤477	帝と聞こゆれど、**心の闇**は同じことなんおはしましける。
45	宇下85	東屋	濃い闇に仄かに灯のにじむ母屋の奥へと薫を誘う。	⑥92	いかがしたまひけん、入りたまひぬ。**《「闇」なし》**
46	宇下120	浮舟	いまは気兼ねない夜の闇、宮の情熱を押しとどめる何ものもない。	⑥125	**【創作部分（当該の場面はあり）】**

47	宇下199	浮舟	恋ゆえに踏み迷う闇路とはいうものの、見苦しい恰好だろうな。	⑥190	かかる道に損なはれて、はかばかしくはえあるまじき身なめり《「闇」なし》
48	宇下374	夢浮橋	愛や嫉妬や呵責の果てしない煩悩の闇に陥ちてしまうであろう。	⑥394	**【創作部分（当該の場面はあり）】**

第四章　宝塚歌劇『源氏物語千年紀頌　夢の浮橋』にみる『源氏物語』受容
――古典と現代文化を繋ぐものとしての「うた」の利用――

一　はじめに

現代における『源氏物語』の受容には、漫画や映画などさまざまな形があるが、いずれも鑑賞者が『源氏物語』を精読していることを前提としてはいない。そもそも、現代における古典作品の翻案は、古典を読まない人々も概して対象としている、といえるだろう。一方で、古典作品の成立と同時代の読者は、引歌などの和歌的な表現において、ある一定の知識を共有しており、それゆえにこそ連想的な読みが可能であった。このことは土方洋一［二〇〇〇b］、鈴木裕子［二〇一二］などで既に指摘されており、筆者としても妥当かつ重要な前提であると考える。

一方で、現代の享受者はまちがいなくこの「共同体」の構成員にはなりえない。現代のみならず、作品の成立から時代がくだるに従い、享受者の持っている知識が変化するのは当然のことである。本章ではこの点をふまえ、現代の『源氏物語』翻案作品が、作品成立当時とは異なる知識を有する現代の鑑賞者に対し、どのような工夫をもって『源氏物語』を伝え、現代のエンターテインメントとして提供しているのかを考えてゆく。具体的には、宝塚歌劇団で上演された『源氏物語千年紀頌　夢の浮橋』（以下、『夢の浮橋』）という、「うた」を含む演劇を対象とする。ミュージカル作品における「うた」は西洋から輸入された文化であり、オーケストラによる演奏とともに歌われる。一方和歌は三一音で完結する日本の「うた」であるが、すくなくとも『源氏物語』のテクスト内においては、必ずしも節をつけて歌われるものではない。形式の上では決して同義に語れるものではない両者であるが、台詞または地の文と異なる雰囲気をうちだす「うた」が抒情の高まりを示しつつ作品世界に深みを出すなど、機能としては通底するものがあると考えられる。本章はこの点にとくに着目し、『源氏物語』の「うた」と、『夢の浮橋』における「うた」について検討しながら、『夢の浮橋』が『源氏物語』を現代にどのように据え直しているかを論じてゆく。

二　『夢の浮橋』について

『夢の浮橋』は、二〇〇八年一一月から二〇〇九年二月にかけて上演された。出演者は宝塚歌劇団月組の八二名、専科の三名の合計八五名。全一幕一五場から成り、上演時間は約一時間半である。匂宮（演者は瀬奈じゅん）を主役に据え、薫（霧矢大夢）、浮舟（羽桜しずく）との関係性を軸としながら、「傀儡女」として描かれている小宰相の君（城咲あい）との交流も描く。浮舟の入水にも物語の終盤で言及されるが、結末は『源氏物語』とは異なり、浮舟を何としてでも連れ戻そうとする薫を匂宮が牽制し、彼女の望む通りの生き方をさせるよう強く言う、という流れになっている。そして浮舟は自ら出家を選んだことが最終場面で匂宮の口から薫に語られる。また、夕霧を中心とした「源氏の家」と宮家の権力争いも描かれ、否応なしに巻き込まれてゆく匂宮、という政治的文脈にも重きがおかれている。

薫ではなく匂宮を主人公としたのは、勝亦志織［二〇一二］が述べるように、主演の瀬奈じゅんの個性によるところが大きい。(1)また、主要な登場人物で唯一、『源氏物語』にまったくない「傀儡女」という設定を背負う小宰相の君の造型は、この作品のテーマと密接に結びついている。詳細は後述するが、居住地を定めない傀儡子の特性を、宮中とその外の世界を自由に行き来できる人物造型に利用しているのである。脚本・演出を担当した大野拓史によれば、『夢の浮橋』は「源氏が作った枠の中で、皆がもがく物語」であり、「人形のように操られる人達」を描いた作品である。(2)その中で小宰相の君は、宮中から匂宮を連れ出し、「宇治田楽」（第九場）という『夢の浮橋』オリジナルの場面(3)へと誘う役割を担っている。

さらに特筆すべきこととして、匂宮が『夢の浮橋』の最終場面「夢浮橋」（第十五場）で皇太子として立坊することが挙げられる。『源氏物語』で結論の出ていない匂宮の政治的立場について、『夢の浮橋』は結論を与えたことになるが、匂宮は薫に対しての台詞で「そなたの罪も、私が共に背負っていこう。この世界で起きた罪である限り、日嗣の皇子となるこの私が」と述べている。皇太子立坊は喜ばしい未来ではなく、「人々の罪を背負う」役割を引き受けることだと位置づけられている。勝亦志織［二〇一二］は第一場の光源氏（萬あきら）の台詞に「いや…だからこそ弔わねばならぬのかもしれぬ。私が犯した数々の罪咎を、私が築き上げた宮中を棺に」とあることをふまえ、「日嗣」は「棺」の掛詞になっていると指摘する。このように、生まれによって不自由を強いられている主人公の苦しみを描いた大野の作品は他にも複数あり、作品をこえて描かれる「血筋による束縛」は、脚本家の関心事であると考えられる。その一例である小野篁を主人公とする『花のいそぎ』について論じた武田比呂男［二〇〇八］は、「血筋によってもたらされた秘めねばならぬ力が篁の生き方を束縛するのである」と述べる。さまざまな話題が並行して語られる『源氏物語』において『夢の浮橋』は、匂宮を中心に据え、血筋による束縛というテーマを選択したともいえるだろう。(4)現代における『源氏物語』翻案作品で、政治的立場も含めながら「縛られる」者としての匂宮を強く打ち出す点、『夢の浮橋』は独特の切り口をもつといえる。

大野拓史は、一九九六年に演出家として宝塚歌劇団に入団した。「日本物」と呼ばれる、日本を舞台にした作品の多さは他の演出家と比較して目立って多いが、大野自身はとくに日本に固執しているつもりはないと述べている。一方で、宝塚歌劇団に入団した理由の一つに「(他ではなかなか作れない)時代劇を作りたかった」ことを挙げてもいる。[5]

次節以降では具体的に、『夢の浮橋』における「うた」の利用を検討してゆく。

三　民俗芸能の利用 ―― キーワード「傀儡」を提示する手法として ――

前節で述べたように、『夢の浮橋』には「傀儡女」である小宰相の君という人物が登場する。大野は小宰相の君について「本来は女一の宮の侍女だが、本作では、女一の宮に雇われた傀儡女として描いている。作中、平安中期に成立した宇治社の田楽を取り上げているが、田楽芸が専門職化していくにつれ、傀儡子等と後に混濁していくこととなる。その嚆矢的存在として描いた」と述べる。[6]小宰相の君は当初、女房の一人として登場しており、「傀儡女」であると明らかになるのは第八場である。これは物語の半ばを過ぎているのであるが、後述するように、宮中に生きる女房としては少々変わった歌を歌う場面があるなど、登場時から独特の雰囲気を持った登場人物として描かれている。

一方、台詞の上では、それ以前も以降も、小宰相の君以外の人物の台詞として、「傀儡」ということばは何度も組み込まれている。主にこのことばを発するのは夕霧で、宮中で権力を握るために他者を「傀儡」とすべく動いていることが表現される。[7]

政治的側面のみならず、恋にかかわる場面でも「傀儡」が用いられる。注目すべきは、恋の文脈においては、小宰相の君によって匂宮が宇治に連れ出され、「傀儡子の芸」、つまり操り人形[8]を見せられた直後の場面ではじめて「傀儡」の語があらわれることである。薫から琴を練習するよういわれている浮舟が、上手く弾けずに悩んでいるところに匂宮があらわれ、「別に、無理をして弾く必要などあるまい。大君の真似ばかりしていては、傀儡の操りも同然ではないか」と浮舟の涙を拭いながら、「あたたかな。傀儡であろうはずの無きものを」と言う。そして二人が寄り添って歌う中で、表情を変えてゆく浮舟に対し、匂宮が「まるで、傀儡の糸が途切れてしまったようだ」と言う。宇治田楽の場面に続く場面で、このように集中して「傀儡」ということばが用いられることで、それまで政治的な「操り人形」の意味しかあらわしていなかった「傀儡」が、「形代」という、誰かを他者のイメージの中に「縛りつける」ことでうまれる存在[9]をも包含するようになったのだといえよう。ここには、「形代」という、『源氏物語』の浮舟を語る上では欠くことのできない特徴を、『夢の浮橋』のテーマである「傀儡」に吸収しようという大野の試みが読み取れるだろう。

このように、政治的な話題と恋の話題どちらにもわたっている「傀儡」というテーマは、「うた」の利用によって補強されてゆく。「傀儡」が直接「うた」の中にあらわれるのは、第一一場で薫が歌う「見えない力に突き動かされ／まるで傀儡のように」という一箇所のみであるが、次に取り上げる第六場と第九場は、それぞれ「傀儡」を示唆するために挿入された場面であると考えられる。まず、第六場では、宇治川の紅葉狩りが描かれる。この場面の冒頭、脚本には次のような記述がある。

【本文一】　第六場・宇治川（本文中のゴシック体は歌をあらわす。以下同様）

宇治川の紅葉狩り。龍頭舟に、船長と小宰相の君が乗っている。

小宰相の君が『傀儡記（ママ）』の「棹の歌」を歌う。

小宰相　**『裁ち縫はぬ（表記ママ）　立ち縫わぬ　衣きし人もなきものを』**

ト書きに書かれているため、『傀儡子記』というタイトルが観客の耳に届くことはないが、小宰相の君が『傀儡子記』に記載のある歌を歌うということが重要であるのは明らかである。なお、『傀儡子記』の記述は次の通りである。

【資料一】　傀儡子記

今様・古川様・足柄・片下・催馬楽・黒鳥子・田歌・神歌・棹歌・辻歌・満固・風俗・咒師・別法等

具体的に小宰相の君の歌詞・メロディーの基になっているのは、現代に伝わる兵庫県の小五月祭という祭りで歌われる「棹の歌」である。[10] 小五月祭については、開催地の諸機関による次のような記事がある。

【資料二】　御津町教育委員会［一九九三］「棹の歌」の記事

たち縫わん　たち縫わん　衣きし人も　無きものを　何、山姫の布さらすらん……

【資料三】　兵庫県たつの市ホームページ「室津の小五月祭」の記事（引用文献等一覧B）

遊女が小舟を漕ぎ出し、客船に向かう時に使用した棹に端を発するのが、棹の歌であると考えられている。

このように、『源氏物語』には書かれていない話を敢えて描いたのは、先に述べた通り『傀儡子記』に記述のある歌であり、資料三に記されるように「遊女が小舟を漕ぎ出」すときに歌った歌だと伝えられているからであろう。この場面ではまだ、小宰相の君が傀儡女であることは明かされていないが、彼女の行動の一つ一つが、「傀儡」ということばを想起させるように作られているのである。本文一の場面ではそれを「うた」の場面として描くことで、小宰相の君を印象づけているのだと考えられる。

民俗芸能を利用する手法は、第九場の宇治田楽でもみられる。小宰相の君に連れ出されて宇治田楽を見物していた匂宮は、場面の後半で、光源氏が操り人形として括られている姿を見せられる。そして匂宮自身もまた、糸で括られそうになってしまう。この場面冒頭では、現代の宇治田楽まつり[11]で用いられるような衣装を身に着けた人々が客席の通路を通って舞台まで練り歩く。先述したように当該場面の「うた」は、宇治田楽まつりにはない、オリジナルの曲・歌詞である。

【本文二】　第九場・宇治田楽

足引き　しかぞすむ／幾重に霞める　宇治の／山霧為す　瑞垣／御山隠り　水隠りて／御手洗川　御現す（中略。男役の掛け声）**／神寂し夜　片敷く月／恋しき瀬々の　忘れ川に／棹さす通い路／水順れ棹／変若水　サンサッサー**

当該場面では複数の人物がリレー形式で歌い継ぐのだが、歌詞のみを一部掲出した。この部分の歌詞は、有名な地名や歌ことばが散りばめられ、連想的に思い浮かべられることばが繋がっているが、全体として特に深い意味はないように見受けられる。この場面ではむしろ、意味をなす歌詞をのせることが重要なのではなく、物語世界の中では異質な雰囲気の「うた」が、和歌的な連想で紡がれた歌詞を次々と人をかえながら、入れ替わり立ち替わり歌うことで、匂宮がしだいに「外」の世界に紛れ込んでゆく様子を描き出すことに力点が置かれていると考えられる。この場面は、操り人形である「傀儡子」を舞台に登場させることがもっとも重要であることは確かだが、一方で、大人数による田楽の狂騒[12]を「うた」により舞台上で見せ、断片的にあらわれる歌ことばが次々と放り投げられる「理屈の通らなさ」をあらわすこともねらっているのだろう。というのも、『中右記』には次のような記述があるからである。

【資料四】　『中右記』長承二（一一三三）年五月八日

今日宇治鎮守明神離宮祭也、宇治辺下人祭之、未時許行向平等院透廊見物、巫女馬長一物、田楽散楽如法、雑芸一々、遊客不可勝計、見物下人数千人、……

この記事[13]から、当時の田楽によるにぎわいは大変なものであったことが分かる。『夢の浮橋』の宇治田楽の場面では、このような熱狂をはらむものであった田楽に参加する庶民を登場させることで、貴族と対をなすものとして描き出している。もっとも、小宰相の君はこの場面の最後で、「思い通りに生きられないなんて、誰でも同じことさ」と言い放ち、匂宮もこのことばをうけとめるのであるが、田楽に参加する庶民たちはこの「誰でも」の外にあると考えられる。「庶民」一人ひとりの人物像を描きこむのであれば、「思い通りに生きられない」姿も浮かび上がってくるだろう。しかし、「庶民」はこの場面でしか登場しない役である。描きこまれていないことを逆手に取り、何にも縛られていない（実際は「匂宮から見て、縛られているものが見えない」）人々を登場させているのではないだろうか。

このように『夢の浮橋』は、『源氏物語』と本来何の関連もない民俗芸能を取り入れながら、手法としては「うた」を通して、作品が『源氏物語』の世界をいかに切り取り、見せているのかを強く示している。それでは、民俗芸能以外に「うた」が用いられる場面においてはどのような工夫がこらされているのか。次節ではこの点について検討してゆく。

四　『夢の浮橋』における歌ことばの活用

『夢の浮橋』には、『源氏物語』中の和歌がそのまま取り入れられている例は皆無である。[14]その一方で、一般に「宇治十帖」と呼ばれる部分を題材に取り上げていることを殊更に意識させる歌ことばを用いている点には注目すべきであろう。

【本文三】　第四場・宇治・旧八宮邸

本舞台に照明が移ると、秋の紅葉の中、薫が独り佇んでいる。宇治の山中。夜。亡くなった愛しい人＝大君を想って歌う薫。途中に、大君の幻影。

薫「琴の調べのように／夜のしじま響く／濡つ時雨　音を立てる／この身を包むように／今も止む事無く／あの日絶えた筈の／君の奏でる琴の音が　谺する／あの日が来る迄は／別れの言葉さえ／いつか再び繰り返す　徒然／取り戻せない事があると／知らぬ間に　時は過ぎ／私はこの地に置き去りにされたまま／琴の調べのように／夜のしじま響く／濡つ時雨　足を奪い／この身を縛り付ける／濡れる錦の山が　色移ろうように／過ぎていた時は　歩み停めて／幾度も　ただ繰り返す／今も」

『夢の浮橋』において唯一、大君の幻影が登場する場面である。大君の幻影は、浮舟役の羽桜しずくが演じているが、彼女がこの時着ているのは赤い衣である。そして、薫の歌には「琴」と「時雨」が繰り返しあらわれる。「時雨」は片桐洋一［一九九九c］が述べるように、『千載集』『新古今集』の時代になると、夜の時雨の歌が増え、「音」によって時雨を知る、という詠み方が増える歌ことばである。薫の歌には「濡つ時雨　音を立てる」とあり、「音」に力点をおいた表現であるといえよう。また、先述したモチーフである琴の「音」との関係を重視しての詞でもある。

当該場面での薫の歌は全体を通して大君への追慕を歌ったものであるが、このように鍵となることば、モチーフを拾い出すことで『源氏物語』の次の一節が想起される。

【A】　浮舟を宇治へ連れていく道中～琴を取り出し、昔を懐古する薫

君も、見る人は憎からねど、空のけしきにつけても、来し方の恋しさまさりて、山深く入るままにも、霧たちわたる心地したまふ。うちながめて寄りゐたまへる袖の、重なりながら長やかに出でたりけるが、川霧に濡れて、御衣の紅なるに、御直衣の花のおどろおどろしう移りたるを、おとしがけの高きところに見つけて、引き入れたまふ。

（薫）かたみぞと見るにつけては朝露のところせきまでぬるる袖かな……（中略）……

おはし着きて、あはれ亡き魂や宿りて見たまふらん、誰によりてかくすずろにまどひ歩くものにもあらなくに、と思ひつづけたまひて、下りてはすこし心しらひて立ち去りたまへり。……（中略）……ここにありける琴、箏の琴召し出でて、かかること、はた、ましてえせじかしと口惜しければ、独り調べて、……（東屋⑥九五～九九）

薫が浮舟を連れて宇治に行く道中、宇治の旧八宮邸に着いてからのことばをたどってゆくと、「紅」「濡る」「琴」といったことばが目につく。Aの場面は九月一三日のことであるから、本文三のト書きにある「秋の紅葉」と季節が合致している。もちろん、秋であれば先述したことばがどちらにもみられるのはごく自然なことであるし、宇治の邸と琴が結びつけられるのも、Aの場面に限った話ではない。しかし、『夢の浮橋』のこの場面で薫は一人で一曲を歌い、他に舞台上に登場するのは大君の幻影のみである。Aで引用した本文中、薫が詠むのが独詠歌であること、浮舟役の役者が大君の幻影を演じ、赤い衣を着ている点は重要な類似点であるといってよい。むしろ、『夢の浮橋』の幻影は、Aの場面での薫の心中を的確に表現したものであるといえよう。なお、『夢の浮橋』ではこの歌の直後、浮舟に琴を習い覚えるように薫が説くが、Aの場面の直後にこのやりとりがみられることからも、本文三との対応を根拠づけられる。薫の独詠歌の内容とことばだけではなく、その周りのことばも拾いながら、この「うた」は作られているのである。ただし、一曲を通して印象づけられるのは、「琴の音」と「時雨の音」、そして、大君を追慕して思い出に「縛り付け」られている薫の姿である点は留意しておきたい。これらは『源氏物語』をなぞるためではなく、あくまで『夢の浮橋』のテーマを伝えるための「うた」として機能している。[15]

このように、『夢の浮橋』では、『源氏物語』の和歌をそのまま台詞に組み込むのではなく、作品のテーマに沿った「うた」となるよう翻案している。同様のことは、浮舟の歌についてもいえる。

【本文四】　第七場・宇治・旧八宮邸

浮舟「星無き空に瞬く　漁火が／照らす川面を移ろう　紅葉花／波にさらわれて／遠く消えてゆく／流し雛のように／知らずにいつか流され　辿り着き／揺れる浮舟　玉藻に乱す髪／櫛笥し夜を数え／思い出せなくなる／これまでの過ぎた日々さえ／自分の事さえ」

【B】　匂宮と浮舟、橘の小島で歌を詠みかわす

有明の月澄みのぼりて、水の面も曇りなきに、「これなむ橘の小島」と申して、御舟しばしさしとどめたるを見たまへば、大きやかなる岩のさまして、されたる常盤木の影しげれり。(匂宮)「かれ見たまへ。いとはかなけれど、千年も経べき緑の深さを」とのたまひて、

(匂宮) 年経ともかはらむものか橘の小島のさきに契る心は

女も、めづらしからむ道のやうにおぼえて、

(浮舟) 橘の小島の色はかはらじをこのうき舟ぞゆくへ知られぬ

(浮舟⑥一五〇〜一五一)

Bの場面では「浮舟」という呼称の由来となる和歌があり、『源氏物語』成立当時から、浮舟物語の中でもかなり印象的な場面であったと考えられる。ここでは、匂宮が浮舟を連れ出し、匂宮が詠みかけた和歌に対して浮舟が返すという形が取られている。一方、『夢の浮橋』では浮舟が旧八宮邸にて一人きりで歌う歌として描かれている。『源氏物語』における「このうき舟」は、薫と匂宮、二人の男性から思いをかけられ、どちらを拒絶することもできずにいる自分の身の不安定な様子を指す。しかし、『夢の浮橋』の「浮舟」は大君の形代である自分、正確にいえば薫の心の中の大君像に沿って動くことを求められる、「傀儡」のような自分の姿を表現している。「思い出せなくなる　これまでの過ぎた日々さえ　自分のことさえ」という歌詞からは、大君の形代としていつの間にか「自分」を失ってゆく

浮舟の姿が読み取れる。『夢の浮橋』における浮舟像は、「二人の男性の間で揺れる女性」という、『源氏物語』、そして享受史においても最重要視されてきたといえる特徴よりも、作品のテーマである「傀儡」、大君の形代として「縛られ」ているという点を第一に押し出している。だからこそ、匂宮との贈答歌ではなく、浮舟のソロ曲としてこの歌が設定されているのであろう。[16]また、Bでは匂宮が「常磐木」を指しながら「不変」の関係を詠むが、『夢の浮橋』では敢えて「紅葉花」を歌詞に入れ、「移ろう」「消えてゆく」と、「消滅」を歌う。さらには、Bで「有明の月」がのぼり、水面を照らしているのに対し、『夢の浮橋』は「星無き空」であり、漁火が川面を照らしている。贈答歌からソロ曲へ、という「変換」のみならず、ことばの上でもことごとく『源氏物語』本文との違いがみられる。ここでは、移ろいゆくもの、暗い空を歌うことで、浮舟が「自分」を失い、「傀儡」と化してゆく姿をより強調しているのだと考えられる。翻案という、ある程度『源氏物語』から独立した有りようをもつ作品として『夢の浮橋』を捉える軸として「うた」が機能しているのではないか。

薫、浮舟と、主要な役のソロをみてきたが、ここで匂宮の歌についても言及しておきたい。宇治田楽で光源氏の傀儡を見た後、独り歌う曲が本文五である。

【本文五】　第九場・宇治田楽

匂宮「霜枯れの泥濘が／行く手を塞ぐように／足を取り　縋りつく／逃すことは出来ぬと／いつの日からなのか／知らず　悟ったのは／未だ見ぬ　胸躍る／明日さえ私には／許されぬ　罪／消えてゆく中空に　描く毎／せめてもの抗いは／おどけて　瞳背けるだけ／空蟬の　泡沫と／遣り過ごし　生きてきた／なのに未だ　胸疼く／忘れた筈の　遠い記憶／今も僅か残る／信じられた頃の／夢の欠片　探し／夜の闇に　惑う／霧の中で」

この歌は主題歌として公演プログラムに歌詞が掲載されている。曲のタイトルは「泥濘」である。プログラムにはもう一曲、「夢浮橋」という、匂宮と薫のデュエット曲が掲載されているので、この二曲が『夢の浮橋』のテーマを示していることは疑いようがない。匂宮はこの本文五の曲の中で、「胸躍る明日さえ私には　許されぬ」と歌っており、「傀儡」としての自分の姿を歌っているのであるが、「中空」という特徴的な表現が歌詞に出てくることは『源氏物語』とも通じるところがある。Bの場面の直後にこのような場面がある。

【C】　匂宮と浮舟、対岸の宿で過ごす

雪の降り積もれるに、かのわが住む方を見やりたまへれば、霞のたえだえに梢ばかり見ゆ。山は鏡をかけたるやうにきらきらと夕日に輝きたるに、昨夜分け来し道のわりなさなど、あはれ多うそへて語りたまふ。

（匂宮）「峰の雪みぎはの氷踏みわけて君にぞまどふ道はまどはず

木幡の里に馬はあれど」など、あやしき硯召し出でて、手習ひたまふ。

（浮舟）降りみだれみぎはにこほる雪よりも中空にてぞわれは消ぬべき

と書き消ちたり。この「中空」をとがめたまふ。（浮舟⑥一五四）

浮舟が自らの事を「中空にてぞわれは消ぬべき」と詠んでいるのであるが、これはさきほどのBの場面から続く、浮舟の苦悩、「罪」の意識ゆえのことである。『夢の浮橋』の匂宮の歌は、主体が変わるので「罪」の意味するところは異なるが、[17]恋における罪を含む点では共通しており、ことばの上でのつながりは認めてよいだろう。また、匂宮の和歌に「君にぞまどふ」とある点にも注目しておきたい。本文五冒頭で「泥濘」ということばがあらわれるが、これは歌ことばとしては「恋路」と掛けられることばである。「ぬかるみ」と読ませてはいるものの、タイトルにまでなっているこのことばは「こひぢ」の連想から取り入れられたものであろう。Cの場面前半では、「道」をあらわす表現が多用される。冒頭で「泥濘」を用いたのは、この部分との照応を図ってのことであるとも考えられる。一見、『源氏物語』の本文と『夢の浮橋』の当該歌とは、場面としてあまりにも乖離しているようにみえるが、この直後の場面で匂宮は浮舟のもとを訪れ、逢瀬をもつことを考えると、「現実」から離れ、「こひぢ」を踏み分けて「罪」を犯してしまうという重要な重なりがあることが分かる。『夢の浮橋』において、「罪」を犯すことも背負うこともする匂宮の「うた」に、「中空」の語をあてがうことで、匂宮が「傀儡」ではなく自由な身として「こひぢ」を進むことさえままならぬ、「縛られ」た存在であることを描き出しているのだといえるだろう。

以上、主要三役のソロを追ってきたが、『夢の浮橋』の「うた」にはほかにも、『源氏物語』とのつながりを意識させつつ、作品のテーマを示すために『源氏物語』と異なる使い方をする例が見受けられる。『夢の浮橋』は「うた」という表現を通し、『源氏物語』とある程度距離をおいた、宝塚歌劇の作品としての表現を実現しているのである。

五　おわりに ―― 現代の『源氏物語』享受のありよう ――

本章では、宝塚歌劇『夢の浮橋』における「うた」を検討することを通して、『源氏物語』の世界と現代における『源氏物語』、とくに大衆向けのパフォーマンスというスタイルをとるものにおける工夫を考えてきた。筆者は当初、和歌や歌ことばを『源氏物語』そのままの内容で利用し、『源氏物語』の雰囲気を打ち出す手法が取られていると予想していたが、『夢の浮橋』の「うた」においては、『源氏物語』をそのまま利用するのではなく、作品のテーマに沿った形で『源氏物語』が散りばめられていた。これは、『夢の浮橋』が『源氏物語』をなぞるものではなく、翻案作品である[18]こと、その表現姿勢を端的に示している。しかし、このように看取するのはあくまで『源氏物語』を精読する少数の観客のみであろう。

『源氏物語』本文を読まない観客にとって、先述した工夫は直接的に理解しうるものではない。その上、『夢の浮橋』のみの鑑賞では、匂宮の皇太子立坊など、『源氏物語』とは大きく異なる点を『源氏物語』のストーリーとして理解してしまう危険性もはらんでいる。これは現代における古典作品の翻案作品が概して直面する課題であるといえよう。

しかし、注釈書などの研究においては正確な読解が求められるが、作品を多くの人々に伝え、受け継いでゆくことを重視する場合には、その時代にあわせた工夫が求められる。『夢の浮橋』に関する公演評をみると、石井啓夫〔二〇〇九〕は「女の意思の勝利に思えてくる演出」、林嗣響子〔二〇〇九〕は「「自分探し」のテーマが立ち上がっている」と述べている。宝塚歌劇の主要な観客層である女性のニーズに合わせた改変であるというこれらの指摘は、概ね首肯しうるだろう。『夢の浮橋』の改変を具体的に肯定するか否かは捉え方によるであろうが、現代の享受者が共有する意識に目を向けた構成は、古典作品の翻案姿勢の一つといえる。『源氏物語』に描かれるさまざまな話題から何をどのように切り取り、削除あるいは書き足すかは、翻案作品だからこそ自由な試みが可能な点である。

とくに、本章の切り口である「うた」は、『源氏物語』でも地の文と異なる性格を持つものである。宇治十帖では薫の独詠歌、浮舟の手習歌など「うた」に着目した研究も多く、その性質を一言でまとめることはできないが、物語の筋書きに沿って状況や心情を単純に詠出する以上の機能があることは広く認められているといってよいだろう。一方で、現代の大衆は『源氏物語』成立当時に共有されていた和歌的知識をほぼ持たない。その中で、安易に『源氏物語』の和歌や引歌を作品に盛り込むことは、かえって作品を難解にする可能性が高い。それよりも、台詞とは区別され、音楽にのせて歌われるという、歌わない芝居部分に比べ強い印象を与える「うた」においてこそ、作品の翻案姿勢を強く打ち出しており、『源氏物語』をなぞるだけに終わらせなかった『夢の浮橋』は、翻案作品の表現として新たな可能性を拓いたといってよい。もとより「うた」を表現手段としてもつ宝塚歌劇だからこそ可能であった表現ではあるが、『源氏物語』の大衆文化における受容の一端として、このように「うた」を効果的に用いる形も有り得ることを捉えてみた。

※『夢の浮橋』の脚本本文は『宝塚ステージ写真集　ル・サンク vol. 103　通巻262号』（株式会社阪急コミュニケーションズ、二〇〇八年一二月）に拠り、公式 DVD（宝塚クリエイティブアーツ）も参考にした。また、『傀儡子記』（大曾根章介校注）は谷川健一・大和岩雄編『民衆史の遺産　第四巻　芸能漂泊民』（大和書房、二〇一三年）に、『中右記』は『増補　史料大成』（臨川書店、一九六五年）に拠った。なお、いずれも私に表記を改めた箇所がある。

注

（1）宝塚歌劇はスターシステムをとっており、主演をする役者があらかじめ決まっているため、その個性に応じた宛書きがなされるのも特徴であるが、本作品主演の瀬奈じゅんはダンスを得意とし、陰陽どちらかといえば陽の魅力がつよい役者と捉えられていた。また、『夢の浮橋』には宇治の大君・中の君はほぼ登場しない。この点について勝亦志織［二〇一二］は「匂宮を主人公とするために要請されたもの」と述べる。

（2）公演に関する座談会（引用文献等一覧C①）による。

（3）当該場面は現在行われている宇治田楽まつり（引用文献等一覧B）とはまったくことなる曲・歌詞で描かれている。

（4）なお、『夢の浮橋』公演プログラムには、縄野邦雄がコラム「匂宮が春宮候補となった裏事情」を執筆しており、宇治十帖における政治的背景について説明をしている。

（5）大野の経歴等については（引用文献等一覧C②）に基づき、まとめた。なお、大野自身の作ではないが、日本の古典を題材にした作品の再演（二〇一五年『新源氏物語』（田辺聖子原作、柴田侑宏脚本）、二〇一八年『あかねさす紫の花』（柴田侑宏脚本））を手掛けている。また、「レビュー」という形態ではあるが、二〇一八年には自ら脚本・演出を手掛けた、玉藻前を題材とする『白鷺の城』が上演された。その他にも前近代を舞台とした作品も近年、複数手掛けている。

（6）公演プログラムに掲載された「主な登場人物」の記述。

（7）たとえば、春宮候補であった二の宮への接し方について、夕霧は衛門督と宰相中将に対し、「怒らせたところで、何も得る物は無い。…われら源氏の血を継ぐ皇族は、上手く操ることを考えよ。…そう、傀儡が如くに」と説いている。

（8）史実では「傀儡」を糸による「操り人形」と同義と考えることは難しいが、『夢の浮橋』では糸で吊られた人形を「傀儡子の芸」としている。

（9）薫が浮舟に琴を習い覚えるように言うなど、『夢の浮橋』では「琴」がことばの上でも、また音としても積極的に用いられる。この点について大野は、「何か縛り付けるイメージが欲しいなと考えた時に、それは〝糸〟だろうなという所から、琴を使用しました」（引用文献等一覧Ｃ③）と述べている。つまり、「傀儡」を糸で操る人形とすることと、浮舟のかかわる場面に琴が多く用いられることは、「縛りつける」イメージでつながっていることになる。琴を通して「縛りつけられる」という点では、『源氏物語』で、やはり男君の指示で琴を練習する女三の宮も想起されるのではないか。浮舟が匂宮と通じたことを知った薫は、第一一場で女三の宮と柏木を想起しており、『夢の浮橋』が『源氏物語』を「糸」の物語として捉えなおしていることがうかがえる。

（10）当該箇所は『古今集』雑上・九二六の「裁ち縫はぬ衣着し人もなきものをなに山姫の布さらすらむ」が基になっていると考えられる。

（11）宇治田楽まつりは、連綿と続いてきた祭りではない。宇治田楽まつり実行委員会のホームページ（引用文献等一覧Ｂ）によれば、狂言や能の隆盛とともに衰退した田楽の復興をテーマに、一九九八年より活動を開始し、市民オリジナルの宇治田楽を二〇〇一年から上演しているという。

（12）ト書きにも「次第に狂騒の観を呈してゆく」とある。

（13）『洛陽田楽記』にも同様に、田楽で賑わう京の様子が描写されている。

（14）これは現代における『源氏物語』の翻案においては珍しいことである。漫画等、文字を使用した『源氏物語』受容では和歌を解釈つきで掲載する場合がまま見受けられ、演劇においても、たとえば北條秀司の作品では、『源氏物語』の和歌の一部が、そのままのことばで台詞に組み込まれていることが多い。

（15）直前の場面で「（弁の尼）「九月は明日こそ節分と聞きしか」と言ひ慰む。今日は十三日なりけり」（東屋⑥九三）と記述がある。

（16）もっとも、ヒロインにソロ曲をつくるという、宝塚歌劇団の作品として作る上での制約も強く作用しているであろうことは留意せねばならない。その上でなお、「浮舟」をそのソロ曲に詠みこむ用い方は作為的であるといってよいだろう。

（17）ただし、匂宮と女一の宮が会話する場面で、匂宮の台詞に「（自分も女一の宮も）恋うる思いが人に与うる罪を（恐れている）」とある。恋による罪、という点では『源氏物語』の文脈とも通じるものがあるだろう。

（18）倉橋耕平［二〇〇九］は『夢の浮橋』を、「二次創作への可能性を開く」作業をしていると読解してみると面白い」とする。勝亦志織［二〇一二］もこれを支持している。

終章　本書のまとめと今後の展望

一　本書のまとめ

本書では、『源氏物語』を中心とした歌ことば表現について、歌ことばの連想性にとくに着目しながら、『源氏物語』においていかに多様な歌ことば表現がみられるかを示すとともに、後世における受容では、それらが時代にあわせて変容してゆくありさまを明らかにした。以下にまず、各章の結論を簡潔に述べる。

第一部　『源氏物語』における歌ことば表現

第一章　『蜻蛉日記』下巻の歌ことば表現 ―― 和歌の知識共有に基づく技巧として ――

本章では、「引歌」が表現技法として成熟したといわれる『源氏物語』以前に成立したと考えられる『蜻蛉日記』下巻を取り上げ、その時点ですでに複雑な和歌の利用がなされていることを、三例の特徴的な歌ことば表現から明らかにした。その上で、和歌の一節を単純に切り取って引用するだけではない、歌ことばの複雑な利用が『蜻蛉日記』下巻にみられることは、同時代の成立と推定される『古今和歌六帖』をはじめとした、和歌知識の共有に対する意識の高まりにも一因が求められると位置づけた。

第二章　朱雀院と「この道」——引用の型を考える——

本章では、『源氏物語』でもっとも多く引用される「人の親の心は闇にあらねどもこを思ふ道にまどひぬるかな」について、引用の「型」となっていた「心の闇」という形が、朱雀院には一切用いられず、「子」「道」の二語が繰り返し用いられていることを述べた。そして、朱雀院にかかわる描写を捉える上で重要なのは「道」の語であり、「子を思ふ」道にも、「仏」の道にも、完全には足を踏み入れることができない、朱雀院の皮肉なありようを読み解くことができるのだということを歌ことばの切り取り方から位置づけた。また、一首の和歌の引用において、多様な「型」が生成されうること、さらにはそれを読み解くことで人物造型など、作品の広い範囲にかかわる解釈をあらたに拓きうる可能性を示した。

第三章　末摘花巻における「色こきはなと見しかども」——歌を「もどく」使い方——

本章では、『源氏物語』末摘花巻の終盤で、光源氏が末摘花を揶揄して書きつけた手習の一部、「色こきはなと見しかども」について、『古今集』の「紫の色こきときはめもはるに野なる草木ぞわかれざりける」をこの手習から想起しうること、末摘花巻における紫の君と末摘花の対偶関係をふまえると、この巻が「紫」と「紅」の複層的文脈をもつものとして理解されることを明らかにした。巻の終盤に描かれる光源氏の手習は、「花」から「鼻」へ、また「紫」

から「紅」へと、この巻の二重のおかしみを端的に示していると解釈した。
有名な古歌をもどくようにして『源氏物語』の本文に組み込んでいると解釈することで、『源氏物語』の本文世界の範列的な広がりをみずから限定的にしてきた、古注釈以来の豊富な研究史の陥穽ともいいうる側面に対する問題提起を試みた。

第四章　『源氏物語』の「垣」と「なでしこ」――「母」と「子」の文脈――

本章では、『源氏物語』内の歌ことば「なでしこ」「とこなつ」そして「垣」に着目することで、紫の上こそが、光源氏にとって唯一無二の「なでしこ」であると読み取れることを明らかにした。一方で、紫の上は光源氏の領有する「垣」の内側に閉ざされた存在としても位置づけられることを、歌ことばのつながりから述べた。
このように、歌ことばの連想性を手掛かりに、『源氏物語』を広く見渡してゆくことで、これまでとくに和歌とかかわる表現として捉えられてこなかった場合でも、その背景に歌ことばによる他の場面との連関が看取されることを指摘した本章は、歌ことばを単体ではなく、網目状に絡みあうものとして総体的に捉えてゆくことの意義を論じたものである。

第五章　常夏巻における近江の君の文と「垣」――「母」「子」そして「父」――

本章では、『源氏物語』常夏巻における近江の君の文を中心に、「垣」を鍵語として読み解くことを通して、近江の君が自分を弾き出そうとする貴族社会の内側へ、境界を越えて乗り込もうとする人物であることを示し、物語を動かす人物であることを論じた。
具体的には、近江の君の文が弘徽殿女御に対する親近性の主張と隔てをおかれていることへの嘆きの繰り返しからなることを指摘し、近江の君自身はその隔てを主体的に越えようとする動きが描写されていることを明らかにした。その上で前章でも論じた「垣」と「なでしこ」を鍵語として読み解いたとき、その連想の中に「植える人」としての「父」が浮かび上がり、内大臣を父とする姫君たちの物語としての常夏巻を象徴的に描写すること、「母」たる「垣根」の弱体化も描かれていることを明らかにした。歌ことばを軸として、物語内の複層的な文脈を明らかにした本章は、第四章に続き『源氏物語』の文脈の特徴の一端を詳らかにしたものである。

第六章　花散里巻の「垣」と光源氏 ——「垣根を越える貴公子」からの転換点——

本章では、花散里巻にたびたびあらわれる「垣根」の語に着目し、歌ことばとして読みとくことで、光源氏が垣根を越える貴公子から垣根を植える男へと転換するのがこの巻であることを明らかにし、また、この巻にテクストとしてはあらわれないが、「卯の花」が強く想起されうると論じた。そして、「卯の花」が、歌ことばとしては「憂し」を想起させることを踏まえ、花散里巻は「垣根」という歌ことばを介在させながら、深層で「卯の花」が想起され、「憂し」ということばが通底している巻であるということを捉えた。

花散里巻は、古注釈以来指摘されてきた「橘」「ほととぎす」を詠みこんだ和歌の引用の影響が強く、解釈が固定化されてきたといえる。その巻を、歌ことばの連想性から読みとくことで、『源氏物語』の範列的なテクストの深層の一部を読み解くことができると示した。

第七章　幻巻の「植ゑし人なき春」——山吹と「不在」の女君たち——

本章では、幻巻において繰り返される、紫の上が花々を「植ゑし人」であったという描写を切り口に、光源氏が紫の上を悼む一年間、彼女が植えた花々の囲いの内側に引きこもり、それを眺めることで「不在」を意識させるような描き方がされているということを、歌ことばの連想から真木柱巻との共通性を指摘しつつ論じた。
第四章から六章まで続けて論じてきた「垣」という歌ことばから想起されるイメージと、山吹、なでしこという花が想起させるイメージの組み合わせにより、物語内に不在の人物が間接的に想起され、物語の読みを複層的にしてゆく現象を確認し、改めて『源氏物語』のテクストが網目状に広がり、繋がりを持つことを指摘した。

第八章　「雲居の雁もわがごとや」考 ――「出典未詳歌」の捉え方の一例として――

本章では、『源氏物語』少女巻における雲居雁の発言「雲居の雁もわがごとや」を取り上げ、『源氏物語』の当該箇所が『古今集』の「人を思ふ心はかりにあらねどもくもゐにのみもなきわたるかな」に着想を得た可能性を指摘した。この歌を雲居雁の発言の背景におくことで、雲居雁と夕霧の恋の物語を貫く鍵語として「かり」が立ちあらわれ、周囲が思うよりはるかに強い「恋」への思いが主張されていることが読み取れた。また、点描される二人の恋の物語においても、この雲居雁の発言が影響している可能性を述べた。
また、出典未詳歌を捉える方法の一例として、特定の和歌をもとにしながらも、形としては新しく和歌のような形を作り出してゆく、「引歌もどき」とでもいうべき手法がありうることを述べた。

第二部　後世における『源氏物語』受容 ――歌ことば表現の改変を中心に――

第一章　『狭衣物語』における「見えぬ山路」――『源氏物語』における「山路」とのかかわり――

本章では、『源氏物語』の影響をつよく受けているとされる『狭衣物語』において繰り返し用いられる「よのうきめ見えぬ山ぢへいらむにはおもふ人こそほだしなりけれ」という和歌の利用に、『源氏物語』で当該の歌が利用された場面の内容が組み込まれていることを論じた。『狭衣物語』が「見えぬ山路」という「型」を用いて当該の歌を利用するときは、『源氏物語』でその形が用いられていた場面と同様に、「ほだし」を希求するという逆説的な思いのあらわれとして機能していることが特徴的であった。さらに、「山路」「山道」ということばまで広くみてゆくと、やはり『源氏物語』の宇治十帖の影響を強く受け、「恋の道」としての意味を持って用いられていると位置づけた。

第二章　梅翁源氏における引歌——『雛鶴源氏物語』を中心に——

本章では、『源氏物語』の初期俗語訳である梅翁の『雛鶴源氏物語』を取り上げ、その歌ことば表現を分析した。梅翁源氏は、全体的には歌ことば表現と本文が渾然一体となっている『源氏物語』のテクストから、和歌を切り離して抽出してしまっているなど、肯定的には捉えにくい点も多い。しかし、和歌の知識を持たずとも『源氏物語』の内容を知ることができるように、歌ことばを含んだまま『源氏物語』を俗語に置き換えたという点では、それまでの「源氏学」とも呼ばれる注釈中心の享受とは一線を画した表現上の工夫であると捉えられる。本章は、俗語訳の黎明期における歌ことば表現の扱いについて、享受史の一端を明らかにしたものである。

第三章　田辺聖子『新源氏物語』における「闇」——「恋の闇」としての利用——

本章は、田辺聖子の『新源氏物語』について、歌ことばとして『源氏物語』本文でも特徴的な利用がされている「闇」を切り口とし、『新源氏物語』における「闇」は、専ら「恋の闇」としてあらわれること、『源氏物語』では和歌が引用されていない箇所に、歌ことばが用いられていることを明らかにした。さらに、『新源氏物語』の創作部分においても「闇」が鍵語として機能していることを指摘し、『源氏物語』とは異なる作品として、『新源氏物語』全体を貫く独自のテーマの一つに、「恋の闇」がある可能性を示した。

第四章　宝塚歌劇『源氏物語千年紀頌　夢の浮橋』にみる『源氏物語』受容
――古典と現代文化を繋ぐものとしての「うた」の利用――

本章は、宝塚歌劇のミュージカル作品を取り上げ、『源氏物語』を基としながらも、意図的な改変を加え、独自のテーマを提示する作品の存在を明らかにした。当該の作品は、『源氏物語』にあらわれる特徴的な歌ことばを、作品のテーマである「血筋によって縛られてゆく運命」に合わせて取り入れる一方で、『源氏物語』にはない歌ことばもあらたに取り入れるなど、前章の『新源氏物語』同様、翻案作品ならではの自由な歌ことばの利用がみられた。

現代の『源氏物語』受容作品、とくに翻案を伴うものにおいては、歌ことばは必ずしも忠実に受け継がれているとはいえないが、その変容をみてゆくことで、現代における『源氏物語』の捉えられ方を考える端緒になると位置づけた。

二　今後の展望

本書の第一部では、『源氏物語』に主軸をおき、歌ことばの連想性に着目してテクストの連関を読み解いてきた。「連想」、つまり連なって想い起こされるという性質をテーマにする以上、一つの事例を指摘すると、関連する歌ことばがいくつもあらわれる。各章のまとめでも示した通り、まずはそれぞれに付随してあらわれた問題について、今後考えてゆきたい。また、第一章で取り上げた『古今和歌六帖』は、『源氏物語』成立当時、巷間に流布していたと思われる類題和歌集であり、当時の和歌知識の基盤を考える上で非常に重要な歌集であるが、現存する諸本の状況から、なかなかそれを軸にした研究が進めにくいのが現状である。しかし、歌ことばの連想性を考える上で、こういった類題和歌集におさめられた和歌と、散文作品における歌ことばの利用の相関関係を考えることは重要であろう。その考察を通して、『源氏物語』成立当時に読者が共有していた歌ことばに対する理解を明らかにしてゆきたい。

一方で、第一部第三章、第六章、第八章で扱ったような、古注釈の指摘が無批判に踏襲されてきた結果、『源氏物語』が本来持っていた範列的な文脈が捨象され、読みの固定化が起きているという問題についても、まだ論じるべき課題が多く残されている。『源氏釈』などの古注釈があげる出典未詳歌が、現存する歌集などには含まれていないという可能性を否定することはできないが、そこに固執するばかりでなく、より多様な読みの可能性を想定してゆきたい。

また、第四章から第七章にかけて論じた「垣」にまつわる一連の議論からは、『源氏物語』の重層的な文脈を、歌ことばを軸として読み解くことにより、従来見過ごされてきた場面の連関が明らかになった。歌ことばが想起させるイメージでつながることば、といった緩やかなレベルでの連想性を丁寧に紐解いてゆくことで、『源氏物語』の和歌的な側面が従来読まれてきたよりもさらに緻密でおもしろみがあることを明らかにできた。

第二部では、『源氏物語』の受容を歌ことばの観点から考え、平安後期物語、近世の俗語訳、現代の小説、現代の演劇と、それぞれ異なる性質を持つ作品を取り上げたが、『源氏物語』の享受史のほんの一部にすぎないことは明らかである。本書では歌ことばを切り口とし、『源氏物語』のテクストから離れてゆくような歌ことば表現がみられる例も論じたが、とくに現代の作品においては、『源氏物語』成立当時と比べて享受者の持つ和歌知識に大きな隔たりがある。この知識の差をふまえた上でなお、歌ことば表現が作品に用いられているという事象は興味深い。本書における議論は、作品ごとの歌ことば表現を切り口としているが、今後は『源氏物語』享受史の中で特定の歌ことばの利用について、通史的にみてゆくような方向性にも取り組み、そのことばの連想性を具体的に明らかにする研究も必要であろう。たとえば、第二部第三章で扱った「闇」は現代の『源氏物語』享受作品において、特徴的に用いられていることが多い。こういったことばについてみてゆくことで、翻って『源氏物語』の読みに還元されるところもあると思われる。

本書を通して、個別の歌ことばに関する課題から、歌ことばを総体的に捉えようとする課題まで、さまざまな問題がみえてきた。古注釈以来、和歌と『源氏物語』テクストのかかわりについては非常に多くの研究成果があり、いずれも示唆に富むものではあるのだが、その豊富さゆえにかえって読みが固定化しがちで、歌ことばの連想性が見落とされることにより、かえって狭い範囲の読みに終始してしまう側面もあったように思われる。また、後世の『源氏物語』受容作品においては、『源氏物語』の歌ことば表現をいかに的確に表現しているかが評価のポイントになりがちであるという問題もある。今後は、歌ことばが連想性を持ち、かつ『源氏物語』を含め、さまざまな作品の内容を含みながら変容もしてゆく柔軟なものであることを意識した研究をいま一歩、おし進めてゆきたい。

引用文献等一覧

A 書籍・論文

青木賢豪［二〇一四］「山路」（久保田淳・馬場あき子編『歌ことば歌枕大辞典』古典ライブラリー版）

青木賜鶴子［二〇一四］「葦垣」（久保田淳・馬場あき子編『歌ことば歌枕大辞典』古典ライブラリー版）

秋山虔［一九六四］「近江の君とその周辺」（『源氏物語の世界―その方法と達成―』東京大学出版会）

秋山虔・木村正中・上村悦子［一九七二］「蜻蛉日記注解 98 右馬頭の養女求婚（1）」（『国文学 解釈と鑑賞』三六―二、至文堂）

秋山虔［一九七八］「蜻蛉日記の文体形成―地の文に融合する引歌について―」（上村悦子編『論叢王朝文学』笠間書院）

麻生裕貴［二〇一二］「玉鬘への「撫子」「山吹」の喩」（『学芸古典文学』五、東京学芸大学国語科古典文学研究室）

阿部秋生［一九八九］「六条院の述懐」（『光源氏論―発心と出家』東京大学出版会）

伊井春樹［一九七七］『源氏物語引歌索引』（笠間書院）

伊井春樹［一九八一］「源氏物語の引歌―兼輔詠歌の投影―」（『源氏物語論考』風間書房）

飯塚ひろみ［二〇一一］『源氏物語 歌ことばの時空』（翰林書房）

井浦芳信［一九七二］「梅翁源氏の初作「若草源氏物語」―二つの序文を中心とする考察―」（『人文科学科紀要』五五、東京大学出版会）

石井　啓夫［二〇〇九］「月組『夢の浮橋』『Apasionado!!（アパショナード）』演出、冴える。和に！　洋に！」（『歌劇』二〇〇九年一月号、株式会社阪急コミュニケーションズ）
石川　徹［一九九六］『源氏物語』末摘花巻の引歌の研究」（『帝京国文学』三、帝京大学国語国文学会）
井上　新子［二〇一一］「「恋の道」の物語―『狭衣物語』における恋心の形象と〈道〉及び〈土地〉に関わる表現をめぐって―」（井上眞弓・乾澄子・鈴木泰恵編『狭衣物語　空間／移動』翰林書房）
伊原　昭［一九六七］「色紙と文付枝の配色―特に源氏物語について―」（『平安朝文学の色相―特に散文作品について―』笠間書院）
伊原　昭［一九八九］『源氏物語』における色のモチーフ―〝末摘花〟の場合―」（佐藤泰正編『「源氏物語」を読む』笠間書院）
今井　久代［二〇〇九］『源氏物語』にとって、自然描写とは何か」（『日本文學』一〇五、東京女子大学）
今井　久代［二〇一四］「花散里の物語の語るもの」（原岡文子・河添房江編『源氏物語　煌めくことばの世界』翰林書房）
上野　辰義［二〇一四］「幻巻の春―付、その舞台をめぐる余説―」（『京都語文』二一、佛教大学国語国文学会）
鵜飼　祐江［二〇一一］「玉鬘の「撫子」「対の姫君」呼称について―「夕顔」「常夏」と絡めながら」（『東京女子大学紀要論集』六一―一、東京女子大学論集編集委員会）
大井田晴彦［二〇〇三］「夕霧と雲居雁の恋―「少女」から「藤裏葉」まで―」（『源氏物語の鑑賞と基礎知識三一　梅枝・藤裏葉』至文堂）
大井田晴彦［二〇〇六］「夕霧の幼な恋と『伊勢物語』二十三段」（室伏信助監修・上原作和編集『人物で読む『源氏物語』第一六巻　内大臣・柏木・夕霧』勉誠出版）

太田　敦子［二〇一八］「藤壺中宮の筆跡―「ほのかに書きさしたるやうなる」をめぐって―」（原岡文子・河添房江編『源氏物語　煌めくことばの世界Ⅱ』翰林書房）
大津　直子［二〇一五］『源氏物語』と〈母恋〉―光源氏と藤壺、若紫―」（『國學院大學大学院平安文学研究』五・六合併号、國學院大學平安文学研究会）
大取　一馬［二〇一四］「暗部山」（久保田淳・馬場あき子編『歌ことば歌枕大辞典』古典ライブラリー版）
岡崎　義恵［一九六〇］「花散里の物語」（『岡崎義恵著作集5　源氏物語の美』宝文館）
岡田ひろみ［二〇一七］「平安私家集の「折り枝」用例集Ⅰ」（『共立女子大学文芸学部紀要』六三、共立女子大学文芸学部）
柿本　奨［一九六六］『蜻蛉日記全注釈　下巻』（角川書店）
葛西　恵理［二〇一二］『源氏物語』六条院に住む女性たち―花散里と〈夏〉の町をつなぐもの―」（『皇學館論叢』四五―二、皇學館大學人文學會）
片岡　利博［二〇〇二］「引用論の基礎的問題」（王朝物語研究会編『論叢狭衣物語3　引用と想像力』新典社）
片桐　洋一［一九七五］『鑑賞日本古典文学　伊勢物語・大和物語』角川書店
片桐　洋一［一九九九a］「うのはな」（『歌枕歌ことば辞典　増訂版』笠間書院）
片桐　洋一［一九九九b］「心の闇」（『歌枕歌ことば辞典　増訂版』笠間書院）
片桐　洋一［一九九九c］「時雨」（『歌枕歌ことば辞典　増訂版』笠間書院）
片桐　洋一［一九九九d］「ほととぎす」（『歌枕歌ことば辞典　増訂版』笠間書院）
勝亦　志織［二〇〇六］『源氏物語』「幻」巻論」（『学習院大学人文科学論集』一五、学習院大学大学院人文科学研究科）
勝亦　志織［二〇一一］「〈見えない〉ヒロイン今上帝女一の宮の可視化が物語るもの―宝塚歌劇　源氏物語千年紀頌

『夢の浮橋』をめぐって―」（『物語研究』第一一号、物語研究会）
河添房江［一九八四］「花の喩の系譜―源氏物語の位相―」（『日本の美学』一―三、燈影舎）
河添房江［二〇〇〇］「あいなく御顔も引き入れ給へど―幼な恋の輝きと強度」（『國文學　解釈と教材の研究』四五―九、學燈社）
河添房江［二〇〇五］「末摘花と唐物―唐櫛笥・秘色・黒貂の皮衣―」（室伏信助監修・上原作和編集『人物で読む源氏物語　第九巻　末摘花』勉誠出版）
川元ひとみ［二〇〇七］「近世前期小説と『源氏物語』―『風流源氏物語』を中心に―」（伊井春樹監修・江本裕編『講座源氏物語研究　第五巻　江戸時代の源氏物語』おうふう）
瓦井裕子［二〇一五］「幻巻と月次屛風の世界―その絵画性と歌ことばの視点から―」（『詞林』五八、大阪大学古代中世文学研究会）
神田龍身［二〇一三］『『源氏物語』「若菜」巻・断章―抑圧したものは回帰する」（『アナホリッシュ國文學』四、響文社）
喜多義勇［一九三七］『蜻蛉日記講義』（武蔵野書院）
北村結花［二〇〇〇］「夢見る頃を過ぎても―田辺聖子『新源氏物語』論」（『国際文化学研究』一四号、神戸大学大学院国際文化学部）
木村正中・伊牟田経久［一九九五］『新編日本古典文学全集　13』（小学館）
木村正中［二〇〇二］「蜻蛉日記の文体―引歌について―」（『中古文学論集』第二巻、おうふう）
久下晴康［一九七四］「狭衣物語の引歌―その爛熟性について―」（『平安文学研究』五二、平安文学研究会）

久富木原玲［二〇一七］「異端へのまなざし―『源氏物語』近江の君の考察から」（『源氏物語と和歌の論―異端へのまなざし』青簡舎）
熊谷　義隆［二〇〇七］「少女巻から藤裏葉巻の光源氏と夕霧―野分巻の垣間見、そして描かれざる親の意思―」（森一郎・岩佐美代子・坂本共展編『源氏物語の展望　第一輯』三弥井書店）
倉田　実［二〇〇六］『蜻蛉日記の養女迎え』（新典社）
倉橋　耕平［二〇〇九］「《反復》が〝正典〟の可能性を開く!?―大野の挑戦を勝手に考えちゃう」（『宝塚イズム』七、青弓社）
栗山　元子［一九九八］「『源氏物語』末摘花巻における引用の諸相」（『国文学研究』一二五、早稲田大学国文学会）
呉羽　長［二〇〇一］「日本古典文学の現代語訳―『源氏物語』の場合―」（『表現研究』七四号、表現学会）
古今和歌六帖輪読会［二〇一二］『古今和歌六帖全注釈　第一帖』（お茶の水女子大学附属図書館 E-book サービス）
小嶋菜温子［二〇〇五］「若菜・幻巻の光源氏―〝賀＝慶祝〟の反世界へ」（室伏信助監修・上原作和編集『人物で読む源氏物語　第三巻　光源氏Ⅱ』勉誠出版）
後藤　利雄［一九五三］「古今和歌六帖の編者と成立年代に就いて」（『国語と国文学』三〇―五、東京大学国語国文学会）
小林　雄大［二〇二三］「『源氏釈』における同時代人詠、後人詠の注について」（『日本文学』七二―六、日本文学協会）
小町谷照彦［一九六五］「「幻」の方法についての試論―和歌による作品論へのアプローチ―」（『日本文学』一四―六、日本文学協会）
小町谷照彦［一九八四］『源氏物語の歌ことば表現』（東京大学出版会）

小町谷照彦［一九九三］「方法としての作中歌―夕霧と雲居雁との結婚譚に即して―」（『和歌文学論集』編集委員会編『和歌文学論集3　和歌と物語』風間書房）
小町谷照彦［一九九七］『王朝文学の歌ことば表現』（若草書房）
近藤みゆき［一九九八］「古今和歌六帖の歌語―データベース化によって見た歌語の位相―」（小町谷照彦・三角洋一編『歌ことばの歴史』笠間書院）
斎藤菜穂子［二〇一一］「鳴滝籠りの引歌表現群」（『蜻蛉日記研究　作品形成と「書く」こと』武蔵野書院）
坂　徴［一九二九］『蜻蛉日記解環』（『国文学註釈叢書　六』名著刊行会）
佐田　公子［二〇一四］「卯の花」（久保田淳・馬場あき子編『歌ことば歌枕大辞典』古典ライブラリー版）
佐藤　和喜［一九九三］「蜻蛉日記歌の変貌」（『平安和歌文学表現論』有精堂出版）
佐藤　恒雄［二〇一四］「雲居」（久保田淳・馬場あき子編『歌ことば歌枕大辞典』古典ライブラリー版）
椎橋真由美［二〇〇三］「源氏物語作中歌攷―末摘花の姫君（一）―」（『東洋大学大学院紀要』四〇、東洋大学大学院）
清水　好子［一九六八］「源氏物語の人間と自然―夕映えの人―」（『國文學　解釈と教材の研究』一三―六、學燈社）
庄司　敏子［二〇一一］『蜻蛉日記』下巻「養女求婚記事」の「ほととぎす」―上巻との照応―」（『早稲田大学大学院文学研究科紀要』五六、早稲田大学大学院文学研究科）
陣野　英則［二〇〇九］「玉鬘と弁のおもと―求婚譚における「心浅き」女房の重要性―」（久保朝孝・外山敦子編『端役で光る源氏物語』世界思想社）
新間　一美［二〇〇八］「源氏物語帚木巻の「なでしこ」について―漢詩表現との関わりを中心に―」（横井孝・久下裕利編『源氏物語の新研究―本文と表現を考える』新典社）

杉田　昌彦［二〇一四］「石上」（久保田淳・馬場あき子編『歌ことば歌枕大辞典』古典ライブラリー版）
鈴木日出男［二〇一三］『源氏物語引歌綜覧』（風間書房）
鈴木　裕子［二〇一一］「『源氏物語』の歌ことば引用・光源氏と空蟬の和歌贈答場面から」（『駒澤日本文化』五、駒澤大学総合教育研究部日本文化部門）
鈴木　宏子［二〇〇六］「「心の闇」がもたらすもの―朱雀院・桐壺更衣母―」（『むらさき』四三、武蔵野書院）
鈴木　宏子［二〇一二a］『王朝和歌の想像力　古今集と源氏物語』（笠間書院）
鈴木　宏子［二〇一二b］「三代集と源氏物語―引歌を中心として―」（『王朝和歌の想像力　古今集と源氏物語』笠間書院）
鈴木　宏子［二〇一二c］「若紫巻と古今集」（『王朝和歌の想像力　古今集と源氏物語』笠間書院）
鈴木　宏子［二〇一二d］「藤壺の流儀―「袖ぬるる露のゆかりと思ふにも」―」（『王朝和歌の想像力　古今集と源氏物語』笠間書院）
鈴木　宏子［二〇一二e］「幻巻の時間と和歌―想起される過去・日々を刻む歌―」（『王朝和歌の想像力　古今集と源氏物語』笠間書院）
鈴木　宏子［二〇二三］「幻巻×和歌　作中歌・引歌・歌ことば」（河添房江・松本大編『源氏物語を読むための25章』武蔵野書院）
鈴木　泰恵［二〇〇七］「浮舟から狭衣へ―乗り物という視点から」（『狭衣物語／批評』翰林書房）
妹尾　好信［二〇一九］「人の親の心は闇か―『源氏物語』最多引歌考―」（『源氏物語　読解と享受資料考』新典社）
高木　和子［二〇〇二］「光源氏の出家願望―『源氏物語』の力学として―」（『源氏物語の思考』風間書房）
高木　和子［二〇〇九］「花散里・朝顔の姫君・六条御息所の物語と和歌」（池田節子・久富木原玲・小嶋菜温子編『源

氏物語の歌と人物』翰林書房)

高橋　伸幸［一九八三］「古体」語誌(『古語大辞典』小学館)

高柳　祐子［二〇〇八］「歌語「こひぢ」考―六条御息所は「恋路」にまどうか」(小嶋菜温子・渡部泰明編『源氏物語と和歌』青簡舎)

武田比呂男［二〇〇八］「宝塚歌劇『花のいそぎ』小論―小野篁説話の変奏―」(『十文字国文』第一四号、十文字学園女子大学短期大学部国語国文学会)

立石　和弘［二〇〇五］『源氏物語』の現代語訳」(立石和弘・安藤徹編『源氏文化の時空』森話社)

田中　康二［二〇一五］「俗語訳成立史」(『本居宣長の国文学』ぺりかん社)

田中佐代子［二〇〇二］『狭衣物語』引き歌表現の諸相」(王朝物語研究会編『論叢狭衣物語3　引用と想像力』新典社)

田辺　聖子［一九七八］『源氏物語』とつきあって」(『波』一二―八、新潮社)

田辺　聖子［一九八五ａ］「源氏という男」(『源氏紙風船』新潮社)

田辺　聖子［一九八五ｂ］「埋める作業」(『源氏紙風船』新潮社)

田辺　聖子［一九八五ｃ］「私の好きな文章」(『源氏紙風船』新潮社)

田渕句美子［二〇一二］『大和物語』瞥見―「人の親の心は闇にあらねども」を中心に」(谷知子・田渕句美子編著『平安文学をいかに読み直すか』笠間書院)

塚原　明弘［二〇一七］「「葎の門」の「らうたげならむ人」―光源氏と花散里―」(『國學院雑誌』一一八―一〇、國學院大學)

津島　昭宏［一九九七］「「悪き」近江の君」(『中古文学』五九、中古文学会)

津島　昭宏［二〇〇六］「ふたりの母―「撫づ」明石の君と「もてあそぶ」紫の上―」（『古代中世文学論考』第一七集、新典社）
外山　敦子［二〇〇六］「揺れる花散里―起点としての五月雨―」（室伏信助監修・上原作和編集『人物で読む源氏物語　第一四巻　花散里・朝顔・落葉の宮』勉誠出版）
中　周子［二〇〇九］「『新源氏物語』の挑戦―和歌の扱いをめぐって―」（『樟蔭国文学』四六号、大阪樟蔭女子大学国語国文学会）
中　周子［二〇一〇］「田辺聖子と古典文学―『新源氏物語』における花散里の形象を中心に―」（『樟蔭国文学』四七号、大阪樟蔭女子大学国語国文学会）
中　周子［二〇一一］「『源氏物語』のリライトと和歌」（『樟蔭国文学』四八号、大阪樟蔭女子大学国語国文学会）
中　周子［二〇一二］「『源氏物語』現代語訳における和歌の翻訳―与謝野晶子から田辺聖子へ―」（『文学・語学』二〇二号、全国大学国語国文学会）
長嶋さち子［二〇一四］「山吹」（久保田淳・馬場あき子編『歌ことば歌枕大辞典』古典ライブラリー版）
中西　紀子［二〇〇三］「雲居雁―家族愛の発進」（『源氏物語の姫君―遊ぶ少女期』溪水社）
中野　方子［二〇一五］「源氏物語の異言語―常夏・篝火巻と近江君―」（助川幸逸郎・立石和弘・土方洋一・松岡智之編『新時代への源氏学5　構築される社会・ゆらぐ言葉』竹林舎）
野口　武彦［一九七八］『花の詩学』（朝日新聞社）
野口　武彦［一九九五］「古典文学の通俗化―都の錦『風流源氏物語』をめぐって」（『源氏物語』を江戸から読む』講談社）

野村　精一［一九七八］「少女」（『源氏物語必携』學燈社）
萩野　敦子［一九九八］『源氏物語』における親の〈心の闇〉と〈道〉」（『駒澤大学苫小牧短期大学紀要』三〇、駒澤大学苫小牧短期大学）
林　嗣　響子［二〇〇九］「平成の『源氏物語』はナイーヴな自分探し」（『宝塚イズム』七、青弓社）
檜垣　　孝［二〇一四］「垣根」（久保田淳・馬場あき子編『歌ことば歌枕大辞典』古典ライブラリー版）
東原　伸明［二〇一八］「「和歌」から「散文叙述」へ＝「地の文」に融合する引歌—『土左日記』から『蜻蛉日記』・『源氏物語』への補助線」（『高知県立大学文化論叢』六、高知県立大学文化学部）
土方　洋一［二〇〇〇ａ］「テクスト論の方法—序に代えて—」（『源氏物語のテクスト生成論』笠間書院）
土方　洋一［二〇〇〇ｂ］「源氏物語における画賛的和歌」（『源氏物語のテクスト生成論』笠間書院）
飛田　範夫［一九九九］「日本の生垣の歴史的変遷について」（『ランドスケープ研究』六二—五、日本造園学会）
飛田　範夫［二〇〇二］「平安時代の庭園植栽」（『日本庭園の植栽史』京都大学学術出版会）
日向　一雅［二〇〇三］「六条院の光源氏と玉鬘—継子譚の話型を媒介にして—」（伊藤博・宮崎荘平編『王朝女流文学の新展望』竹林舎）
平井　卓郎［一九六四］『古今和歌六帖の研究』（明治書院）
平林　優子［二〇〇五］「雲居雁の変貌」（『東京女子大学紀要論集』五六—一、東京女子大学）
平林　優子［二〇一四］「光源氏と女君たちの「つらし」・「心うし」・「うし」」（原岡文子・河添房江編『源氏物語　煌めくことばの世界』翰林書房）
広瀬　唯二［一九八八］「母性と光源氏像—源氏物語における親と子—」（源氏物語探究会編『源氏物語の探究　第一三輯』

風間書房）
藤本　勝義［一九九四］「第二部の朱雀院」（『源氏物語の想像力―史実と虚構―』笠間書院）
藤原　克己［二〇〇六］「幼な恋と学問―少女巻―」（室伏信助監修・上原作和編集『人物で読む源氏物語　第一六巻　内大臣・柏木・夕霧』勉誠出版）
古瀬　雅義［二〇〇七］「雲居雁が聞いた音―「風の音・竹のそよめき・雁の声」―」（『古代中世国文学』二三、広島平安文学研究会）
古瀬　雅義［二〇一一］『『古今和歌六帖』享受の方法―「言はで思ふ」歌を通してみた『枕草子』との位相―」（森一郎・岩佐美代子・坂本共展編『源氏物語の展望　第一〇輯』三弥井書店）
堀口悟・横井孝・久下裕利［一九九一］『新典社索引叢書8　平安後期物語引歌索引　狭衣・寝覚・浜松』（新典社）
益田　勝実［一九五四］「源氏物語の端役たち」（『文学』二二―二、岩波書店）
待井　新一［一九六二］「源氏物語幻の巻の解釈―二条院か六条院か―」（『国語と国文学』三九―一二、東京大学国語国文学会）
三谷　邦明［一九七五］「花散里巻の方法―伊勢物語六十段の扱い方を中心に―」（『中古文学』一五、中古文学会）
御津町教育委員会［一九九三］『御津町史編集図録3　室の祭礼』（御津町史編集室編・八木哲浩監修、御津町教育委員会）
緑川眞知子［一九九五］「源氏物語におけるトポスの確立と変容―「闇」の語をめぐって―」（早稲田大学大学院中古文学研究会編『源氏物語と平安文学　第四集』早稲田大学出版部）
村尾　誠一［二〇一四］「雁」（久保田淳・馬場あき子編『歌ことば歌枕大辞典』古典ライブラリー版）
室城　秀之［二〇二〇］『古今和歌六帖(下)』（和歌文学大系四六、明治書院）

室伏　信助［一九七一］「末摘花」（『国文学　解釈と鑑賞』三六―五、至文堂）
藪　葉子［二〇〇八］『源氏物語』における古歌の利用の様相―人物と出典の関係から」（『武庫川国文』七一、武庫川女子大学国文学会）
山口　一樹［二〇一九］「玉鬘の物語における女房集め」（『中古文学』一〇三、中古文学会）
山崎　薫［二〇二三］「「藤裏葉」巻における催馬楽「葦垣」―「年経にけるこの家の」考―」（『物語と催馬楽・風俗歌―うつほ物語から源氏物語へ』新典社）
山田　洋嗣［二〇一四］「籬」（久保田淳・馬場あき子編『歌ことば歌枕大辞典』古典ライブラリー版）
吉野　朋美［二〇一四］「水無瀬」（久保田淳・馬場あき子編『歌ことば歌枕大辞典』古典ライブラリー版）
吉野　誠［二〇一九］「近江の君の歌とことば―玉鬘十帖の一対の姫君―」（『学芸国語国文学』五一、東京学芸大学国語国文学会）
吉原理恵子［一九八六］「源氏物語における朱雀院の位置―その領導する世界―」（『新潟大学国文学会誌』二九、新潟大学人文学部国文学会）
吉見　健夫［二〇一四］「紅葉賀巻の藤壺の歌「袖ぬるる〜」の解釈をめぐって―源氏物語の和歌の表現と場面形成―」（『国文学研究』一七三、早稲田大学国文学会）
レベッカ・クレメンツ［二〇一一］「もう一つの「注釈書」―江戸時代における『源氏物語』の初期俗語訳の意義―」（陣野英則・緑川真知子編『平安文学の古注釈と受容　第三集』武蔵野書院）
渡辺　秀夫［一九八一］「道綱母をめぐる文化圏」（『一冊の講座』編集部編『一冊の講座　蜻蛉日記　日本の古典文学1』有精堂出版）

B ホームページ（いずれも二〇二四年八月一七日参照）

・兵庫県たつの市ホームページ https://www.city.tatsuno.lg.jp/bunkazai/shitei_bunkazai/kosatukimaturi.html

・宇治田楽まつりホームページ http://ujidengaku.com/

C 座談会・対談・インタビュー

①座談会 『歌劇』二〇〇八年一一月号（株式会社阪急コミュニケーションズ）

②桑野友恵との対談番組 「演出家プリズム～未来への扉～♯10 大野拓史」（宝塚スカイステージ（CS放送）、二〇一四年六月一八日視聴）

③インタビュー記事 『歌劇』二〇〇九年一月号（株式会社阪急コミュニケーションズ）

あとがき

研究の道に進むことなど思いもよらなかった私が、どうにか研究者として歩き始め、ひとまず単著の刊行にまでこぎつけることができたのは、幾重にもなる出会いのおかげだと感じている。

幼い頃から同じ絵本を繰り返し母に読んでもらっていつのまにか暗唱してしまったり、ごっこ遊びの設定を練り上げ妹を付き合わせたりと、「つくりごと」の世界で遊ぶことが大好きな子どもだった。当然好きな科目は国語で、中学高校時代の恩師に影響を受け、古典を専攻して国語科の教員になりたいと思うようになった。大学受験では志望した大学に手が届かなかったが、報告を受けた学年の先生の「平田さんは早く専門の勉強をした方が良いと思う」という言葉にも背中を押され、ご縁をいただけた早稲田大学の文化構想学部に一期生として入学することになった。

四年間しっかり勉強して教員になることばかり考えていた私は、一年生の春学期からとにかく教員免許に必要な科目をできるだけ履修して、中古文学に関わることを一刻も早く学びたいと目を皿のようにしてシラバスからめぼしい授業を探し出した。そのときに全学部開放科目でお世話になったのが陣野英則先生であった。先生はどんな拙い発表に対しても議論を展開する糸口を見つけてコメントをされていて、そのレシーブ力に驚くと同時に、学生を対等に議論する相手として扱われることにも戸惑いつつ嬉しく思ったことを強く覚えている。

そんな日々を送る中で、どうも文化構想学部では平安時代の物語や和歌を専門に勉強するゼミが（当時は）ないようだと気づき、転部して文学部の日本語日本文学コースに行きたいと思うようになった。ところが私の入学した年度は日文コースの転部は募集がなく、あっけなく望みが絶たれてしまった。落胆してどうしたらよいものかと基礎演習でお世話になった上野和昭先生に相談にうかがったところ、先生は「学部の間は私のゼミに来て、それで好きなように源氏でもなんでも論文を書いたら良い。そして大学院に進んで思いっきり好きなことを学びなさい。あなた、研究者になる気はありませんか」とおっしゃった。冗談だろうと思って聞き流してしまった私に、先生はその後も辛抱強く研究のおもしろさを教えようと、学部生の研究会や古書店巡りに誘ってくださった。また、二年生になってからは同期の誘いで、授業外で自主的に集まり勉強する源氏物語研究班にも参加するようになった。そのときに出会った先輩方や同期の研究に対する情熱に感化され、次第にもう少し文学の深淵を見てみたいと思うようになった。

一方で教員になりたいという気持ちもまだ強くあり、研究と教育と両方に携わろうと安易に考え、大学院の修士課程に進むと同時に中学・高校の非常勤講師として働き始めた。就職したのは偶然、大学の系属校だったのだが、非常勤講師の中には研究を続けているベテランの先生や、同じように大学院に通う先生などが多く、その環境が楽しくて刺激を受けた。繁忙期には徹夜することも珍しくなく、体力的にはかなりつらい二年間だったが、この時期に教壇に立ってまだ幼い生徒たち相手に古典のおもしろさを伝えようと奮闘した経験は、いま、教養学部で教える身になって大変役立っていると感じる。ただ、研究も教育も初心者段階であるのにあちこちに手を出したことで、修士課程の間に研究史をしっかり勉強して自分の立つ場所を考えつづけていた同期たちと差がついたことは痛感していた。

学部時代に、当時大学院生だった先輩から「人に自分の信じるなにかを納得させようと思ったら一〇年はかかると思いなさい」と言われたことがずっと頭の片隅にあったのだが、博士後期課程で本格的に学会発表や査読誌への投稿を始めると、この言葉を毎日のように思い出すようになった。学部時代、『古今和歌六帖』採録歌の『源氏物語』への影響についてゼミ論文を書こうとしたことをきっかけに、引歌や歌ことば表現と呼ばれる表現技法を専門にするようになっていたが、あまりに分厚い研究史と、それに比してあまりに不勉強であったことが原因となり、相手にする歌ことば自体すら、どのように位置づけるか、自分の立場を決められずにいた。『源氏物語』を読む中でなんとなく引っかかったことを研究指導の場に持っていくものの、論文にしてみる段階にすら至らないことも多く、これはなんとかなりそうだと論文化してみても、ふわふわと立ち位置の定まらないことを査読者に看破されて不採用になることが続いた。今でこそこのように振り返ることができるが、議論のスタート地点を否定されるわけなので、当時の私にはかなりこたえた。ある種の逃避のように、宝塚歌劇の作品を受容史の観点から取り上げてみる発表を研究室合宿でしたところ、思いのほかおもしろがってもらえて、研究のもう一つの軸足にエンターテインメント作品の中の『源氏物語』を加えることができたのだが、こちらも何がしたいのかが定まらないまま、なんとなく表現の分析をしている時期が続き、いまひとつすっきりしないまま、修士課程に入学して八年後に、陣野先生、兼築信行先生、福家俊幸先生にご指導いただいてどうにか博士論文を形にして学生生活を終えた。

もう学生ではないのだから、自分ひとりの力で研究を形にしてゆかねばならないと気負っていたが、相変わらず査読は通らず、好きなことを書こうにも自信がなくて踏み出せず、どうしたらよいのか悩んでいるうちに獨協大学への就職が決まった。そして着任と同時に新型コロナウイルスの流行ですべてが止まってしまった。慣れない環境に加えてフルリモートで授業も壁打ち状態。とにかく必死で仕事をこなすうちに一年半が過ぎていたが、自分の授業動画を見返しながら説明があいまいなところを反省しているうちに、博士論文執筆の終盤に関心を持った『源氏物語』における「なでしこ」の表現について、もう少し書きたいことが生まれてきた。自分の話をただ聞く機会があったからこそ、どこが拙くてどの部分が核なのかを整理しやすかったのかもしれない。結局、論文化するまでにそこからさらに一年半を要したが、三年間の授業の中で何度かこのトピックについて話す機会を設け、少しずつからみあった糸がほぐれるように、歌ことば研究の中でどの場所に立つのか、自分の中でようやくかたまってきた。先輩の言葉通り一〇年が経過していた。学部時代はそんなに長い時間もがくことなど堪えられないと思っていたのだが、いまはこれがようやくスタート地点なのかもしれないと感じている。

本書は早稲田大学に提出した博士論文と、その後執筆した数篇の論文を基にしているが、先に述べた通り研究を始めたころからの立ち位置のブレを、現段階の考えに大幅に修訂している。歌ことば表現の研究は現在も盛んで、読みの更新はこれからも続くと信じている。本書を読む方だけでなく、いまから一〇年先の自分が読んだら「そうじゃない」と思うのかもしれないが、むしろそうなることを少し期待してもおきたい。堅実、着実という言葉とは縁遠い行き当たりばったりの研究しかできない私だが、ほんとうにおもしろいと思うことにこれからもぶつかってみて、歩みは遅くとも少しずつこの分野の研究に寄与できればと決意を新たにしているところである。

末筆ながら、学部時代から大学院まで、ご自分の時間をどれだけ割いてくださったのだろうと思うほど丁寧にご指導くださった早稲田大学教授の陣野英則先生、研究者という選択肢を与え、私が好きに勉強できるようさまざまな機会を与えてくださった元早稲田大学教授の上野和昭先生、古典に関心を持つきっかけをくださり、今でも学生と接するときに思い出すような数々の教えをいただいた桜蔭学園教諭の井上瑞穂先生、不安定な道に進むことを許し、行き詰ったときにはただ話を聞いてくれた両親、そして「本を出す」行程がまるで分かっていない私がどんなに初歩的な質問をしようと、丁寧に答えてくださり、ひどい原稿をどうにか出版できるレベルにまで修訂の提案をしてくださった新典社の原田雅子様に心からの感謝を申し上げたい。

平田　彩奈惠

初出一覧

序　章　本書の目的と構成
　書きおろし

第一部　『源氏物語』における歌ことば表現

第一章　『蜻蛉日記』下巻の歌ことば表現―和歌の知識共有に基づく技巧として―
原題「『蜻蛉日記』下巻の引歌―和歌の知識共有に基づく技巧として―」『平安朝文学研究』復刊21（二〇一三年三月）

第二章　朱雀院と「この道」―引用の型を考える―
原題「『源氏物語』の朱雀院と「この道」―引歌における「型」の問題―」『国文学研究』174（二〇一四年一〇月）

第三章　末摘花巻における「色こきはなと見しかども」―歌を「もどく」使い方―
原題「『源氏物語』末摘花巻における「色こきはなと見しかども」―和歌的表現の連想性―」『日本文学』66―10（二〇一七年一〇月）

第四章　『源氏物語』の「垣」と「なでしこ」―「母」と「子」の文脈―
原題「『源氏物語』の「なでしこ」「とこなつ」と「垣」―歌ことばのつながり―」『日本文学』68―4（二〇一九

年四月）

第五章　常夏巻における近江の君の文と「垣」―「母」「子」そして「父」―

原題「『源氏物語』常夏巻における近江の君の文と「垣」―「垣根に植ゑしなでしこ」を手掛かりに―」『中古文学』111（二〇二三年五月）

第六章　花散里巻の「垣根」と光源氏―「垣根を越える貴公子」からの転換点―

原題「『源氏物語』花散里巻の「垣根」と光源氏―「垣根を越える貴公子」からの転換点として―」『古代中世文学論考』第50集（二〇二三年一〇月）

第七章　幻巻の「植ゑし人なき春」―山吹と「不在」の女君たち―

原題「『源氏物語』幻巻の「植ゑし人なき春」をめぐって―山吹と「不在」の女君たちを手掛かりに―」『マテシス・ウニウェルサリス』25―1（二〇二三年九月）

第八章　「雲居の雁もわがごとや」考―「出典未詳歌」の捉え方の一例として―

書きおろし

第二部　後世における『源氏物語』受容―歌ことば表現の改変を中心に―

第一章　『狭衣物語』における「見えぬ山路」―『源氏物語』における「山路」とのかかわり―

書きおろし

第二章　梅翁源氏における引歌―『雛鶴源氏物語』を中心に―

書きおろし

第三章　田辺聖子『新源氏物語』における「闇」――「恋の闇」としての利用――
　書きおろし
第四章　宝塚歌劇『源氏物語千年紀頌　夢の浮橋』にみる『源氏物語』受容
　　　――古典と現代文化を繋ぐものとしての「うた」の利用――
　原題「宝塚歌劇『源氏物語千年紀頌　夢の浮橋』に見る『源氏物語』受容――古典と現代文化を繋ぐものとしての「うた」の利用――」『平安朝文学研究』復刊24（二〇一六年三月）
終　章　本書のまとめと今後の展望
　書きおろし

《付記》本書の出版は獨協大学学術図書出版助成費によるものである。

—ま 行—

—や 行—

—わ 行—

─ た 行 ─

─ な 行 ─

─ は 行 ─

—か 行—

—さ 行—

II 和歌・歌ことば表現索引

— た 行 —

— な 行 —

— は 行 —

— ま 行 —

—か 行—

—さ 行—

索　　引

凡　　例

1　本索引は「Ⅰ　書名・事項・人名・作中人物等索引」「Ⅱ　和歌・歌ことば表現索引」から成る。
2　配列については現代日本語の発音に基づく五十音順とする。
3　人名・作中人物について、同一人物を指すものは一つの項目にまとめる。そのため、本文中の表記とは異なる箇所もある。また、同じ内容を示す事項・名称などは可能な限り同一の項目にまとめる。
4　和歌については、本文中の表記にかかわらず、歴史的仮名遣いに濁点を付したひらがなの表記で統一し、二句までを項目として掲出する。ただし、二句目まで同じ和歌がある場合は、すべての句を掲出する。歌ことば表現については、本書の目的に鑑みて和歌を直接引用していなくとも和歌的文脈において読まれるうるものを広く抽出する方針を取った。
5　一部の章末には表を付しているが、その中の語・表現は索引に抽出していない。

Ⅰ　書名・事項・人名・作中人物等索引

—あ 行—

平田　彩奈惠（ひらた　さなえ）
2011年3月　早稲田大学文化構想学部複合文化論系卒業
2017年3月　早稲田大学大学院文学研究科博士後期課程単位取得退学
2019年2月　博士（文学）取得（早稲田大学）
現　職　獨協大学国際教養学部准教授
論　文「『源氏物語』末摘花巻における「色こきはなと見しかども」――和歌的表現の連想性――」（『日本文学』66巻10号，2017年10月，日本文学協会），「『源氏物語』の「なでしこ」「とこなつ」と「垣」――歌ことばのつながり――」（『日本文学』68巻4号，2019年4月，日本文学協会），「『源氏物語』常夏巻における近江の君の文と「垣」――「垣根に植ゑしなでしこ」を手掛かりに――」（『中古文学』111号，2023年5月，中古文学会）

新典社研究叢書377

源氏物語と「うた」の文脈
――連想と変容――

令和6年12月19日　初版発行

著　者　平田彩奈惠
発行者　岡元学実
印刷所　惠友印刷㈱
製本所　牧製本印刷㈱
検印省略・不許複製

発行所　株式会社　新典社
東京都台東区元浅草二―一〇―一一―四F
TEL＝〇三（五二四六）四二四四番
FAX＝〇三（五二四六）四二四五番
振　替　〇〇一七〇―〇―二六九三二番
郵便番号一一一―〇〇四一番

©Hirata Sanae 2024
ISBN978-4-7879-4377-4 C3395
https://shintensha.co.jp/
E-Mail:info@shintensha.co.jp

新典社研究叢書　（10％税込総額表示）

337　幕末維新期の近藤芳樹 ——和歌活動とその周辺　小野　美典　一八七〇〇円
338　『扶桑略記』の研究　扶桑略記を読む会　九四六〇円
339　ユーラシア文化の中の纒向・忌部・邪馬台国　山口　博　一五一八〇円
340　校本式子内親王集　武井　和人　二三六五〇円
341　続近世類題集の研究 ——和歌曼陀羅の世界——　三村　晃功　一九五八〇円
342　『源氏物語』の解釈学　関河・櫛井・廣田・鳳岡　八二五〇円
343　禁裏本歌書の書誌学的研究 ——蔵書史と古典学　酒井　茂幸　二九七〇〇円
344　歌・呪術・儀礼の東アジア　山田　直巳　一七六〇〇円
345　日本古典文学の研究　日本古典文学研究会　一〇三四〇円
346　伊勢物語考 Ⅱ　内田美由紀　一二三二〇円
347　王朝文学の〈旋律〉 ——東国と歴史的背景　伊藤禎子・勝亦志織　一二六六〇円
348　『源氏物語』明石一族物語論 ——形成と主題——　神原　勇介　一〇二三〇円
349　歌物語史から見た伊勢物語　宮谷　聡美　一二八八〇円
350　元亨釈書全訳注　中　今浜　通隆　三三四五〇円
351　室町期浄土僧聖聡の談義と説話　上野　麻美　九二四〇円
352　堤中納言物語論 読者・諧謔・模倣　陣野　英則　一〇四五〇円
353　尺素往来　本文と研究　高橋忠彦・高橋久子　一九六九〇円
354　平安朝文学と色彩・染織・意匠　森田　直美　八八〇〇円
355　芭蕉の詩趣 ——解釈ノート——　金田　房子　一一〇〇〇円
356　文構造の観察と読解　中村幸弘・碁石雅利　二五一九〇円
357　後水尾院御会研究　高梨　素子　一九五八〇円
358　鄭成功信仰と伝承 付『伊勢物語聞書』翻刻　小俣喜久雄　二三〇〇〇円
359　源氏物語の主題と仏教　中　哲裕　一七六〇〇円
360　近松浄瑠璃と周辺　冨田　康之　九四六〇円
361　紀貫之と和歌世界　荒井　洋樹　一八七〇〇円
362　古事記の歌と譚　石田　千尋　一四七九五円
363　ソグド文化回廊の中の日本　山口　博　一三八六〇円
364　平安朝の物語と和歌　吉海　直人　一四〇八〇円
365　近世前期仏書の研究　木村　迪子　一三〇四六円
366　平安物語の表現 源氏物語から狭衣物語へ　太田美知子　一七八二〇円
367　物語と催馬楽・風俗歌 ——うつほ物語から源氏物語へ——　山﨑　薫　一〇一二〇円
368　上代日本語の表記とことば　根来　麻子　一二八八〇円
369　三条西家注釈書群と河海抄 ——連歌師注釈との交流——　渡橋　恭子　一四〇八〇円
370　室町期和歌連歌の研究　伊藤　伸江　一八一五〇円
371　香道と文学 ——伝書にみる古典受容——　武居　雅子　一五六二〇円
372　源氏物語の皇統譜　春日　美穂　一二六六〇円
373　『源氏物語』寒暖語の世界　山際咲清香　一七六〇〇円
374　漂流民小説の研究　勝倉　壽一　一二四三〇円
375　一条兼良歌学書集成　武井　和人　二二七八〇円
376　源氏物語 浮舟の歌を読む　山崎　和子　八一四〇円
377　源氏物語と「うた」の文脈 ——連想と変容——　平田彩奈惠　一〇七八〇円